KB017218

여자를
바라보는
남자를

바라보는
한 여자

A Woman Looking at Men Looking at Women

여자를 바라보는 남자를 바라보는 한 여자

예술, 성 그리고 마음을 바라보는 시선

A Woman Looking at Men Looking at Women

시리 허스트베트 | 김선형 옮김

musintree 뮤진트리

차례

• 여자를 바라보는 남자를 바라보는 한 여자 009

• 풍선의 마술 041

• 나의 루이즈 부르주아 053

• 안젤름 키퍼: 진실은 언제나 회색이다 073

• 매플소프/알모도바르: 포인트와 카운터포인트 087

• 빔 벤더스의 〈피나〉: 춤을 위한 춤추기 099

• 헤어스타일에 대한 헛소동 113

• 손택이 음담패설을 논하다: 오십 년 후 133

• "경쟁이 안 되니까요" 173

• 글 쓰는 자아와 정신과 환자 209

• 방 안에서 255

• 미주 289

• 옮긴이의 말 295

▪ 일러두기

- 이 책은 Siri Hustvedt의 《A Woman Looking at Men Looking at Women》(Simon&Schuster, 2016)의 1장을 우리말로 옮긴 것이다.
- 저자 주석은 본문 끝에 미주로, 옮긴이 주는 본문 하단에 각주로 달았다.
- 책 제목은《 》로, 잡지 · 논문 · 영화 · 공연 제목은 〈 〉로 표기했다.

여자를 바라보는 남자를

바라보는 한 여자

"예술은 미의 규준을 적용하는 것이 아니라, 규준을 넘어 본능과 두뇌로 만들어내는 것이다. 여자를 사랑할 때 우리는 팔다리 길이를 재려 하지 않는다. 우리는 욕망으로 사랑한다. 심지어 사랑하는 데에도 어떻게든 규준을 적용시켜 보려고 할 수 있는 모든 것을 시도해보긴 하지만 말이다."[1]

—파블로 피카소

"일단 우리 외부에 존재하는 시각적 세계를 사랑하려는 마음이 우리 내면의 깊은 비밀을 아는 것만큼이나 중요한 일입니다. 외부의 시각적 세계가 우리 내면의 자아와 혼합되어 영혼의 개별성을 무한히 추구할 수 있는 영토를 마련해주기 때문이지요."[2]

—막스 베크만

"어쩌면 초창기에 저는 제 안의 여성을 그리고 있었는지도 모르겠네요. 예술은 온전히 남성적인 일은 아니거든요. 이런 말을 잠재적 동성애 성향의 자인으로 받아들이는 비평가들이 있다는 건 잘 알고 있습니다. 제가 아름다운 여성들을 그린다면 동성애자가 아닌 것이 될까요? 전 아름다운 여성들을 좋아합니다. 실물은 물론이고, 심지어 잡지의 모델들도 좋아해요. 하지만 가끔 여자들이 짜증을 돋울 때도 있지요. 〈여인〉 연작에서는 그 짜증을 그렸던 겁니다. 그게 전부예요."[3]

—빌럼 데 쿠닝

예술가가 자기 작품을 놓고 하는 말은 설득력이 있다. 스스로 어떤 작업을 하고 있다고 믿는지 가늠할 수 있는 중요한 단서를 제공하기 때문이다. 그럴 때 예술가가 하는 말은 작업의 방향이나 관념을 가리키지만, 사실 작품에서 그런 방향이나 관념이 온전히 구현되는 경우는 없다. (분야를 막론하고) 예술가 자신이 인식하는 건 작업의 일부에 불과하다. 예술 창작에는 무의식적인 면이 상당히 많기 때문이다. 앞에 인용한 글에서 피카소, 베크만과 데 쿠닝은 자신의 예술을 감정과 연결 지었다. 피카소와 베크만은 사랑, 데 쿠닝은 짜증을 말한다. 그리고 어김없이 여자들이 창작 과정에 연루되어 있다. 피카소에게 있어, 여인에 대한 사랑은 회화의 은유다. 피카소가 말하는 '우리'는 명백히 남성형이다. 베크만은 가상의 '여성 화가'에게 조언을 하고 데 쿠닝은 염려와 변명이 섞인 말투를 쓰긴 하지만, 어쨌든 자기가 그린 '여인'은 자기 안의 여성을 불러냄으로써 창조되었다고 설명한다. 세 작가 모두 화가의 내면과 캔버스라는 현실 사이에는 근본적으로 감정 관계가 있으며 여성성이라는 관념이 어떤 식으로든 화가의 창조성에 끈질기게 달라붙어 영향을 끼친다고 말한다.

내가 지금 무엇을 보고 있나? 세 화가가 여성을 소재로 그린 회화들로만 구성된 이번 전시회 〈여인들Women〉에서 나는 연이어 걸려 있는 여자들의 이미지를 본다. 이 그림들을 그린 화가들은, 인간의 묘사는 실물과 닮아야 한다는 고전적 관념과 자연주의를 탈피한, 소위 모더니즘 작가들이다. 이들이 다 같이 쓰고 있는 '여인woman'이라는 단어는, 웹스터 사전의 정의—'성인 여성'—보다는 훨씬 폭넓은 의미를 내포한 것으로 보인다. 시몬 드 보부아르는 《제2의 성性》에서 여성은 태어나는 게 아니라 여성이 "된다become"고 주장했다. 실제로 이 '여인'이라는 말의 의미는 심지어 한 사람이 태어나 살고 죽는 사이에도 축적되고 변화한다. 1950년대 이후로 성sex과 젠더gender가 구분되기 시작했다. 성은 여성과 남성을 구분하는 생물학적 육체의 표식이고, 젠더는 사회적으로 구성된 여성성과 남성성의 관념으로 시대와 문화에 따라 달라진다. 하지만 이런 구분마저 이론적으로는 혼란스럽기만 하다.

예술에서 우리는 살아 있는 육체에 의지하지 못한다. 나는 허구의 공간을 들여다보고 있다. 여기서는 심장이 뛰지 않는다. 피가 흐르지 않는다. 생물학적 인간 여성의 표식들—(내가 볼 때) 이 이미지들에서 보이는 젖가슴과 성기—은 재현이다. 임신과 출산은 이 그림들에서 명백하게 드러나지 않지만 가끔은 부재하는 것이 오히려 더 강력하다. 지금 내가 보고 있는 사람들이 사는 곳은 가상의 세계, 유희와 상상력의 세계다. 이 세계를 창조한 화가들은 20세기에는 모두 예술 작업을 했으나 지금은 세상을 떠났다. 오로지 이 화가들이 몸을 움직였던 자취만 남아 있다. 한때는 격렬하게, 또는 섬세하게 공간을 가르며 움직이던 팔, 앞으로 굽혔다가 홱 뒤로 젖힌 머리나 몸통, 똑바로 서거나 짝발을 짚었던 발의 자국, 캔버스에 존재하거나 아직 부재하는 것들을 음미하는 눈, 붓을 이리저리 이끌다가 움직임의 리듬을 수정하고 변화시키고 확정한 감정과 사유. 나는 그림을 바라볼 때 이런 것들을 몸으로 느낀다. 시각적인 것은 또한 촉각적이며 운동성을 지닌다.

그림을 볼 때 나는 나 자신을 보지 않는다. 캔버스 속 가상의 인물을 본다. 나 자신을 잃고 사라져버린다는 말은 아니다. 내가 느끼는 감정—경외감 · 짜증 · 괴로움 · 경탄—은 의식하고 있더라도, 지각이 한동안 그림 속 인물로 꽉 메워져 버리는 것이다. 내가 바라보는 동안 그 여자는 '나의 일부'이며 나중에 기억할 때도 '나의 일부'이다. 기억 속 그 여인은 내가 직접 그림을 마주하고 본 여인과 정확히 일치하지 않을 수도 있다. 그보다는 내 마음속에 간직된 어떤 상像에 가깝다. 그림을 지각하는 사이, 나는 그림 속 가상의 여인과 관계를 맺게 된다. 피카소의 〈우는 여인〉, 베크만의 가면을 쓴 〈콜럼바인[1]〉, 데쿠닝의 뻐드렁니 괴물 〈여인 II〉. 나는 그 여인들에게 생명을 불어넣고, 당신 또한 그렇다. 관객 · 독자 · 청자가 없으면 예술은 죽는다. 나와 예술 사이에서 뭔가 사건이 일어난다. 그 자체로 다른 사람의 의지가 들어간 '그것', 다른 사람의 주체성으로 흠뻑 젖은 '사물', 그리고 나는 '그것' 안에서 고통 · 유머 · 성욕 · 불편함을 느낀다. 이것이 내가 예술을 의자처럼 취급하지 않지만, 그렇다고 정말 살아 있는 사람처럼 취급하지도 않는 이유다.

예술작품에는 성별이 없다.

화가의 성은 작품의 젠더를 결정하지 않는다. 작품의 젠더는 어느 쪽으로든 정해질 수 있고, 다양한 판본들이 생겨날 수도 있다.

이 화가들이 상상한 허구의 여성은 누구인가? 그리고 나는

1) columbine, 전통 이탈리아극에서 여성 등장인물을 뜻한다.

그들을 어떻게 인식하는가?

나는 세 개의 캔버스를 철저히 '시각적'으로만 인식하지도 않았고, 심지어 순전히 감각적으로만 인식하지도 않았다. 감정은 항상 인식의 일부를 이룬다. 결코 동떨어져 있지 않다.

감정과 예술은 플라톤이 공화국에서 시인을 추방한 이후 오랫동안 불편한 관계를 유지했다. 철학자와 과학자들은 아직도 감정 또는 정서가 무엇인지, 그것이 어떻게 작동하는지를 놓고 끊임없이 논쟁하지만, 감정은 위험하며 따라서 통제하고 억압하고 이성에 종속시켜야 하는 것이라는 자각만큼은 사라지지 않고 서구 문화의 일부로 끈질기게 남아 있다. 예술사학자들도 대부분 감정에 대해 까다롭게 굴면서 형태 · 색채 · 영향 또는 역사적 맥락에 대해서만 글을 썼다. 그러나 감정이란 피한다고 피할 수 있는 것이 아니며, 예술작품의 이해에 결정적으로 중요하다. 아니, 감정이 없으면 예술작품이 무의미해진다고 말하는 것이 옳겠다. 헨리 제임스는 친구에게 보낸 편지에 "예술에서 감정은 언제나 의미"라고 썼다.[4] 그런가 하면 E. H. 곰브리치는 동료 역사가 아비 바르부르크에 대한 저서에서 바르부르크의 말을 인용한다. "예술사를 미학으로 환치하는 짓거리는 솔직히 구역질이 난다. 종교와 예술 간의 소산으로서 그 생물학적 필연성에 대한 이해 없이 형식적으로만 이미지에 접근하는 태도는 말장난에 불과하다."[5] 독일어 단어인 Einfühlung은 1837년 로베르트 피셔Robert Vischer에 의해 처음 미학적 어휘에 도입되었는데, 예술작품에 감정을 이입하는 방식을 뜻하는 이 단어는 다양한 역사적 굴절을 거쳐 영어의 empathy(공감능력)가 되었다. 현대의 신경생물학적 연구는 시각적 인식에 연루된 복잡한 감정작용을 분석하려는 시도를 하고 있다. 마리안 바이어리히와 리사 펠드먼 배럿은 논문 〈시각적 집중의 원천으로 본 감정〉에서 "사람은 감각에만 의거해 세상을 인식하지 않는다. 대상과 만나는 순간부터 주체의 정서적 상태가 감각적 자극의 처리에 영향을 미치게 된다"[6]고 말했다. 핵심은 쾌감 · 괴로움 · 경탄 · 혼란 등 대상이 환기하는 감정이다. 예를 들어 정서적 중요성이나 특질에 따라 보는 사람이 대상을 더 멀게 또는 더 가깝게 느낄 수 있는데, 이런 정신생물학적 정서psychobiological feeling는 과거의 소산이다. 기대라든가 이미 학습한 세상을 보는 방식에 달려 있다는 뜻이다. 이런 신경생물학적 모델을 통해 우리가 학습하는 것—사람과 대상이 관계를 맺음으로써 생기는 감정 그리고 우리가 그런 감정들을 표현하기 위해 구사하는 언어—은 몸으로 체화되고 몸에 소속된다. 정신적인 것들이 데카르트의 유령처럼 육신 위에 떠돈다.

• 그녀는 흐느껴 울고 있다

나는 피카소의 〈우는 여인〉을 본다. 그리고 내 눈에 보이는 것을 분석하기도 전에, 그러니까 색채나 형태나 제스처나 스타일을 말하기도 전에, 캔버스에 그려진 얼굴 · 손 · 몸통의 일부를 인식해버리고 이미지에 정서적으로 즉시 반응한다. 이 그림은 내 마음을 불편하게 한다. 입가가 긴장으로 굳는 느낌이다. 계속 보고 싶기도 하고, 한편으로는 그 형상이 혐오스러워 눈길을 돌리고 싶기도 하다. 우는 사람을 보고 있지만 묘사가 잔인하다는 생각도 든다. 대체 무슨 일이 벌어지고 있는 걸까?

얼굴은 정체성의 핵이다. 우리가 주목하는 신체부위이다. 아무리 친밀한 사이라도 손발로 사람을 알아보지는 않는다. 갓난아기는 태어난 지 몇 시간 만에 어른의 표정을 흉내 낼 수 있다. 하지만 생후 몇 달 동안 자기가 무엇을 보고 있는지 누구를 보고 있는지 모르고, 거울에 비친 자기 모습도 알아보지 못한다. 아기들은 타인의 얼굴을 인식하는 시각적 운동감각visual-motor-sensory awareness을 갖고 있는 듯한데, 일부 연구자들이 '나처럼' 반응'like-me' response이라고 부르는 이 감각은 흉내를 유발한다. 다른 말로는 '원초적 상호주관성primary intersubjectivity'이라고도 한다. 내 친구이며 미러링 이론을 연구하는 철학자인 마리아 브링커가 어느 날 여섯 살짜리 딸 우나를 앞에 두고 아기의 모방에 대한 자신의 생각을 말로 정리하고 있었다.

"아주 작은 아기가 내 표정을 따라 해. 이게 이해가 잘 안 되니?"

"아뇨, 엄마." 우나가 대답했다. "금세 이해돼요. 그 아기가 엄마 얼굴을 가진 거잖아."

현실이나 사진, 그림에서 누군가를 볼 때 적어도 우리는 어느 정도까지는 그 사람의 얼굴을 갖게 된다. 우리가 인식하는 얼굴이 원래의 우리 얼굴을 밀어내고 그 자리를 차지한다. 모리스 메를로 퐁티[2)]는 이것을 인간의 '상호신체성intercorporeality'으로 이해하고, 이것이 자의식적 분석을 통해 얻어지는 것이 아니라 우리의 인식에 즉각적으로 내재한다고 생각한다.[7] 발달 단계에서 정확히 언제 젠더를 인식하게 되는지는 불분명하지만, 연구에 따르면 생후 육 개월의 영아도 남자와 여자의 얼굴과 목소리를 구분할 수 있다고 한다.[8] 물론

---

2) Maurice Merleau-Ponty(1908~1961), 프랑스의 철학자. E. 후설의 후기 사상의 영향을 받아 생활세계의 현상학적 기술記述을 실존주의적 입장에서 기도한 저서 《지각의 현상학》을 썼다. 사르트르 · 보부아르 등과 더불어 무신론적 실존주의의 대표적 이론가가 되었다.

머리 길이, 옷차림, 화장 등 본질적이지 않은 실마리도 많이 있다. 그러나 피카소의 그림에 대한 내 감상과 해독은 쌍방이, 즉 그림 속의 '나'와 '너'가 함께 만드는 현실에 간여한다. 내 앞의 인물화는 자연주의적인 묘사가 아니다. 그런데 심지어 이 인물이 여자인지 아닌지 내가 어떻게 안단 말인가? 나는 인물의 머리카락, 속눈썹, 손수건 끝단의 장식, 드러난 한쪽 유방의 둥근 곡선을 보고 '여성적'이라고 읽는다. 우는 여인은 물감으로 그린 그림일 뿐이지만 내 입꼬리는 눈앞에 보이는 얼굴의 움직임을 지각하고 움직여 메아리가 된다.

우는 여인은 철저히 '외면화된' 비탄의 이미지이다. 이 그림을 피카소가 자신의 첫 아내 올가 코클로바를 그린 1923년 작 신고전주의적 그림과 비교해보자. 그 그림은 조상彫像처럼 정적인 느낌을 주고, 평온하면서도 숨겨진 내면과 깊은 생각을 암시한다. 또는 〈바닷가에 서 있는 누드〉(1929)와 비교해볼 수도 있다. 이 우스꽝스러운 형상을 사람으로 인식하게 되는 것은 다리 · 팔 · 엉덩이 덕분이다. 터무니없어 보이는 원뿔 두 개가 은근히 젖가슴을 연상시키면서 여성성을 아로새긴다. 터키 황제의 첩 오달리스크 같은, 앵그르가 그린 여인과 비슷한 자세도 그렇다. 올가의 초상을 볼 때 나는 리얼리즘의 착시 효과에 힘입어 내면의 삶을 그림에 투사할 수 있다. 이것은 바르부르크가 "주관적 행위로서 모방의 강화"[9]라고 칭한 현상이다. 〈바닷가에 서 있는 누드〉에서는 그런 투사가 불가능하다. '나처럼'이라는 전제의 상호작용이 근본적으로 흔들린다. 이 사람-사물person-thing은 내가 아니다.

우는 여인에 대한 내 감정은 좀 더 복잡해서, 주관적 참여와 객관화된 거리 사이 중간 어딘가에 위치한다. 여자의 얼굴은 온통 뒤틀려 있다. 코와 괴로워하는 입매는 옆모습이지만 두 눈과 두 콧구멍도 다 보이고, 따라서 마비된 전율의 패러독스가 창출된다. 머리가 앞뒤로 흔들리며 들썩이는 흐느낌의 움직임이 느껴진다. 눈물은 구근처럼 작고 둥근 덩어리가 달린 두 개의 검은 선으로 표현된다. 보라색, 파란색, 어두운 갈색과 검은색은 서구에서 문화적으로 암호화된 슬픔의 색채이다. 우리는 블루스를 부르고 상복으로 검은 옷을 입는다. 얼굴에 대고 있는 손수건은 폭포수를 연상시킨다. 손수건의 주름의 검은 선에서 나는 더 많은 눈물, 눈물의 격류를 연상한다. 그러나 이 여자는 외계인이기도 하다. 여자가 우리 쪽으로 내민 손에는 엄지 하나와 손가락 두 개가 달려 있고, 칼 같기도 하고 발톱 같기도 한 손톱도 있다. 이 비탄에는 우스꽝스러운 구석이 어렴풋이 있는 만큼 위험한 면도 있는 것이다. 주목할 점: 귀가 뒤집혀 있다.

미술의 역사는 언제나 이야기를 들려준다. 문제는 그 이야기를 서술하는 방식이고, 그러한 스토리텔링이 내가 그림을 보고 읽는 행위에 어떤 영향을 미치는가 하는 점이다.

• 소녀들의 이야기

나는 지금 내가 예술가이자 지식인이었던 도라 마르Dora Maar의 초상을 보고 있다는 것을 안다. 쉽게 잊히지 않는 도라 마르의 사진들은 내가 매우 좋아하는 초현실주의적 이미지들 중 하나다. 1936년 런던 국제 초현실주의 전시회에 출품되었던 도라 마르의 걸출한 사진작품 〈위뷔 영감〉은 나에게 온순한 괴물의 관념 그 자체로 기억에 남았다. 또한 나는 도라 마르가 피카소와 연인 사이였고, 일반적으로 피카소의 정전正傳에는 그와 성적으로 관계를 맺었던, 소위 '뮤즈'라고 불리는 여인들이 그의 시대와 스타일의 일부로서 포함된다는 사실도 알고 있다. 피카소는 자신의 이젤 앞에 자리한 이 예술가를 그리고 또 그렸다. 손에 붓을 들고, 전라의 여인을 모델로 세운 채 말이다. 피카소에게 있어 성욕과 예술의 긴밀한 관계는 작업 자체에 강박적으로 드러나 있다.

방대한 피카소에 대한 글과 연구논문에서 이 여인들은 언제나 성姓은 없고 이름만으로 불린다. 페르낭드 · 올가 · 마리 테레즈 · 도라…. 미술사가와 전기 작가들은 이런 식으로 화가와 이 여인들의 내밀한 관계를 훔쳐서 그들의 연구에 편입시켰다. 반면 화가는 유년기를 제외하면 파블로라고 이름으로 불린 일이 아예, 아니, 거의 없다. 이것은 한 사람의 평생에 걸친 작업을 미술사적 프레임으로 구획하는 데 내재하는 은근한 차별을 보여주는 사소하지만 의미심장한 징표이다. 전기 작가 존 리처드슨이 그 좋은 예다. 리처드슨이 쓴 세 권짜리 피카소 전기에서 화가의 삶에 등장하는 여인들은 모두 이름만으로 불린다. 위대한 미국 작가로서 피카소의 연인은 아니고 친구였던 거트루드 스타인도 여러 번 '거트루드'라고 지칭된다.[10] 하지만 그와 친하게 지냈던 남자 친구들은 (유명세와 무관하게) 언제나 성까지 함께 불러준다. 지금까지 내가 읽은 한에서는 피카소를 다룬 글들이 성인 여자를 꾸준히 소녀로 바꾼다는 사실을 눈치 챈 평론가가 한 명도 없다는 점에 나는 매혹을 느낀다.

• 전쟁 이야기

1937년에 피카소는 마르를 몇 번이나 우는 여자로 그렸다. 스페인의 바스크 지역 게르니카에 폭격이 있었던 해이다. 이 사건을 계기로 피카소는 이 지역명과 같은 제목을 지닌 소름 끼치게 무서운 그림을 구상하게 된다. 그래서 우는 여자를 그린 작품들 역시 스페인 내전에 격노했던 피카소의 반응으로 해석되는 경우가 많다. 도라 마르는 또한 〈게르니카〉의 작업 과정을 기록하는 사진 연작을 찍기도 했다.

• 잔인한 사랑 이야기

피카소의 또 다른 연인 프랑수아즈 질로에 따르면, 피카소는 마르의 이미지를 내면적 비전으로 묘사했다. "나에게 도라 마르는 우는 여자다. 나는 수년에 걸쳐 그녀를 고통 받는 형상으로 그려왔지만, 사디즘이나 쾌락을 통해서가 아니라 불가항력으로 나를 덮쳐오는 비전에 순응했을 뿐이다. 그것은 피상적 현실이 아니라 심층 현실이었다."[11] 마르와의 만남 초기에, 피카소는 마르가 카페에서 칼로 장난치는 모습을 보았다. 쫙 편 손가락 사이를 칼로 찍는 장난이었다. 당연히 마르는 실수해서 손을 베였고 피를 흘렸다. 전해오는 이야기에 따르면, 피카소는 그때 마르가 벗어둔 장갑을 달라고 부탁했고, 그것을 아파트로 가져와 유리 진열장에 전시했다고 한다. 1936년 피카소는 마르의 머리를 새의 몸에 붙여 아름다운 하르피이아[3)]

로 묘사했다. 전기 작가들은 피카소의 여성 혐오와 사디즘을 다양한 각도로 조명했지만, 피카소의 공포 · 잔인성 · 양가적 감정 또한 그림 속에 스며들어 있다는 사실을 알아챈 사람은 아무도 없었다. 이 사실을 가장 간결하게 요약한 사람은 아마 앤젤라 카터일 것이다. "피카소는 여자들을 난도질하기를 즐겼다."[12]

흉기 같은 손톱을 지닌, 눈물이 그렁그렁한 여자들은 분명 다양한 몽환적 연상들을 내포하고 있다. 전쟁 · 비탄 · 사디즘의 쾌감. 이것들이 우는 여자 안에 다 들어 있다.

관념은 우리 인식의 일부가 되지만, 우리가 항상 그걸 의식하는 것은 아니다.

미술의 이야기는 다양한 미술운동, 돈과 수집가, '결정적인' 전시회, 과거를 말하는 방식을 변화시키는 새로운 관심사, 발견, 그리고 이데올로기에 따라 꾸준히 수정된다. 모든 이야기는 시간 속에서 별개의 요소들을 억지로 엮고, 본질적으로 엄

3) harpy. 그리스 신화에 나오는 괴물로, 새의 몸에 여자의 머리를 하고 있으며 망자의 영혼을 저승으로 나른다.

청난 비약을 감수한다.

• 모더니즘과 그 왜곡의 대서사

'피카소'라는 이름은 전 세계 수많은 사람들에게 현대미술의 징표로 통한다. '피카소'는 위대한 영웅적 신화를 의미하게 되었다. 다양한 영향과 스타일 혁명이 충돌하는 대항의 서사는 여자들을 연이어 갈아 치우고 애정이 식으면 추방하는 과정과 우연히도 일치한다. 피카소가 헨리 8세로 그려지는 셈이다. 빌럼 데 쿠닝은 피카소를 '때려눕혀야 할 상대'라고 불렀다. 미술이 주먹싸움이나 되는 듯이 말이다. 추상적 표현주의가 득세하는 뉴욕 미술계에 딱 어울리는 은유가 아닐 수 없다. 거기서는 회화 자체가 '계집애들' 놀음일지 모른다는 불안감이 들끓다 못해, 결과적으로 미국의 카우보이와 터프가이 영웅이 광범위하게 패러디되었으니까. 그 완벽한 체현은 젠체하고 뻐기고 다니면서 주먹다짐을 하는 잭슨 폴록의 미디어 이미지이다. 그러나 여자들 역시 이 게임에 참여했다. 조안 미첼[4]은 소위 '숙녀'의 미술에 반감을 품었지만, 그녀의 작품세계 역시 늘 존중받긴 했어도 더 큰 드라마에서 파생된 지엽적인 이야기로 남았을 뿐이다. 미첼의 그림이 받아 마땅한 인정을 받은 것은 그녀 사후의 일이었다. 일레인 데 쿠닝[5]은 1950년대에 팽배한 분위기에 반응해 남성의 성적 이미지들을 그렸다. 말로는 "남자들을 성적 대상으로 그리고 싶었다"[13]고 했지만 그녀 역시 주변적 작가에 머물렀고 지금까지도 그러하다. 루이즈 부르주아는 경이로운 작품을 창조했지만 일흔이 되기 전까지는 역사에 기록되지 못했다. 미술사에 거듭 재탕되는 이야기는 다음과 같다. 폴록이 자동차 사고로 죽자, 데 쿠닝은 논란의 여지없이 미국 현대미술계의 부동의 '왕,' 거물 중의 거물이 되었다. 그러나 이런 데 쿠닝마저도 구상을 포기하지 못하고 재현의 여지마저 씨를 말려버리는 새로운 규범의 명령에 순응하지 않았다는 이유로 비평의 가시밭길을 걸어야 했다.

막스 베크만은 이 대서사에 잘 들어맞지 않는다. 그는 이 이야기에서 해결되지 않는 의문점이자 구멍이다. 피카소와 데 쿠닝처럼 베크만 역시 매우 어렸을 때부터 엄청난 천재성을 드러낸 신동이었으며 일찌감치 인정받고 유명해졌으나, 현대

4) Joan Mitchell(1925~1992), 미국의 제2세대 추상표현주의 화가. 자연에 대한 정감 넘치는 기억과 감성을 회화적 선과 움직임을 통해 보여주었다. 거대한 캔버스, 힘찬 붓놀림과 춤추는 듯한 섬세한 색채의 조합으로 추상과 구상의 경계를 교묘하게 넘나드는 그녀의 회화는 생의 의욕과 충만감을 북돋운다.

5) Elaine de Kooning(1918~1989), 미국의 추상 및 구상 표현주의 화가. 빌럼 데 쿠닝의 아내이기도 하다.

성이 전통을 공격해 새로운 형식으로 이끌어가는 마초 서사에 깔끔하게 맞아떨어지지 않았다. 그는 하나의 '이즘'으로 압축할 수 없는 작가였다. 1차 세계대전 발발 전인 1912년에 쓴 〈시의적절하거나 시의적절하지 않은 미술에 대한 단상〉에서 베크만은 야수파 · 입체파 · 표현주의에 반대하면서 "나약하고 드러내놓고 미학적"[14]이라고 비판했다. 이 새로운 미술운동들을 장식적이고 여성적이라고 조롱하면서 독일 미술의 남성성과 심도를 반대되는 척도로 제시했다. 또 "고갱 벽지, 마티스 패브릭"과 "피카소 체스판"[15]을 비판하며 이 화가들을 집 꾸미기와 연관 짓고 공적 공간보다는 사적 공간에 어울리는 그림으로 치부했다. 피카소까지 포함해 평면성과 예쁜 것은 그에게 모두 계집애 같은 자질이었지만, 그의 이야기 서술 방식은 전쟁의 승자가 되지 못했다.

뉴욕 현대미술관MoMA 관장을 지낸 앨프리드 H. 바르는 1931년 베크만을 포함한 독일 회화와 조각 전시회를 위해 쓴 에세이에서 독일 미술이 프랑스나 미국 미술과는 "매우 다르다"고 말했다.

> 대부분의 독일 화가들은 낭만적이며, 그 자체로 목적이 되는 형태와 스타일보다는 감정, 정서적 가치, 심지어 윤리적 · 종교적 · 사회적 · 철학적 관심사에 더욱 관심을 갖고

있는 것 같다. 독일 미술은 순수미술이 아니며… 예술을 삶과 혼동하는 일이 빈번하다.[16]

이 인용문은 굉장히 이상하다. 바르의 불편한 심정이 손에 잡힐 듯 드러나기 때문이다. 카렌 랑의 지적대로, 정서적 · 종교적 · 사회적 · 철학적인 것은 바르에게 "불순물"[17]이다. 이것은 무슨 뜻일까? 1931년이라면 정치적 불안감이 당연히 개입될 수밖에 없었다. 바르는 1936년 MoMA에서 열린 전시회 〈큐비즘과 추상미술〉의 도록 표지에서 독일 화가들을 모두 삭제해버리고 현대미술을 기능횡단형 플로차트cross-functional flowchart로 묘사했다. 이것은 1920년대에 산업공학자들이 처음 사용하기 시작한 도표이다. 화살표와 '수영장 레인'을 완벽하게 갖추고 다양한 '이즘'들의 꼬리표를 붙인 이 플로차트는 대중에게 현대미술을 엽기적 인과관계의 알고리즘이자 환원적 공식으로 소개했는데, 이는 마치 "이것 좀 보라고! 과학적이라니까"라고 말하는 것과 같았다.

이런 위계질서는 오래된 것이다. 바르가 선택한 '스타일'과 '순수성' 같은 단어들과 추상적 플로차트는 지성 · 이성 · 정돈의 위상을 대체하며, '낭만'과 '감정'은 몸과 형상이나 내면과 외면의 경계가 막 흐려지기 시작하는 지저분한 육체성의 자리에 들어선다. 지성은 남성으로 코드화하며, 몸은 여성(몸으로부터의 궁극적 추방은 어쨌든 출생과 함께 일어나는 사건이다)의 코드이다. 문화와 과학은 남자다운 것이며 혼돈스럽고 여자 같은 자연의 반대이다. 그러나 베크만에게는 '의미'나 날것 그대로의 감정보다 '스타일'과 '형식'을 강조하는 것이야말로 예술을 여성화하고 남성성을 거세하는 기운이었으며, 실없이 피상에 의존하는 것이 바로 여성적 허식이었다. 남성적 혹은 여성적 코드는 문화적 관점에 따라 바뀌었다. 모든 것은 여성/남성의 이항대립을 규정하고 이야기를 서술하는 방식에 달려 있었다. 독일인이 "예술과 삶을 혼동"했다고 말한 바르의 진의는 무엇이었을까? 독일인은 예술작품을 살아 있는 몸으로 착각한다는 말일 리는 없지 않은가. 어떻게 예술이 삶 말고 다른 데서 나올 수 있단 말인가? 죽은 사람들은 예술을 창조하지 못한다. 회화에서 형식은 의미와 분리될 수 없고 의미는 예술작품을 보는 관객의 감정과 구분될 수 없다.

베크만의 〈카니발 가면, 녹색, 보라 그리고 분홍(가면을 쓴 콜럼바인)〉은 그가 생애 마지막 해였던 1950년에 미국에서 그린 작품이다. 다른 많은 독일 예술가와 지식인들처럼 베크만 역시 망명자였다. 나는 무엇을 보고 있는가? 나는 제왕적이고 쉽게 범접할 수 없는, 가면을 쓴 강력한 존재를 느낀다. 그래도 나는 색채 속에 흠뻑 젖어들 수 있다. 검은 바탕과 대조되는 빛나는 분홍색과 보라색 계열의 색채들. 나는 단일한 감정에 압도되기보다는 착잡하게 뒤섞인 감정들의 혼재를 느낀다. 매혹, 희미한 외경심, 극장에 가서 막이 오르는 순간 느끼는 흥분 같은 것. 보통 그렇듯 그 얼굴에 이끌려 읽으려는 시도를 하게 되지만, 피카소 작품에서와 같은 감정을 전혀 찾을 수가 없다. 여자는 나를 바라보고 있는 것 같다. 서늘하게, 어쩌면 경멸을 담아, 아니, 어쩌면 그저 무심한 것인지도 모른다. 여자는 오른손에 담배 한 개비를 들고 있고 왼손에는 카니발 모자를 들고 있다. 검은 스타킹을 신은 벌어진 허벅지는 전경 처리된 것처럼 과장되어 크게 그려져 있어서, 마치 그녀가 내 머리 위에 위협적으로 우뚝 서 있는 듯한 느낌을 불러일으킨다. 나는 어린아이의 관점에서 본다. 그녀 앞의 스툴에는 비딱한 이미지가 그려진 다섯 장의 카드가 놓여 있다. 사각형의 형태를 규정하는 검은 선이 그녀의 허벅지 윤곽을 이루는 검은 물감을 가로지른다.

이 그림을 여성적 신비와 섹슈얼리티의 원형으로, 타자로서의 여성을 그린 또 다른 그림으로 읽기란 아주 쉽지만, 물론 결코 그게 다가 아니다. 이 후기의 그림은 최고의 '심도'를 성취하지 못했다. 베크만의 그림들은 1차 세계대전이 끝난 뒤부터 점점 심도가 얕아졌고, 확실히 자신이 비판했던 운동들, 특히 피카소의 영향을 받고 있었다. 그러나 내 관심은 관람자로서 내가 느끼는 불편함과 당혹감에 있다. 가면무도회, 카니발, 코메디아 델아르테, 서커스, 가면, 가면 씌우기의 테마가 베크만에게로 다시 돌아온다. 카니발은 거꾸로 뒤집힌 세계, 역전과 도치로 이루어진 뒤죽박죽의 영역이고, 그 안에서 가면은 위장뿐 아니라 계시로 작동한다. 정치적 권력과 권위는 한심한 농담거리로 바뀌고 성적 욕망은 제멋대로 날뛴다. 부르주아인 베크만은 지독히도 아이러니한 논문 〈검은 줄타기 곡예사의 사회적 입장The Social Stance of the Artist by the Black Tightrope Walker〉(1927)에 이렇게 썼다. "싹을 틔우는 천재는 다른 무엇보다도 먼저 돈과 권력을 존중하는 법을 배워야 한다."[18] 1차 세계대전에 위생병으로 참전했던 베크만은 세계를 위아래가 뒤집히거나 겉과 속이 역전된 상像으로 보았다. 1915년에 쓴 편지에서 베크만은 어느 부상병에 대해 이렇게 말했다. "무시무시하다. 마치 깨어진 도자기 물주전자처럼 갑자기 왼쪽 눈 근처에서 얼굴을 똑바로 관통해 뒤쪽이 보이다니."[19] 이 역전이 예술에 존재한다. 베크만의 많은 그림들은 형태를 잃지 않으면서 '말 그대로' 뒤집어 걸 수 있게 되어 있다. 마치 원래부터 거꾸로 혹은 좌우를 뒤집어서 걸도록 그린 그림들처럼 보인다. 남자와 여자의 가면이 나오는 〈물고기를 타고 떠난 여행Journey on a Fish〉이 좋은 예이다. 남자는 여자의 가면을, 여자는 남자의 가면을 들고 있다. 젠더의 상호 플레이. 역할 바꾸기.

• 왜 여성 화가에게 보내는 편지인가?

여자는 실재하는 사람이 아니다. 제이 A. 클라크는 베크만이 미학적 진술을 이용해 여성 화가들을 쉽게 주의가 산만해지며 손톱의 매니큐어나 들여다보는 얄팍한 부류로 모욕한다는 사실을 지적한다.[20] 사실이다. 예술에 대한 베크만의 글에서 여성성은 '피상성'의 기호다. 그런데 그는 왜 여성 화가에게 조언을 했을까? 페미니스트도 아니었는데. 남자와 여자, 아담과 이브는 대극對極이며, 베크만의 회화에서 갈등 상황에 내몰리곤 한다. 베크만의 상상 속 여성 화가는 그 자신의 완고한 예술적 자아나 다를 바 없다. '균형'만 믿고 높은 곳에서 줄타기 곡예를 하는 예술가, "사유가 없는 자연 모방"과 "불모의 추상"[21]을 둘 다 거부하는 존재. 여성 화가는 베크만의 가면이다. 남자가 쓰는 여자 가면이다. 바흐친이 라블레에 대해 논한 저서[6)]에서 주장했듯 카니발적 역전이다. 위아래가 바뀌고 안팎이 뒤집히고 머리와 발끝이 뒤바뀐다. 〈콜럼바인〉을 보라. 그리고 베크만의 여러 자화상들을 보라. 그는 손에 담배를 들고 수수께끼 같은 눈빛으로 관람자를 바라보고 있다. 담배를 든 손은 바뀐다. 어떤 때는 왼손, 또 어떤 때는 오른손. 베크만

---

6) 미하일 바흐친, 《프랑수아 라블레의 작품과 중세 및 르네상스의 민중문화》

은 오른손잡이였지만, 자기 자신을 거울상으로, 자아의 또 다른 역상으로 그리기도 했다.

고압적인 콜럼바인은 베크만의 얼굴, 아니, 가시적 세계와 뒤섞여 안팎이 뒤집혀 보이는 내면의 자아의 얼굴이라는 생각이 든다. 아마 베크만은 자기 안의 여인을 그렸을 것이다. 아이러니하게도 그 여자는 같은 해에 그가 그린 마지막 자화상보다 훨씬 더 자신만만하고 불가해하다. 이 자화상에서 베크만은 짠하면서도 우스꽝스러운 광대처럼 보이며, 처음으로 담배를 우아한 담뱃대에 꽂아 들고 있는 것이 아니라 입으로 빨고 있는 모습으로 묘사했다.

데 쿠닝의 〈여인〉 연작은 1953년 시드니 재니스 갤러리에서 돌풍을 일으켰다. 클레먼트 그린버그는 이 연작을 "야만적 해체"라고 칭했다. 또 다른 비평가는 "이 야만적인 사도마조히즘의 드라마에서 그림은 일종의 성교"[22]라고 보았다. 여기서 '야만적'이라는 표현은 결정적으로 중요한 것으로 보인다. 이 그림들은 여전히 심기를 불편하게 만든다. 존 엘더필드는 2011년 MoMA에서 열린 데 쿠닝 회고전을 위한 에세이에서 〈여인〉 연작에 드러나는 여성 혐오의 문제가 "과거에도 그리고 지금도 주체와 회화적 언어가 서로 연상을 불러일으킨다고 간주되는 방식에 근거하고 있다"[23]고 말한다. 이 설명에는 작품에 대한 통일된 인지가 없고 두 개의 '경쟁적'이고 불완전한 해설이 여성 혐오의 문제에 답한다. 이것은 바르가 스타일과 형식 대對 감정과 '삶'이라는 구분을 했던 것과 유사하다. 엘더필드는 이어서 "근육이 잡힌 남성적 붓놀림—내면의 격동을 투사하는 분노의 붓놀림"을 말하며 캔버스를 가르는 이 남성적 일필휘지가 "여성 혐오라는 비난을 초래했으며, 또한 그런 비난이 착오가 아닌지 재고하도록 촉구하고 있다"[23]고 주장한다.(엘더필드는 여기서 '남성적'이라는 형용사를 아이러니 없이 '힘'의 동의어로 사용함으로써 의문을 자초하는 형국이다.) 어쨌거나 엘더필드는 틀렸다. 관객이 받는 충격은 구상과의 '관계' 속에서 볼 때 대장부 같은 붓 자국에서 나오는 것이 아니라, 그 여자 혹은 '얼굴이 있는 어떤 사람'에 대한 화가의 즉각적 인식에서 온다. 다양한 웃음을 웃기도 하고 으르렁거리기도 하는, 캔버스 속 괴물 같은 여자를 구성하는 붓 자국들은 어지러운 동작의 환시를 이끌어낸다. '게다가' 여자는 미친 것처럼 보인다.

내가 보고 있는 건 무엇일까? 여인들은 크고 무섭고 제정신이 아니다. 대부분은 미소를 짓고 있다. 〈여인 II〉의 씩 웃는 입은 얼굴의 나머지 부분에서 떨려나가 있다. 어마어마하게 큰 눈(마치 만화 주인공 같다), 거대한 유방과 살집 있는 팔뚝, 허벅지는 벌리고 있다. 베크만의 〈콜럼바인〉처럼 쩍 벌리고 있다.

양손은 집게발, 맹금의 발톱, 칼과 비슷해 피카소의 〈우는 여인〉을 떠올리게 한다. 한쪽 손은 성기가 있어야 할 곳 근처에 얹혀 있다. 성기는 눈에 보이지 않는다. 자위를 하고 있는 걸까? 몸의 경계가 잘 구획되지 않고, 인물과 배경이 뒤섞인다. 여인은 배경으로 빨려 들어간다. 색채는 복잡하다. 몸 위와 몸 근처는 빨간색 · 분홍색 · 오렌지색이 주를 이룬다. 목은 빨간색 · 분홍색 · 흰색으로 그어져 있다. 한시도 가만히 있지 못하는 야성적인 여인이다. 나는 한참을 보고 난 후에야 두려움이 조금 덜어졌다. 그러다 보면 여인은 좀 코믹해진다. 거꾸로 보기 힘들다면 옆에서 보면 더 나아 보인다. 성적으로 흥분해 있고 정력이 충만한 거대한 덩치의 카니발 여인이다. 〈여인 III〉은 남성의 성기를 가지고 있다. 사타구니에 회색과 흑색의 뾰족하게 발기된 성기가 있다. 내가 읽은 평론들은 단 한 편도 이 사실을 언급하지 않았지만 확실하다. 남근상은 1954년 파스텔과 목탄으로 그린 〈두 여인〉에 다시 나타난다. 하나는 아리스토파네스의 희극에 나오는 것 같은, 거대하게 부푼 코드피스[7]이다. 자웅동체 한 쌍이 퍼레이드를 하는 걸까? 데 쿠닝의 내면에 있는 짜증스러운 여자? 여자 안의 남자? 이성애적 짝짓기의 이미지? 데 쿠닝이 자기는 아니라며 극구 부인했던

7) codpiece, 15~16세기 서양 의복에서 남자들이 바지 앞에 차던 살 주머니.

동성애 성향의 기미? 여성적인 남자? 젠더의 혼합과 뒤섞임? 아니면 지금 위에서 열거한 모든 것?

이 기괴한 존재들은 나로 하여금 잠들기 전의 환각과 생생한 꿈을 떠올리게 한다. 그로테스크한 얼굴과 몸이 또 다른 얼굴과 몸과 어우러지고, 변조된 의식의 찬란한 카니발 속에서 하나의 성性이 다른 성이 되는 순간.

이 연작 속 여성들은 그 전이나 후에 나타난 여성들보다 훨씬 더 사납고 폭력적이다. 〈방문The Visit〉의 다리를 쫙 벌린 채 얼간이처럼 웃고 있는 사람을 보라. 낄낄 웃는 소리가 귀에 선명하게 들릴 지경이지만 공포 · 경외심 · 충격을 불러일으키지는 않는다. 반면 〈여인 II〉는 강력하고 다산성이며 잠재적으로 폭력적이다.

줄리아 크리스테바는 이렇게 썼다. "창작, 즉 예술적 창작의 가장 정확한 재현 중에 〈여인〉이라는 제목으로 데 쿠닝이 그린 회화 연작이 있다. 그것은 작가에 의해 참혹하게 도륙되었는데도 불구하고, 야만적이고 폭발적이고 우스우며 범접할 수 없는 피조물들이다. 그러나 그것들이 여인의 손에 의해 창조되었다면 어떨까? 여성 작가는 분명 자신의 어머니를 다뤄야

하고 자신을 다뤄야 했을 텐데, 그러면 훨씬 덜 우스운 일이 된다."[24]

크리스테바는 데 쿠닝의 작품이 지니는 힘을 인정하고 여성이 그렸다면 어땠을까 생각해본다. 여자라면 어머니로서, 또 자신으로서 그 여인과 동일시할 수밖에 없었을 거라고 주장한다. 이 동일시는 일종의 애도가 되어 희극을 미연에 방지할까? 우리는 '그녀는 나인가 아니면 내가 아닌가?'라고 자문해야만 하는가? 어머니는 강력하고 힘을 쥐고 있기에, 남녀를 불문하고 모든 유아에게 무시무시한 존재다. 어린아이는 누구나 어머니로부터 분리되어야 한다. 그러나 남자아이들이 '차이'를 이용해 의존성을 떨쳐내는 반면 여자아이들은 그러지 못하는 경우가 종종 있다. 크리스테바에게 성적 동일시는 데 쿠닝의 이미지들을 더 복잡하게 만든다.

마크 스티븐스와 애널린 스완이 쓴 데 쿠닝 전기에는 데 쿠닝이 암스테르담에서 임종을 앞두고 있는 어머니를 마지막으로 만나는 장면이 나온다. 데 쿠닝은 어머니를 "파들파들 떠는 작고 늙은 새"라고 표현했다. 그리고 어머니와 헤어진 뒤 "이 세상에서 내가 가장 무서워하는 사람이었다"[25]고 말했다. 그의 어머니 코넬리아 라소이는 어렸을 때 아들을 때렸다.

우리는 모두 한때 어머니의 몸속에 있었다. 모두 한때 유아였고, 그때 어머니는 거대했다. 우리는 어머니의 젖을 빨았다. 기억은 전혀 없지만, 우리의 운동감각적 · 정서인지적 학습은 의식적 기억에 한참 앞서 시작된다. 심지어 우리는 출생 전부터 시작된 학습 과정, 그리고 그 후 언어와 문화와 젠더화된 삶에 따라 나오는 무수한 상징적 연상들에 의해 형성된다. 그것이 세상을 반으로 가르고 우리 사이에 경계를 새겨, 우리가 서로 같은 점보다 다른 점이 훨씬 많다고 느껴지게 한다.

이 판타지의 여인들, 사랑받고 증오의 대상이 되고 짜증과 공포를 유발하는 캔버스 속 허구에 대해 어떻게 해야 일관되고 단일한 이야기를 들려줄 수 있는지 나는 알지 못한다. 그저 파편화된 논증을 할 수 있을 뿐이다. 그렇지만 모든 이야기와 논증은 부분적이다. 많은 부분이 뭉텅이로 사라져버린다. 다만 나는 예술가로서 내용과 형식, 감정과 이성, 몸과 마음, 여성과 남성을 가르는 답답하고 숨 막히는 범주 상자에 저항하며, 예술을 서사적 · 남성적 경쟁구도의 역사로 바꾸는 모든 서사에 반대한다. 우리 모두는 서로 갈라놓는 이런 깊은 구렁과 숨 막히는 신화들이 만들어낸 피조물이고, 피카소와 베크만과 데쿠닝이 만들어낸 가상의 존재들 역시 이 구렁과 신화에 동참하고 있다. 그러나 회화에서는, 열심히 보고 계속 보다 보면 아주 가끔 어지럼증과 멀미를 느끼는 순간이 찾아올지도 모른다. 그것은 세상이 거꾸로 뒤집히고 있을지도 모른다는 가능성의 징표이다.

풍선의 마술

2013년 11월 12일, 어떤 사람이 크리스티 경매장에서 익명으로 제프 쿤스의 〈풍선 개〉(오렌지)를 5840만 달러에 구매했다. 12피트 높이의 그 스테인리스 스틸 조각은 아이들 생일 파티에서 광대들이 동물 모양으로 꼬아서 만들어주는 풍선처럼 생겼다. 훨씬 더 크고 딱딱하다는 점만 다를 뿐이다. 이 에세이 초반에서 미리 고백하는데, 그런 거액의 돈이 있다면 나 역시 미술작품을 살 테고, 당연히 살아 있는 작가(유명과 무명을 막론하고)의 작품도 살 테지만, 쿤스의 작품은 사지 않을 것이다. 관심이 동하지 않아서가 아니라—관심은 있다—, 쿤스의 미술작품과 함께 살고 싶지 않기 때문이다. 예술 체험은 보는 사람과 보이는 사물 간의 역동적 관계다. 나와 쿤스의 작품 사이의 대화는 관계를 오래 지탱할 만큼 활기차지 못하다. 그런데 익명의 그 구매자는 우리가 알지 못하고 다만 짐작만 할 뿐인

이유로 그 돈을 쓸 만한 가치가 있다고 판단했던 모양이다.

시각예술의 작품가치는 재료에 들어간 비용과는 아무 상관이 없고, 화가가 일한 시간이 가격에 반영되지도 않는다. 작품이 일 년에 걸쳐 제작되었든 불과 몇 분 만에 쓱쓱 그린 것이든 아무 상관이 없다. 제프 쿤스는 모든 작품을 위탁 제작하고, 제작을 위탁받은 사람들은 전문성을 제공하는 대가로 당연히 넉넉한 보수를 받는다. 미술작품 구매는 자동차나 핸드백을 사는 것과는 다르다. 그런 상품들의 가격이 아무리 부풀려져 있어도 마찬가지다. 회화 · 조각 · 설치 작품에 지불되는 가격은 그 작품이 특정 구매자의 세계라는 맥락 안에서 인식되는 방식에 의해 규정된다. 그리고 인식은 복잡한 현상이다. 우리의 뇌는 카메라나 녹음기가 아니다. 시각적 인식은 능동적이고 의식적이며 동시에 무의식적인 기운에 의해 형성된다. 기대감은 인식적 체험에 결정적이고, 세상의 작동방식에 무엇을 기대할 것인가 하는 것은 학습된다. 그리고 이것이 제대로 학습되면 무의식이 된다.

미술에 별 관심이 없는 사람도 '렘브란트'라는 이름이 위대한 예술성의 기호라는 사실은 잘 알고 있다. 어떤 미술관이 소장하고 있는 렘브란트의 그림이 사실 렘브란트가 그린 것이 아니라 그의 추종자나 동료의 작품이라는 사실이 알려지면 그 그림의 가치는 곤두박질친다. 사물 자체는 변한 것이 없다. 변한 것은 문맥상의 위상인데, 그것은 객관적으로 측량되는 것이 아니라 오히려 그 사물이 관객의 마음속에 창출하는 분위기에 가깝다. 큐레이터들은 그 작품을 지하실로 보낼 수도 있고, 아니면 새로운 특질을 부여해 걸어둘 수도 있다. 예전에 감탄의 눈길로 그 작품을 보았던 사람—Y씨라고 부르자—은 이제 '진짜' 렘브란트의 작품과 비교해 모자라는 점을 보기 시작한다. Y씨는 위선자도 멍청이도 아니다. 그림 자체는 변한 것이 없지만, 그 그림에 대한 Y씨의 이해는 변했다. 이제 그 그림에는 허구일지 몰라도 결정적인 요소가 빠져 있다. 바로 위대함의 매혹이다.

칼텍의 신경경제학자 힐케 플라스만은 널리 알려진 실험에서 똑같은 와인에 10달러 가격표를 붙였을 때보다 90달러 가격표를 붙였을 때 맛이 더 좋게 느껴진다는 사실을 발견(아니, 재발견이라고 해야 할까)했다. "가격이 비싸면 와인 맛이 더 좋아진다. 하지만 그건 뇌의 연산 과정에서 인지적 편견이 생겨나 더 좋은 맛을 기대하도록 명령하기 때문이며, 이로 인해 경험도 변형되어 실제로 맛이 더 좋아진다." 플라스만은 이 실험에서 실험대상의 뇌를 fMRI[8] 촬영했다. 사실 플라스만의 설명은 조잡하고 환원주의적이다. 편견을 포함해 사람의 심리 상

8) functional Magnetic Resonance Imaging, 기능적 자기공명영상.

태는 절대 '뇌의 연산'으로 환원될 수 없으며, 신경망 역시 '명령'을 내리고 말고 할 위상이 아니기 때문이다. 뇌는 말을 하는 주체가 아니다. 우리의 Y씨는 주체이다. Y씨의 뇌는 지각 경험perceptual experience에 결정적 역할을 하지만, 그 자체로는 충분하지 않은 신체기관이다. 그럼에도 불구하고 플라스만을 비롯한 많은 연구자들의 실험에서 추정되는 중요한 요점이 있다. 이 요점은 언급되지 않고 넘어가는 경우가 많지만 사실 교훈적이다. 바로 "온전히 순수한 감각이라는 것은 존재하지 않는다"는 사실이다. 고통을 느낄 때도, 와인을 맛볼 때도, 미술 작품을 감상할 때도 마찬가지이다. 우리의 모든 지각은 문맥을 통해 암호화되고, 문맥의 암호화는 외면의 환경에 머무르지 않고 우리 안의 심리적 · 생리적 현실이 된다. 이것이 바로 '유명한 화가의 이름이 붙으면 그림이 훨씬 더 좋아 보이는' 이유이다.

'제프 쿤스'라는 이름은 유명하지만, 적어도 아직은 위대성의 기호는 아니다. 그보다는 미술계의 유명 인사와 돈을 뜻하는 기호이다. 아무튼 돈은 미술계에서 거래를 가능하게 하는 집단적 합의에 근거한 허구이다. 종이나 플라스틱 화폐는 그 자체로는 내재 가치가 전혀 없다. 그냥 가치가 있다고 우리들이 합의했을 뿐이다. 거대한 오렌지색 개는 익명의 구매자에게 자신의 부와 권력에 대한 빛나는 부적 역할을 할지 모른다.

마치 거울 같은 작품의 표면을 보면 말 그대로 자신의 모습이 비쳐 보인다.(나는 그 익명의 구매자가 남자라고 추정한다. 물론 내 추정이 틀릴 수도 있지만, 예술작품에 천문학적 액수의 돈을 지불하는 남자의 수는 여자의 수보다 월등히 많다.) 월스트리트에서 육 년간 상품 거래를 한 쿤스는 믿음과 풍문이 시장의 추측에 불을 댕기고 상품 가격을 천정부지로 치솟게 한다는 사실을 너무나 잘 알고 있다. 미술계에서 '시끌벅적한 평판'과 그로 인한 빈번한 언론 노출은 과시적 구매를 촉발한다. 어느 인터뷰에서 쿤스는 "나는 언론과 광고를 철저히 믿습니다. 내 예술과 사생활도 언론과 광고에 기반을 두고 있습니다"라고 말했다. 쿤스가 한 다른 많은 진술들과 마찬가지로, 이 말 역시 모호하고 심지어 모순적이기까지 하다. 어떻게 '사생활'이 언론과 광고에 기반을 둘 수 있단 말인가? 그러면 말 그대로 '몰개성적'인 것이 되어버릴 수밖에 없는데? 어쩌면 쿤스는 자기가 유명 인사임을 인정하고, 삶의 상당 부분을 3인칭 인물 제프 쿤스로서 살아간다는 이야기를 한 것인지도 모른다. 그 자신이 미술시장에서 거래되는 상품이라는 이야기를.

익명의 구매자가 지불한 5840만 달러는 단순히 〈풍선 개〉라는 오브제에만 지불된 금액이 아니고, 쿤스라는 유명 인사의 신화성을 수반하는 오브제에 지불된 금액이다. 당돌하고 뻔뻔스럽고 나쁜 남자, 이 시대의 슈퍼리치 화가-사업가, 호화스러운 작품으로 블록버스터의 매력을 지닌 진부함과 키치를 찬미하는 예술가, 할리우드와 라스베이거스의 현란한 연예물로 친숙한 미국적 미학의 미술계 버전, 에스더 윌리엄스[9]와 리버라치[10]의 번지르르한 쾌락을 '사물'로 축약한 버전. 그의 가장 유명한 작품이 마이클 잭슨과 그가 키운 침팬지의 세라믹 조각이라는 사실은 놀랍지도 않다.

어마어마하게 비싼 미술작품을 사는 사람은 어김없이 개인적인 위상을 드높이는 판타지에 탐닉한다. 또 다른 생존 작가인 게르하르트 리히터(나는 리히터의 작품을 사랑하고 그에 대해 글도 썼었다)의 터무니없이 비싼 작품을 사는 수집가 역시 위의 익명의 구매자가 〈풍선 개〉의 경매에 참여한 동기와 유사한 이유로 거액을 지불하는지도 모른다. 윌리엄 제임스는 《심리학 원론Principles of Psychology》(1890)의 한 장에서 자아를 논하면서 "그러나 가능한 가장 넓은 의미에서 사람의 '자아'는 자기 소유라고 부를 수 '있는' 모든 것의 총합이다. 단순히 몸과 심리의 힘뿐 아니라, 옷과 집, 아내와 아이들, 조상과 친구들, 평판과 일, 땅과 말馬, 요트와 은행계좌까지 모두 포함한

---

9) Esther Williams(1921~2013), 미국의 수영 선수이자 배우. 1940~1950년대에 싱크로나이즈드 스위밍과 다이빙을 소재로 한 여러 수중 뮤지컬 영화에 출연했다.

10) 브와지오 발렌티노 리버라치Wladziu Valentino Liberace(1919~1987), 화려한 스타일로 유명했던 미국의 피아니스트이자 가수. 본명은 브와지오 발렌티노 리버라치지만, 미국식 이름인 월터 발렌티노 리버라치로 잘 알려져 있다.

다. 이 모든 것이 그에게 같은 감정을 불러일으킨다. 이것들이 번성하고 많아지면 사람은 승리감을 느낀다. 이것들이 시들고 이울어 죽어가면 기분이 처지고 풀이 죽는다. 각 사물에 느끼는 감정의 정도가 다 똑같지는 않지만, 모든 사물에 대체로 같은 감정을 느끼게 되는 것이다"라고 말했다.

자아의 경계(혹은 자아의 형태)가 소유로 확장된다는 사실은 남성이 창작한 예술이 여성이 창작한 예술보다 더 값비싼 이유를 어느 정도 설명해준다. 예를 들어 미술계에는 갤러리를 운영하는 영향력 있는 여성들이 많지만, 그녀들 역시 대체로 남성 예술가의 작품을 전시한다. 지난 십 년간 뉴욕 시에서 열린 개인전의 대략 80퍼센트는 남성 작가의 개인전이었다. 미술작품 구입에 개인의 가치 향상이 걸려 있을 때는, 대체로 와인 애호가들의 숨은 편견과 비슷하게 여성 미술가의 작품에 대해 무의식적 편견이 작동한다. 2차 세계대전 이후 예술가들의 작품 중 가장 고가로 팔린 미술작품은 로스코의 회화로, 8690만 달러에 팔렸다. 이 가격은 가장 고가에 팔린 여성 작가의 작품(루이즈 부르주아의 작품 〈거미〉로, 1070만 달러에 팔렸다)보다 훨씬 비싸다. 여성성과 그 무수한 은유적 연상은 시각예술뿐 아니라 모든 예술에 영향을 끼친다. 작고 부드럽고 약하고 감정적이고 민감하고 가정적이고 수동적이라는 여성적 특질은 크고 단단하고 강인하고 지적이며 터프하고 공적이고 공격적이라는 남성적 특질과 대치된다. 전자의 특질을 지닌 남자들도 많고 후자의 특질을 지닌 여자들도 많지만, 대부분의 사람들에게는 이 두 가지 특질이 섞여 있다.

두 가지 성性과 연관된 특질은 문화적으로 규정되며, 의식보다는 잠재의식 차원에서 우리 내면에 등록되어 남성보다 여성을 훨씬 더 쥐어짜고 폄하한다. 실제로 로스코와 부르주아는 둘 다 몹시 예민하고 고뇌에 차 있으며 감정적이고 이기적인 사람들로서, 고전적인 여성적 특질과 남성적 특질이 혼재된 성격을 갖고 있다. 둘 중에서 부르주아가 확실히 더 강하며, 앞에 열거한 형용사들의 구분에 따르면 좀 더 '남성적'인 특질을 지니고 있다. 로스코는 자살했고, 부르주아는 98세를 일기로 세상을 떠날 때까지 모든 면에서 치열하게 일하며 계속 싸웠다. 그러나 작품만 고려해봐도 어느 쪽을 남성 또는 여성이라는 개념으로 규정하기는 어렵다. 나는 부르주아가 더 위대한 예술가라고 생각한다. 더 혁신적이고, 더 지적이고, 더 힘차다. 아무튼 쿤스나 로스코보다 부르주아가 더 훌륭한 투자 대상이라고 믿는다.(내 견해다.)

고故 로버트 휴스는 1984년에 발표한 통렬하고 기민한 에세이 《예술과 돈》에서 1960년 이후 미술작품의 비용, 시시각각 치솟는 작품 가격, 그리고 그 지속적 상승을 위해 필요한 자신감에 대해 말한다. "이 자신감은 학계 · 평단 · 언론 · 홍보와 미술관 정책의 거대하고 복잡한 근저 기제를 부양하고, 그런 기제로 인해 더욱 커진다. 상품으로서의 예술은 태생적으로 비합리적이기 때문에, 이런 자신감은 어떤 일이 있어도 결코 흔들리거나 실패해서는 안 된다." 휴스의 에세이에는 미래를 내다보는 지혜가 담겨 있다. "예술계에서 지성의 소유자라면 아무도 이 광풍이 영원히 지속되리라고 믿지 않는다." 그런데 광풍은 지속되지 않았다. 1987년의 증시폭락이 시차를 두고 미술시장에 타격을 가하고, 1990년에 거품이 붕괴되었다. 하루 가격이 오르면 다음날엔 가격이 내렸다. 그렇다면 미술작품에 대한 열광적인 투자는 튤립 광풍이나 닷컴 히스테리 또는 2008년 경제위기 직전에 찾아왔던 신나는 투자불패의 신화와 비슷한 걸까? 그렇기도 하고 아니기도 하다. 미술작품이 오로지 향후 가격상승을 통해 큰 이문을 남길 수 있다는 기대만으로 구입하는 물건이라면 선물시장에서 샀다 팔았다 하는 삼겹살과 다를 바 없다. 투자자와 삼겹살의 관계는 돈을 얻고 잃는 관계이며, 따라서 더 많은 돈으로 배를 불리게 되는 관계이다. 죽은 돼지의 신체부위는 순수하고도 추상적인 상품이다. 돼지의 생명은 이 도박에서 아무 역할도 맡지 못한다.

미술작품과 삼겹살의 구분은 단순히 전자의 가치가 철저히 자의적이라는 데 그치지 않는다. 달러, 파운드, 또는 위안화로 가격이 어떻게 매겨지든, 벽에 걸려 있거나 바닥에 놓여 있거나 천장에 매달려 있는 사물 안에는 살아 있는 한 인간이 다른 인간을 위해 의도를 가지고 행한 창작 행위의 자취가 담겨 있다. 창작의 자취는 붓이 지나간 자리, 오브제와 형태의 위트 있는 배치, 이런저런 방식으로 재현되는 복잡한 사상이나 감정에서 드러난다. 예술은 무생물이지만 의자나 삼겹살과는 다르다. 예술작품은 그것을 감상하는 사람과의 관계에서 살아나고 생명을 얻는다. 미술작품들—오래되고, 새롭고, 귀하고, 값비싸고, 대놓고 싸구려인—을 감상해온 내 특별한 경험은 언제나 작품과 나누는 생생한 내면의 대화라는 형태를 띠었다.

만일 어느 날 〈풍선 개〉가 지닌 가치의 거품이 붕괴해 쿤스의 추락과 함께 쭈그러든다면, 우리는 그 익명의 구매자가 오렌지색 개와 지속적으로 관계를 맺고 모든 종류의 투자시장에 불가피한 인플레이션과 디플레이션을 견뎌낼 수 있기를 바랄 뿐이다. 사실 풍선은 역사가 주는 교훈에 대한 매우 훌륭한 은유로서 기능한다. 바람을 불어넣고, 불어넣고, 또 불어넣으면 풍선은 부풀고 또 부푼다. 그리고 우리는 흥분해서 물리학의 법칙을 잊고 세상의 다른 모든 풍선과 달리 우리 풍선은 절대 터지지 않을 거라고, 우리 풍선의 크기에는 한계가 없다고 믿기 시작한다. 그러나 바로 그 순간에 풍선은 터져버린다.

나의

루이즈 부르주아

에밀리 디킨슨은 신문에서 조지 엘리엇의 부고를 읽고 사촌에게 보내는 편지에 다음과 같이 썼다. "활자로 찍혀 있던 그 단어들의 표정을 나는 절대 잊을 수 없을 거야. 관 속에 누운 그 단어들의 얼굴도 내게는 영원이 될 수 없을 거고. 이제는, '나의' 조지 엘리엇이야." 미국 시인 수전 하우는 1985년 탁월한 학식과 통찰과 위트가 빛나는 저서 《나의 에밀리 디킨슨》을 출간하면서 엘리엇에 대한 디킨슨의 이 사적 찬사를 빌려와 제목을 붙였다. 이 소유권 주장의 전통을 이어나가는 의미에서, 나는 1인칭 소유격을 활용해 또 한 명의 위대한 예술가인 루이즈 부르주아를 '내 것'으로 명하고자 한다. 물론 그녀는 당신의 루이즈 부르주아이기도 하다. 바로 이것이 내가 하고 싶은 말이다. 나의 루이즈 부르주아와 당신의 루이즈 부르주아는 친척일지는 몰라도 일란성 쌍둥이일 가능성은 거의 없다.

나는 예전부터 예술에 대한 경험은 오로지 관람자와 미술 오브제의 조우를 통해서만 가능하다고 주장해왔다. 예술의 지각 경험은 말 그대로 관람자에 의해, 관람자 안에서 체현된다. 우리는 사실에 입각한 외부의 현실을 수동적으로 받아들이기만 하는 것이 아니다. 오히려 과거에 정립된 패턴들을 통해 우리가 바라보는 것을 능동적으로 창출한다. 이런 학습된 패턴은 자동적이다 못해 무의식에 가깝다. 다른 말로 하면, 우리는 우리의 과거를 동반해 미술작품에 접근한다. 자아들과 과거들, 여기에는 우리의 민감한 감수성과 명민한 지성뿐 아니라 편견과 맹점도 포함된다. 작품의 객관적인 질—예를 들어 대리석 · 거울 · 강철과 유리로 만들어진 〈셀(눈目과 거울)〉—은 관객의 눈에서 생명을 얻고 살아나지만, 이 모습은 또한 기억과 잘 정립된 지각 습관perceptual habit의 형태이다. 기억이 없으면 인식도 없다. 그러나 좋은 예술은 우리를 놀라게 한다. 좋은 예술은 우리로 하여금 예측의 방향을 틀어 패턴을 깨게 만들고 새로운 방식으로 보게 한다.

나는 우리가 포크나 의자를 다루듯 미술작품을 다루지는 않는다고 주장했다. 포크나 의자나 거울이 미술작품 안으로 들어오면, 서랍 안의 포크나 거실에 놓인 의자나 화장실의 거울과는 질적으로 달라진다. 살아 있는 의식과 무의식의 자취를 담고 그 존재의 활력을 띠게 되기 때문이다. 미술작품의 일부는 항상 사람이다. 그러므로 예술에 대한 경험은 상호인간적이거나 상호주체적이다. 예술에서 정립된 관계는 사람과 반인반물半人半物 사이에 있다. 절대로 사람과 단순한 사물의 관계일 수 없다. 우리가 예술에 부여하는 생명력 덕분에 우리는 강력한 정서적 애착을 가질 수 있게 된다.

나의 루이즈 부르주아는 내가 이해한 작품에 그치는 것이 아니다. 나의 루이즈 부르주아는 그 구불구불 휘어지고 싱그럽게 싹트는 의미들을 내가 분석한 바에 그치는 것이 아니다. 이제 그것은 기억 속에서 의식적이자 무의식적으로 육화된 내 자아의 일부가 되어 다시 내 작업의 형태로 바뀐 루이즈 부르주아이다. 이것은 예술가들 사이에 일어나는 기이한 전이轉移의 일부다. 내가 '전이'[11]라는 정신분석학 용어를 빌려온 것은 부르주아가 이 말을 이해했을 거라 믿기 때문이다. 정신분석은 학문적으로 부르주아를 매혹했을 뿐 아니라 그녀의 삶의 방식이 되었다. 부르주아는 1953년 뉴욕에서 헨리 로웬펠드 박사를 만나 정신분석을 시작했고, 그것은 1985년 박사의 죽음으로 끝이 났다. 그런데 부르주아는 1993년 어느 인터뷰에서 정신분석을 부정했다.

---

11) transference, 정신분석학 용어로, 프로이트에 의하면 과거 타인과의 관계가 정신분석 치료에서 분석가를 향한 정서적 반응으로 나타나는 것이다. 반면 라캉은 그보다는 주체와 타자 사이의 상호주관적인 구조를 강조했다.

"정신분석을 받아보신 적이 있나요?"

"아니요." 루이즈 부르주아는 대답했다. "하지만 자아향상, 자아분석에 평생을 바쳤지요. 둘 다 같은 거죠."

전이에서 분석가는 환자에게 중요한 타자로 위장하게 되는데, 그 타자는 보통 첫사랑의 대상이나 부모다. 루이즈 부르주아에게 그 타자는 어머니 · 아버지 · 형제자매, 즉 그녀가 자신의 일부인 글에서 우리에게 제시한 어린 시절의 드라마에 나오는 모든 인물들이었을 것이다. 루이즈 부르주아는 경이로운 문인으로서 삶과 예술에 관해 날카롭고 명료한 관찰을 하고 있다. 글쓰기는 그녀의 일부다. 하지만 그녀의 예술은 그 자체로 삶의 이야기를 전위轉位하고 대체한다.

전이는 복잡한 개념이고, 프로이트는 한참 시간이 흐른 뒤에야 전이가 모든 인간관계에서 정상적인 현상이며 쌍방적이라는 사실을 이해했다. 단순히 분석가에게 투사하는 환자의 문제가 아니었다. 분석가도 나름대로 역전이를 경험한다. 프로이트는 환자가 자기 어머니를 대하듯 분석가에게 반응할 때 전이가 '진정한 사랑'의 특질을 띠게 된다는 결론을 내렸다. 그리고 이 말을 꼭 덧붙여야겠는데, 진정한 증오도 띠게 된다. 사랑은 치료약이지만, 그 과정에 증오가 끼어드는 경우도 종종 있다.

루이즈 부르주아는 이렇게 썼다. "나이가 들면서 내가 보는 문제들이 더 번잡해질 뿐 아니라 더 흥미로워진다…. 내가 흥미를 갖는 문제들은 사상이나 오브제보다는 타인을 향하는 경향이 있다. 최후의 성취는 사실 사람과의 소통이다. 그런데 나는 거기에 도달하지 못한다.” 부르주아는 함축적이고 수수께끼 같은 진술의 대가이며, 개인적 근원설화를 손수 짜내는 작가이다. 그녀는 가족의 로맨스 이야기, 유년기의 배신에 대한 이야기, 드러내는 만큼 감추는 이야기들을 한다. 그러나 ‘사람과의 소통’이라는 말은 그녀의 작품을 곧바로 대화 모드에 위치시킨다. 다시 말해, 그녀는 예술은 항상 타자를 위해 만들어진다는 현실에 호소한다. 물론 가상의 타자이지만 타자는 타자다. 예술은 손을 뻗는 행위이다. 타인의 눈에 보이고 이해받고 인식되고자 하는 시도다. 예술은 어떤 형태든 전이를 수반한다.

다음은 루이즈 부르주아가 세상을 떠나기 이 년 전인 2008년에 발견된 정신분석에 대한 원고 다발에서 나온 글이다.

> 로웬펠드에게는 이것이
> 기본적인 문제
> 처럼 보이겠지만
> 내가 두려워
> 하는 건

나의 공격성이다

그렇다. 깔끔한 요약이다. 의사는 알고 있었다. 환자도 알고 있었다. 그들은 치료를 위해 삼십 년을 함께해왔다. 공격성은 특히 여자아이들에게 공포다. 루이즈 부르주아가 유년기를 보냈던 옛날에만 그랬던 것이 아니라 지금도 마찬가지이다. 여전히 여자아이는 남자아이보다 더 착하고 올바른 행실을 하도록 키워지며, 공격성과 증오를 숨겨야 한다고 배운다. 하지만 이것은 그리 쉬운 일이 아니기에 공격성과 증오는 의뭉스러운 잔인성의 형태로 스며든다. 여자아이가 주먹질이나 몸싸움에 마음껏 뛰어들 수 있는 기회는 흔치 않다. 그러나 성인이 된 루이즈는 두려움과 분노를 이용해 깨물기와 키스, 뺨 때리기와 애무, 살인과 부활의 맹렬한 변증법을 정연하게 표현한다. 침대에 바늘들이 있다. 인물과 오브제에는 자상과 상처와 신체훼손이 난무한다. 봉합해서 붙이고 글을 쓰고 수선한 천도 있다. 이 작품은 관람자로서 내가 느끼는 갈등의 장場이고, 예술가가 소재들과 벌이는 전쟁과 사랑의 처절한 장이다. 말 잘 듣는 천과 실도 사용하지만 말을 잘 듣지 않는 대리석과 스틸과 유리도 사용한다. 그리고 내가 〈셀〉 연작에서 받아 간직하고 있는 모든 정신적 이미지, 그 방들에 있던 모든 방과 오브제는 다양한 해석의 여지를 두며 고요에서 분노까지, 다정

함에서 폭력까지 양극단을 오가는 감정들을 아우른다. 그러나 그런 움직임은 관람자에게 있다. 그 작품들 자체가 고요와 정적을 가둬놓은 우리cage들이다. 성스러운 공간이며, 즉각적 인식보다는 기억을 환기하는 공간이다. 우리는 셀을 눈으로만 볼 수 있지만, 마치 실제 사물이 아니라 과거를, 어떤 정신적 심상을 바라보고 있는 느낌이 든다. 여기에 천재성이 있고 마법의 손길이 있다.

부르주아는 예술 창작은 수동적이 아니라 능동적이라는 말을 한 적이 있다. 하지만 예술가는 누구나 수동적이라고 주장하기도 했다. 정신분석가 에른스트 크리스의 말을 인용해 "영감은 능동에서 수동으로의 퇴행이다"라고 말한 것이다. 꿈은 수동적이기 때문에 예술작품이 꿈의 작업이라는 초현실주의적 관념에 반감을 느낀다는 말도 했다. 꿈은 사람이 꾸는 것이 아니라 꾸어지는 것이라면서. 루이즈 부르주아에게는 이것이 양자택일의 문제가 아니다. 대개 그녀는 둘 다를 아울렀다. 그녀의 얼굴은 야누스의 얼굴이다. 그러나 나는 그녀가 예술을 창작하는 과정이 프로이트의 표현대로 "회상, 반복, 그리고 심화작용Erinnern, Wiederholen und Durcharbeiten"이라고 생각한다. 기억하고 반복하고 철저히 체득하는 과정. 수동적이고 능동적인. 루이즈 부르주아는 자신의 창작은 소녀 루이즈의 드라마에 달려 있다고 공공연히 말했다. "내 어린 시절은 끝내 마법을 잃지 않았고 미스터리를 잃지 않았고 드라마를 잃지 않았다." 그녀의 말, 글쓰기, 그리고 어린 시절의 이야기들에서 우리는 어떤 의미를 끌어내야 할까? 그녀 아버지의 정부情婦, 그녀가 끔찍이도 싫어했던 여자, 그녀의 가정교사였고 아버지의 연인이었던 젊은 영국 여자, 그 여자에 대해서는 어떻게 생각해야 할까? 그것은 낡은 프랑스식 게임이다. 남자는 그래도 괜찮지만 여자는 아니다. 어머니의 죽음은 또 어떨까? 그리고 아버지의 죽음은? 두 죽음 모두 그녀의 정신세계를 참혹하게 유린했다.

이 모든 자기고백들은 루이즈 부르주아에게 고백적 예술가라는 타이틀을 수여했다. 벌거벗겨진 여자. 그러나 기억해야 할 사실이 있다. 그녀는 1982년 〈아트포룸〉을 통해 처음으로 그 이야기를 했다. 그때 그녀의 나이 일흔 살이었다. 삼십 년 동안 정신분석을 받으면서 자기 고통의 근원을 이야기하고 논하고 모색하고 치료한 후다. 오랫동안 무명의 예술가로 활동하다가 할머니가 되어서야 뉴욕 현대미술관에서 전시회가 열려 드디어 유명세를 얻은 것이다. 마침내 스포트라이트를 받고 칭송과 환대를 경험하게 된 상황에서도 루이즈 부르주아는 예술적 서사의 주도권을 단단히 붙잡고 절대 놓지 않았다. 성인으로서의 삶, 남편, 아이들, 정신분석, 그 밖의 많은 것들은 끝까지 그늘에 가려져 있었다. 모든 것을 다 털어놓는 것 같은 서술의 외양 덕분에 다른 세계들이 비밀로 남을 수 있었다.

나의 루이즈 부르주아는 복잡하고 천재적이고 모순적이며 가끔은 치열하게 진술하지만 또한 분별이 있다. 그녀는 베일을 쓰고 있다. 가끔은 가면을 쓰기도 한다. 그녀의 힘은 고백이 아니라 모호성을 표현하는 시각적 어휘에 있다. 그 모호함은 엄청난 힘을 응축하고 있어 서스펜스가 된다. 〈셀〉 연작은 단도직입적인 진술이 아니다. 불분명한 웅얼거림이다. 이 작품은 다른 무엇으로 도저히 환원할 수 없기 때문에 위대하다. 이 작품을 위해 루이즈 부르주아가 한 진술과 논평들은 음악의 반주 같긴 하지만, 결코 암호도 해명도 아니다. 부르주아는 이 사실을 알고 있었다. 다들 인용하지 않고는 배기지 못하는, 자기 작품에 대한 분석들을 한데 묶어놓으면 그것은 진테제가 아니라 일군의 안티테제가 된다. 그것은 비상하게 돌아가는 정신이 즉각적으로 쏟아내는 말들이며, 그 관심사는 뭐니 뭐니 해도 자기 작품의 콘텐츠일 뿐이다. 우리가 염두에 두어야 할 사실이 하나 더 있다. 그녀는 스스로가 자신의 유산에 대한 신중한 지휘자였다는 것이다.

부르주아의 〈셀〉 연작은 유체물(有體物, material things)의 시각적 언어로 쓴 시처럼 제작되었고, 우리는 그런 것을 예전에는 보지 못했기에 깜짝 놀란다. 〈셀〉 연작은 독창적이다. 이 말은 이 작품에 역사도 사회학도 과거도 다른 작품에서 받은 영향도 없다는 의미가 아니다. 그보다는 부르주아가 직접 말한 것처럼, "미술계가 남성의 것이기에" 다른 관점에서 자기 예술의 궤적을 빚어내어야만 했다는 뜻이다. 수전 하우는 에밀리 디킨슨에 대해 "자신이 영원히 지적 국경지대에 머무른다는 파열된 의식을 통해 새로운 시 형식을 건설했다"고 썼다. "그 지적 국경지대에서는 당당한 남성적 목소리들이 뒤섞여 매혹적이고 범접할 수 없는 담론을 띄우고, 역사를 거슬러 올라가 토착적이고 신비적인 해석으로 변환하기 때문이다." 하우는 문제를 꿰뚫어본다. "언어라는 보편적 테마에 참여하고자 타인들의 암호에서 메시지를 선택하는 내가 이토록 무수한 '그'의 상징과 목격담들로부터 '그녀'를 끌어낼 수 있을까?" 과제는 현실성, 즉 경험의 정서적 진실을 배신하지 않는 답변의 형식을 찾는 것이다. 디킨슨은 집에 머물면서 글을 썼다. 부르주아도 집에서 조각을 했다. 남자들이 장악한 세계로부터 숨어 있는 편이 더 쉽다고 말하긴 했지만, 결국은 그 은둔 기간을 '행운'으로 간주했다. 부르주아는 디킨슨이 살아생전 보지 못한 세상에 폭발과 함께 무서운 기세로 튕겨져 나왔다.

"내 삶은 버티어 섰다—장전된 총으로." 에밀리 디킨슨은 이렇게 썼다.

이 말 한마디만 하자. 나의 루이즈 부르주아는 나만의 동굴 감옥, 모든 삶의 일부이기도 한 혼탁하고 향기롭고 가학적이고 보드랍고 꿈과 판타지들이 가득한 지하세계의 내용물들을 휘저었다. 그러나 예술가는 식인종이다. 우리는 다른 예술가들을 잡아먹고 우리의 일부로—뼈와 살로—소화해서 우리의 작품 속에 토해낸다. 내가 곱씹고 소화한 루이즈 부르주아는 죄렌 키에르케고르, 17세기의 자연철학자 마거릿 캐번디시, 메리 셸리의 괴물 프랑켄슈타인, 밀턴의 사탄, 그리고 아무도 모르는 수많은 다른 인물들과 뒤섞여 내가 최근에 쓴 소설《불타는 세계The Blazing World》의 중심에 놓인 예술가 인물로 돌아왔다. 해리라고 불리는 해리엇 버든 말이다. 허심탄회하게 털어놓자면 나는 이 소설을 준비하기 시작할 때까지도 루이즈 부르주아가 해리엇 버든에게 어느 정도까지 영향을 미쳤는지 전혀 모르고 있었다. 무의식은 신비스러운 방식으로 작동한다.

이 소설은 어떤 학자가 쓴 서문으로 시작하며, 편집을 맡은 이 학자(성별은 알 수 없다)는 이 책을 해리엇 버든을 비롯해 여러 사람이 쓴 텍스트의 모음집이라고 소개한다. 그리고 이 텍스트들은 모두 버든이 '가면 씌우기'라고 명명한 인지실험을 핵심에 둔다. 세 남자가 대리로 대중 앞에 나서 버든의 작품을 자기 것으로 전시한다. 편집자인 I. V. 헤스가 이 책을 연구하기 시작하는 시점에 해리는 이미 고인이다. 서문에서 헤스는 해리가 공책에 글을 기록했으며 각 공책에 알파벳 하나씩을 따서 제목으로 붙였다는 사실을 독자에게 알려준다. 모든 알파벳이 공책의 제목이 되지만 I만 예외이다. 제목 중에 I는 없다. 다음은 이 서문에서 발췌한 한 대목이다. "예를 들면 페르메이르와 벨라스케스는 같이 공책 V에 담겨 있었다. 루이즈 부르주아는 (B가 아니라) L 항목으로 아예 공책 한 권을 차지하고 있었는데, 공책 L에는 그녀의 유년기와 정신분석에 대한 방담도 들어 있었다." 나는 내 가상의 예술가가 진짜 예술가에게 지고 있는 빚을 명확히 보여주고 싶었다. 그런데 두 사람의 공통점은 무엇일까?

두 사람 모두 여성이다. 루이즈 부르주아는 키가 무척 작았다. 해리는 장신이다. 진짜 예술가와 가상의 예술가는 모두 여성과 남성을 가르는 견고한 선을 지우고 두 성의 경계를 흐릿하게 하는 작업에 관심이 있다. 두 사람 모두 모호한 몸에 매혹된다. 부르주아는 남성성과 여성성이 뒤섞인 몸으로 작품세계에 일가를 이루었다. 남자의 성기, 유방, 엉덩이, 갈라진 틈새, 구근처럼 풍만한 둔덕은 이것도 저것도 아니고, 남자도 여자도 아니다. 부르주아는 "우리는 모두 어떤 면에서 무방비로 노출되어 있으며 모두 남성-여성"이라고 썼다. 버든은 두 번째 '가면'인 피니를 통해 작품을 구축하면서 〈질식의 방들〉이라는 제목을 붙인다. 그중에는 상자에서 기어나오는 자웅동체의 피조물도 있다. 두 예술가 모두 무섭게 불타는 야심의 소유자다. 두 예술가 모두 천재다. 인정받지 못해도 광인처럼 예술

작업에 매달리지만, 절박하게 인정을 갈구하기도 한다. 그리고 여자들은 미술계에서 주변적 존재로 남을 수밖에 없다는 사실을 날카롭게 인식하고 있다. 〈가면 씌우기〉는 인식과 기대를 주제로 한 해리의 장대한 게임이고, 여성 작가라는 아이러니를 활용한, 여성 작가라는 아이러니에 대한 유희이기도 하다.

1974년 루이즈 부르주아는 "여성은 결코 제거될 수 없는 존재라는 사실을 거듭 거듭 증명해 보이기 전까지는 결코 예술가로서 자리를 잡을 수 없다"고 썼다.

해리 버든은 공책에 이렇게 쓰고 있다. "나는 '게릴라 걸스'[12]에도 불구하고 여전히 페니스가 있는 것이 낫다는 걸 알고 있었다. 나는 오래전에 꺾어진 나이에, 한 번도 페니스를 가져본 적이 없다."

분노, 공격성, 공격성에 대한 두려움도 있다.

루이즈 부르주아는 한 인터뷰에서 이렇게 말했다. "나는 갖가지 두려움에 시달린다. 하지만… 공격성에서 크나큰 해방감을 느낀다. 죄책감은 전혀 느끼지 않는다, 다음날 아침까지는. 그래서 폭력적이고 전부 때려 부수는 일에서 환상적인 쾌감

---

12) MoMA의 전시회 〈현대 회화와 조소의 국제적 개관〉에 반응해 결성된 조직이다. 이 전시회에는 작가들 169명이 소개되었으나 그중 여성은 17명에 불과했다. '게릴라 걸스'는 익명의 시위를 통해 시각예술계에 만연한 성차별주의와 인종주의에 관심을 돌리기 위한 행동을 주도했다.

을 얻는다. 다음날이 되면 덜컥 겁에 질려버린다…. 그러나 공격성이 지속되는 동안은 즐긴다. 정말이다…. 어떻게든 용서를 받아내려 애쓰다가도, 도발하면 원점으로 돌아가 다시 시작한다.” 논의는 이렇게 심화된다. “그런데 예술가는 탐욕스럽기까지 하기 때문에 더 나쁘다. 인정을 원하고, 홍보를 원하고, 온갖 턱없고 우스운 것들을 원하기 때문이다.”

해리엇 버든의 공책에는 이런 글도 있다. “그것이 올라오고 있어, 해리, 네가 고개를 숙이고 걷던, 심지어 알지도 못하던 그 시절부터 쌓이고 쌓여왔던 그 맹목적이고 부글부글 끓는 광적인 분노가. 이젠 더이상 미안하지 않아, 할망구. 문을 두드렸다는 이유로 수치스러워하지도 않아. 문을 두드리는 건 부끄러운 일이 아니야, 해리. 너는 가부장들과 그 졸개들에 대항해 일어서는 거야, 그리고 해리, 너는 그들이 지닌 공포의 이미지야. 복수에 미친 메데아. 그 작은 괴물은 상자에서 기어 나왔어, 그랬지? 다 크려면 아직 멀었어, 다 크려면 한참 멀었다고. 피니 다음에 하나가 더 있을 거야. 동화에서처럼 셋이 될 거야. 색깔도 얼굴도 다른 세 개의 가면. 그래서 이야기는 완벽한 형태를 갖추게 될 거야. 세 개의 가면, 세 개의 소원, 언제나 셋. 그리고 이야기는 피 묻은 이빨을 갖게 될 거야.”

두 사람 다 아버지에게 상징적 복수를 한다.

남편이 세상을 떠나자, 부르주아는 친아버지를 잡아먹고 예술로 표현했다. 그녀가 〈아버지 파괴The Destruction of the Father〉라고 명명한 거대한 핑크색 · 붉은색 내장은 끔찍스럽고 희열에 차 있으며 살짝 희극적이기도 한 작품이다. 그녀는 이 작품에 이런 이야기를 붙였다. 그녀와 남동생이 우악스럽고 폭압적인 아버지의 방식을 증오해 어느 날 아버지를 죽이고 게걸스럽게 잡아먹어버렸다는 것. 이런 분노는 특히 장르를 막론하고 예술 창작을 하는 여성들의 전유물이다. 여성 작가들은 도저히 기어 나오기 힘든 상자 속에 처넣어지기 때문이다. 이 상자에는 '여성 예술'이라는 꼬리표가 붙어 있다. 우리가 언제 남성 화가 · 남성 소설가 · 남성 작곡가라는 말을 들어보기나 했던가? 남자는 규준이고 규칙이고 보편이다. 백인 남자의 상자는 전 세계다. 루이즈 부르주아는 예술을 창작하는 예술가였다. "우리는 모두 남성-여성이다." 모든 위대한 예술은 남성-여성이다.

가부장은 우리를 실망시킨다. 그들은 보지 못하고 듣지도 못한다. 여자에 눈멀고 귀먹을 때가 많고, 허세를 부리고 뻐기고 다니면서 마치 우리가 없는 것처럼 행동한다. 가부장이 모두 남자는 아니다. 여자일 때도 있다. 스스로에게 눈멀고 스스로를 증오하는 여자들. 이들은 전부 수백 년 묵은 지각 습관과 그들의 정신을 지배하는 기대에 붙들려 있다. 그리고 이 습관은 아직도 성적 욕망의 대상으로 간주되는 젊은 여자에게는 최악이다. 젊고 매력적이고 비옥한 몸은 진정한 의미에서 결코 진지할 수 없고, 위대한 예술의 배후에 선 몸이 될 수 없기 때문이다. 하지만 젊은 남자의 몸, 잭슨 폴록의 몸은 위대한 예술성에 마침맞게 제작된다. 예술의 영웅이다.

그러나 공격성, 즉 위압적이고 지배적이고 생색을 내는 가부장의 방식에서 창출된 복수욕은 그것을 활용해 새로운 형태로 빚어 예술로, '셀'로, 보는 사람으로 하여금 감옥과 생물학적 몸을 둘 다 떠올리게 만드는 방으로 변환될 수 있다. 사랑하고 분노하는 몸, 그러나 예술가가 실제로 갖고 있는 필멸의 몸에서 탈출해 그가 죽은 뒤에도 삶을 이어가는 몸 말이다. 나만의 해리엇 버든이 정말로 보이게 되는 건 그녀가 죽고 난 후의 일이다. 해리엇 버든은 예순네 살의 나이에 죽는다. 루이즈 부르주아가 아흔여덟이 아니라 예순넷에 죽음을 맞았다고 생각해보라. 그녀가 그렇게 오래 산 것은 우리로서는 행운이다.

루이즈 부르주아는 이렇게 말했다. "뉴욕 현대미술관의 수탁자들은 파리 출신의 젊은 여자에게 관심이 없었다. 그 여자가 관심을 보인다고 해서 으쓱하지도 않았다. 그 여자의 세 자녀에게도 관심이 없었다…. 그들은 남성 예술가들, 그것도 결혼했다고 말하지 않는 남성 예술가들을 원했다…. 그곳은 궁정이었고, 예술가들은 광대처럼 그 궁정으로 와서 여흥을 제공하고 사람들을 매혹시켰다." 이 절제된 분노의 목소리를 들어보라. 루이즈 부르주아는 자기 자신을 3인칭으로 지칭한다. 그들은 파리 출신의 젊은 여자, 과거의 루이즈 부르주아와 아무 관계도 맺고 싶어하지 않았다. 눈이 멀어 그녀의 천재성을 보지 못했다. 그녀가 삼십대에 만든 작품들에부터 일찌감치 깃들어 있던 천재성은 당대의 여러 예술 영웅들에 전혀 뒤처지지 않았다. 아니, 오히려 더 뛰어났다.

여자는 차라리 늙은 것이 훨씬 나을 때가 많다. 늙고 주름진 얼굴은 어쩌다 보니 여자로 태어난 예술가에게 훨씬 더 잘 어울린다. 늙은 얼굴은 에로틱한 욕망으로 사람을 위협하지 않는다. 늙은 얼굴은 더이상 귀엽지 않다. 앨리스 닐 · 리 크래스너 · 루이즈 부르주아, 이들은 노년에 인정을 받았다. 조안 미첼은 죽고 나서 예술의 천국으로 날아올랐다. 그리고 이 사실을 기억하라. 위대한 여성 예술가의 작품은 모두 위대한 남성 예술가의 작품보다 값이 싸다. 훨씬 더 싼 가격에 나온다.

루이즈 부르주아는 수수께끼 같은 말을 하나 더 남겼다. "예술가가 예술가로 존재하고자 하는 내면적 필요는 처음부터 끝까지 젠더와 섹슈얼리티의 문제이다. 여성 예술가가 좌절하고 사회에서 예술가로서 즉각적인 역할을 맡지 못하는 것은 이러한 필요의 결과이고, 여성 예술가는 (성공을 거두었다 해도) 결과적으로 무기력할 수밖에 없다." 성공을 거두었다 해도 여성 예술가는 바깥에 있다. 그것은 여전히 여성의 예술이다.

나의 루이즈 부르주아는 진짜 경험을 치열한 상징으로 번역해야 할 필요를, 그 불타는 강박을 이해했다. 번역되어야 하는 그 경험은 심오하고 오래된 것이다. 의식적인 동시에 무의식적인 기억으로 만들어진 경험이다. 여성과 남성, 남성-여성의 몸에 대한 것이다. 알파벳으로 만들었든 패브릭 · 스틸 · 석고 · 유리 · 돌 · 납 또는 철로 만들었든, 예술작품은 가상의 타자, 작품을 보고 들어줄 타자를 향한 소통의 수단이다. "나는 상징이라는 말을 실제는 아니지만 친구인 사물을 뜻할 때 쓴다"고 그녀는 설명했다. 그렇다, 상징은 실제가 아니다. 재현이다. 그러나 그럼에도 불구하고, 우리가 보고 읽을 때 우리 안에 살아 있다. 그 상징은 우리가 된다. 우리 세포의 일부를 구성하고, 우리 몸과 뇌의 일부가 된다. 기억 속에서 계속 삶을 이어가다가, 가끔은 우리가 상상력이라고 부르는 기이한 뇌회腦回를 통해 또 다른 예술작품이 된다.

안젤름 키퍼:

진실은 언제나 회색이다

우리 어머니는 1940년 4월 9일 독일군이 노르웨이를 침공했을 때 열일곱 살이었다. 내가 이 글을 쓰고 있는 지금 어머니는 아흔 살이 다 되었지만, 5년이라는 나치 점령 기간에 대한 기억은 생생하고 뼈아프게 남아 있다. 어머니는 1950년대 초반에 오슬로에서 나의 미국인 아버지를 만났고, 미국으로 이주해 계속 미국에서 살았다. 1960년대 후반 어느 날 오후(정확한 연도는 기억하지 못하신다), 미네소타 어느 소도시에서 차를 타고 가던 어머니는 나치 친위대 제복을 입고 인도를 걷는 한 남자를 보았다. 어머니는 분노로 덜덜 떨면서 차를 세우고 차창 밖으로 몸을 내밀어 그 남자를 향해 고래고래 소리를 질렀다. "부끄러운 줄 알아요! 사람이 창피한 걸 알아야지!" 그 남자가 공연장에서 공연용 의상을 입고 나온 것인지 혹은 미친 사람인지 알 수는 없지만, 어머니는 그 사건으로 큰 심리적 충격을 받았다.

글머리에 이 이야기를 한 이유는, 비슷한 시기에 안젤름 키퍼라는 젊은 독일 예술가가 나름의 방식으로 〈점령Occupations〉을 연출해 총통에게 경례하는 나치 같은 포즈를 취했기 때문이다. 이 연작 사진[13]에 대한 반응으로 독일 사회는 격렬하게 들끓었다. 나치즘에 대한 모호한 재현들은 여전히 폭발적으로 남아 있다. 국가사회주의의 신화와 허식, 그리고 수사修辭 안으로 들어가 수백만 명을 사로잡은 유혹적 장악력을 이해하려고 노력한다는 것은 종족 학살이라는 범죄에 오염되는 위험을 감수한다는 의미이다. 1987년 시카고 아트 인스티튜트와 필라델피아 미술관에서 개최된 키퍼 전시회를 위한 에세이에서 마크 로젠탈은 키퍼의 말을 인용했다. "나는 네로나 히틀러와 동일시하지 않는다…. 그러나 그 광기를 이해하기 위해서는 그들이 한 짓을 아주 조금은 재연해볼 필요가 있다."[1] 키퍼의 부정에도 불구하고 재연은 동일시를 암시하며, 기억을 통한 반복은 과거를 현재의 공간으로 끌고 들어온다.

핀란드 학자 파울리 필쾨Pauli Pyllkö는 나치즘을 연구하는 위험에 대한 글에서, 이해하기 위해서는 어느 정도의 '재경험'이 필요하다고 주장한다. "적어도 이해하려 애쓰는 대상을 받아

13) 1969년의 자화상 사진 연작

들이는 시늉을 해야 한다. 이런 의도적 가장 행위는 허구의 태도와 비슷하다. 허구의 세계에서 일상 세계로 돌아올 수는 있지만, 귀환 이후에도 마음속에는 이질적인 무언가가 살아남아 있기 마련이다…. 누가 봐도 이건 철저히 무구하거나 무해한 기획이 아니다."[2] 기억과 상상력의 형태 변화는 우리에게 항구적인 흔적을 남길 수 있다.

우리 앞에 놓인 매혹적 대상이 위험한 외양을 띨 때 매혹은 혐오와 뒤섞인다. 이 감정적 줄다리기는 안젤름 키퍼의 작품을 바라보는 행위의 일환이고, 사랑과 증오를 모두 불러일으켰다. 최고의 예술작품은 결코 무해하지 않다. 관객의 인지적 예상을 뒤바꿔버리기 때문이다. 시각의 패턴이 흔들리고 전복될 때, 비로소 우리는 진짜로 주의를 기울여 내가 지금 무엇을 보고 있는지 자문할 수 있다. 저것은 나치 사관의 정복을 입고 라인 강변에 있는 안젤름 키퍼의 사진인가? 구겨지고 흐릿한 저 이미지는 보는 즉시 카스파르 다비트 프리드리히의 〈안개 바다 위의 방랑자〉(1818)를 떠올리게 하지 않는가? 독일 낭만주의의 외로운 남성상을 우리에게 전해준 바로 그 그림 말이다. 그리고 낭만주의는 1920년대에 독일에서 부흥을 맞지 않았던가? 철학자 마르틴 하이데거 역시 예언적이고 비합리적인 현존재의 경험으로 그 제2의 물결에 참여하지 않았던가? 하이데거는 끝까지 나치라는 오명을 벗지 못했으나 그의 사유는 포스트휴머니즘에 결정적 역할을 하고 계몽주의의 합리적 주체에 반대하지 않았는가? 두 번의 낭만주의 시대는 납땜을 활용한 키퍼의 대작에서 융합된다. 기억의 징표인 흑백 사진은 유약한 인화지에서 거대한 오브제로 양태 변환되어, '납땜'을 통해 말 그대로 거대한 묘석처럼 과거의 무게를 묵직하게 짊어진다.

키퍼의 작품은 1980년 베니스 비엔날레에서 처음 주목받고 전 세계 사람들에게 선보인 이후로 수천 페이지에 달하는 논평을 촉발시켰다. 작가들은 대중적 기사뿐 아니라 학문적 저서를 통해, 과장된 송가에서 신랄한 독설로 가득한 혹평에 이르기까지 다양한 어조로 키퍼의 작품에서 의미를 찾아 설명해 보려 했다. 내가 키퍼의 작품에 대한 극단적 견해들에 흥미를 느끼는 것은 내용 자체 때문이 아니라, 그 양극성이 키퍼의 예술에 내재한 모호성을 드러내기 때문이다. 키퍼는 컬러코드의 이름이기도 한 상투적 표현을 인용해 "진실은 언제나 회색이다"라는 말을 한 적이 있다.[3] 키퍼에게는 비유적으로나 말 그대로 보나 회색이 아주 많다.

이 예술가에 대해 글을 쓰면서 거창한 테마를 놓치는 작가는 없다. 역사적 트라우마, 특히 홀로코스트의 발굴이라든가 여러 신화와 카발라를 비롯한 신비주의적 전통에서 따온 심상과 언어, 또는 연금술의 빈번한 인용에 모두가 주목했다. 관객을 왜소하게 만들고 압도하는 여러 작품의 거대한 스케일에 대해서는 아무도 의심하지 않는다. 그가 사용한 소재—상처가 있고 그을리고 찢어지고 겹쳐지고 어떤 식으로든 폭력적으로 훼손된 표면에 사진, 흙, 짚, 모래, 천, 재와 납을 활용하는 방식—에 고의적 의도가 짙게 배어 있다는 사실을 반박하는 사람도 없다. 논쟁은 그 의미가 대체 무엇인가에 집중되었다. 키퍼의 작품은 그가 만들어 예술가로 활동한 일평생 거듭 환기한, 수많은 수수께끼 같은 책들처럼 '해독'을 요한다. 키퍼의 작품을 관람하는 사람은 이미지와 텍스트의 독자로서 의미에서 의미로 이어지는 연상의 그물을 잣게 된다. 그리고 그 의미는 어느 하나의 단일한 스키마에 안일하게 머무르지 않는다.

〈독일의 정신적 영웅들Deutschland's Geisteshelden〉(1973)을 보면 원목으로 지은 깊고 텅 빈 방에 불타는 횃불이 빙 둘러 걸려 있다. 로젠탈은 이 공간을 키퍼가 한때 개조해서 작업실로 사용했던 학교 교사校舍와 동일시한다.[4] 사적인 공간이지만 한편으로는 알베르트 슈페어[14]의 위풍당당한 나치 건축과 고대 북유럽 신화의 발할라를 환기하며 바그너의 〈반지〉 연작과 바그너 음악에 대한 히틀러의 집착까지 떠올리게 하는 장소다.

---

14) Albert Speer(1905~1981), 독일의 건축가. 베를린 시 전체를 개조해 '세계의 수도 게르마니아'로 만들고자 한 히틀러의 계획에서 총책임을 맡았다.

그림의 굵은 삼베 표면에는 요제프 보이스[15], 아르놀트 뵈클린[16], 한스 토마 리하르트 바그너[17], 카스파르 다비트 프리드리히, 리하르트 데멜[18], 요제프 바인헤버[19], 로베르트 무질[20], 그리고 메히트힐트 폰 마그데부르크[21] 같은 '영웅들'의 이름이 적혀 있다.

여러 비평가들이 이 인물들을 독일인으로 보았지만, 사실 이중에는 스위스인 아르놀트 뵈클린도 있거니와 20세기의 오

---

15) Joseph Beuys(1921~1986), 독일의 아방가르드 미술가. 나치 공군으로 복무하다가 러시아에 추락해 독일이 전쟁에 패할 때까지 포로수용소에 수감되었다. 실존적 경험을 바탕으로 원초적 체험으로 돌아가는 전위적 예술을 주창했다.

16) Arnold Böcklin(1827~1901), 스위스의 화가. 인상주의를 싫어했으며 자기만의 신화적 환상을 어두운 배경에서 타는 듯이 비쳐나오는 보석 같은 색채로 그렸다. 만년에는 종말론적 분위기가 강한 작품을 만들었다. 대표작으로 〈죽음의 섬〉 〈오디세우스와 칼립소〉 등이 있다.

17) Hans Thoma(1839~1924), 독일의 화가. 독일 남부의 전원과 산악을 소박하고 낭만적으로 표현한 밝은 색채의 풍경화와 가족 · 농민 · 어린이 등의 인물화를 주로 그렸다.

18) Richard Dehmel(1863~1920), 독일의 서정시인. 사회주의적 경향을 띠는 자연주의를 표방했다. 에로스의 힘을 주제로 본능과 이성理性의 갈등, 인간성을 높여 우주의 비밀에 이르게 하는 사랑을 분방하게 노래했다. 주요 저서로 《구제》 《그래도 사랑은》 등이 있다.

19) Josef Weinheber(1892~1945), 오스트리아의 서정시인. 자전적 장편소설 《고아원》, 시집 《귀족과 몰락》 등으로 많은 문학상을 받았고 시인으로서 독자적인 경지를 개척하였다.

20) Robert Musil(1880~1942), 오스트리아의 소설가. 처녀작 《사관후보생 퇴를레스의 망설임》으로 호평을 받은 후, 희곡 《열광자들》을 발표해 클라이스트 상을 수상했다. 에세이적 · 분석적이면서도 날카로운 풍자가 담긴 글쓰기로 현실과 비현실의 이중적 세계를 구축했다.

21) Mechthild von Magdeburg(1207~1282), 중세의 가톨릭 수녀. 독일어로 책을 쓴 첫 번째 신비주의자이다. 자신이 신神을 본 일에 대해 서술한, 총 일곱 권의 《신성의 흐르는 빛》을 발표했다.

스트리아인도 두 사람 끼어 있다. 엄밀히 따져 이 두 사람이 독일인이었던 기간은 1938년 오스트리아 국가조약 때부터 1945년 종전까지이다. 한 사람은《특성 없는 남자》를 쓴 로베르트 무질이고, 다른 한 사람은 반反나치인 W. H. 오든이 시에서 찬양한 바 있는 나치주의자 요제프 바인헤버이다. 바인헤버는 키퍼가 태어나고 정확히 한 달 후인 1945년 4월 8일에 자살을 했고, 유일한 여성인 메히트힐트 폰 마그데부르크는 신과의 결합을 열렬한 성적 심상을 통해 묘사했던 13세기 기독교의 환상체험 신비주의자였다. 사빈 에크만은 이 그림에 새겨진 이름들이 "독일어를 쓰는 문화적 인물"이라고 정확히 지목하지만, 한편으로는 보이스와 폰 마그데부르크를 제외하면 모두 "나치 체제에서 높은 평가를 받았다"[5]고 쓰고 있다. 그러나 사실 무질의 책들은 나치 시대에 금서였다. 시인 리하르트 데멜은 열렬히 참전을 지지했던 1차 세계대전에서 부상을 입고 1920년 그 후유증으로 사망했다. 그는 외설적이고 신성모독을 일삼는 작품을 출간했다는 죄목으로 비난받고 기소되어 1890년대에 독일 법정에서 재판을 받았다. 데멜의 이름은 격렬한 에로티시즘과 책을 억압했던 독일 역사 모두와 연결고리가 있다.

1933년 5월 10일 독일 대학생들은 독일 전역에서 횃불 시위를 벌이고 '비독일적un-German'으로 간주되는 책 2만5000권을 불태웠다. 그중에는 기독교로 개종한 유대인 시인 하인리히 하이네의 작품들도 포함되어 있었다. 하이네는 1821년에 발표한 희곡 〈알만조르Almansor〉에 다음과 같이 썼다. "Dort, wo man Bücher verbrennt, verbrennt man am Ende auch Menschen."[6] 해석하면 "책을 불태우는 곳에서는 사람도 불태우게 될 것이다"라는 뜻이다. 이 Geisteshelden(정신적 영웅들)—독일어 단어 Geist는 마음, 유령, 그리고 혼을 뜻한다—은 공적이지 않고 매우 사적인 영웅들의 목록을 구성한다. 이름은 역사적 기억의 일부이기도 한 영적 공간에 새겨지고, 키퍼가 이 공간에 접근하려면 산 제물을 불태워 바치는 대량학살의 희생제—이것은 키퍼가 출생하고 두 달 뒤에 끝이 났다—라는 경계를 넘는 길밖에 없다. 텅 빈 교실에서 은유와 직설은 붕괴해 서로 포개진다. 책과 회화와 음악에 보존된 시적이고 영적으로 에로틱하며 음악적인 표현의 살아 있는 불길은 실제로 책과 사람을 화형에 처하는 행위와 돌이킬 수 없는 방식으로 엮여 있다. 개인적인 것, 역사적인 것, 그리고 신화적인 것이 어우러져, 눈에 보이지 않는 유령들의 캔버스에서 음침하게 아이러니한 쌍방 대화의 긴장을 창출한다. 이것은 재현적이면서 동시에 비재현적이다.

리사 솔츠먼은 키퍼가 "아우슈비츠 이후에 시를 쓴다는 건 야만적"이라는 테오도르 아도르노의 유명한 말을 뇌리에서 떨치지 못하고 작품에서 우상파괴와 씨름했다고 주장했는데, 이 주장은 확실히 옳다.[7] 죽음의 수용소를 재현하는 것은 불가능하다. 영화와 사진은 공포의 다큐멘터리로 존재하지만 예술이 될 수는 없다. 게르하르트 리히터가 수년에 걸쳐 모은 수백 장의 사진 모음집인 《아틀라스Atlas》에 죽음의 수용소 사진들이 포함되어 있다는 사실은 흥미롭다. 리히터는 이 사진들은 "그리는 것이 불가능하다"[8]고 말했다. 리히터는 키퍼보다 열세 살 연상이었고, 우리 어머니처럼 전쟁에 대해 구체적인 기억을 지니고 있었다. 반면 키퍼에게는 그런 구체적인 기억이 없었다. 부모, 특히 아버지들이 저지른 범죄의 공범이 아니라 상속자인 키퍼와 그의 동세대인들은 독일의 전쟁 후유증이 낳은 피조물이었다. 폭격으로 잿더미가 된 나라에는 나치였던 자신들의 과거를 말할 수 없는 시민들이 살고 있었다.

이 역사적 기억에 대해 말하거나 형태를 구성하려면 어떻게 해야 할까? 루마니아계 유대인인 파울 첼란[22)]은 여러 나라의 언어를 말하며 성장했지만 독일어로 글을 썼다. 첼란의 부모

---

22) Paul Celan(1920~1970), 본명은 파울 안첼Paul Antschel. 유대계 독일인 시인. 2차 세계대전 후 빈을 거쳐 파리에 정착했으며 센 강에 투신자살했다. 나치 강제수용소에서 부모를 잃은 체험에서 생긴 마음의 상처를 핵核으로 초현실주의의 영향을 받아 보기 드물게 순수한 시공간을 창조했다. 시집 《양귀비와 기억》에 수록된 〈죽음의 푸가〉는 현대시의 고전으로 평가된다. 생전에 여섯 권, 사후에 세 권의 시집이 간행되었으며, 1960년에 퓨히너 상을 수상했다.

는 1942년 우크라이나의 나치 노동수용소로 보내졌다. 아버지는 티푸스로 죽었고 어머니는 기력이 쇠해 노동을 할 수 없게 되자 나치 사관의 총에 맞아 죽었다. 키퍼는 첼란의 시를 중추적으로 다루고 활용함으로써 시적이고 시각적인 언어를 모색했다. 에드몽 자베스[23]는 "하이데거의 독일에는 파울 첼란을 위한 자리가 없었다"[9]고 썼지만, 현실은 복잡했다. 우리는 첼란이 하이데거를 반박하는 아도르노의 소논문 〈진정성의 용어〉에 반대했고, 깊은 애증관계에도 불구하고 그 철학자를 옹호했음을 안다.[10] 첼란은 1947년의 어느 편지에 "세상 그 무엇도 시인으로 하여금 시를 포기하게 하지는 못한다. 시인이 유대인이고 그가 쓰는 시의 언어가 독일어라 해도 말이다"[11]라고 쓴 적이 있다. 키퍼는 첼란의 시 〈죽음의 푸가Todesfuge〉를 반복적으로 인용하면서 홀로코스트를 말하는 시인의 독특한 독일어를 빌려온다. 첼란의 언어가 키퍼 자신의 표현적 필요성을 위한 매개체이자 허가증이 된 것이다. 첼란이 그 시에 쓴 표현인 "dein goldenes Haar Margarete(마르가레테, 너의 금빛 머리카락이여)"는 "dein aschenes Haar Sulamith(줄라미트, 너의 잿빛 머리카락이여)"—시에 등장하는 이 두 여인상은 각각

---

23) Edmond Jabès(1912~1991), 이집트 출신의 유대인 작가이자 사상가로 프랑스에서 집필 활동을 했다. 주요 저서로 《물음의 서書》 등이 있다.

독일인과 유대인이다—에 대조되고, 키퍼에 의해 황금빛 밀짚과 불탄 잿더미의 풍광으로 변형되어 돌아오고 또 돌아온다.[12] 추상에 가까운 풍경인 〈뉘른베르크Nürnberg〉(1982)는 시커멓게 그을린 흙과 짚을 더해 "Nürnberg Festspiell-Wiese"라는 글자를 지평선 바로 위에 새겨넣었다. 나는 무엇을 보고 있는지 파악조차 하지 못한 상태로 공포에 휩싸였다. 이 작품에는 바그너의 희극 오페라 〈뉘른베르크의 명가수Die Meistersinger〉, 히틀러의 군중대회, 1935년의 뉘른베르크 유대인 차별 법령, 전후의 전범 재판이 인용되어 있으나, 그림의 비통한 힘은 캔버스 자체가 격렬하게 움직이는 듯한 느낌으로부터 온다. 전혀 미국적이지 않은 액션 페인팅 기법을 써서 화가의 몸이 남긴 자취들, 재현에 의해 변환된 캔버스이다. 나는 잡초가 무성하게 우거진 옛 철로의 흔적을 보고 있는 걸까, 아닐까?

키퍼의 작품에서 변형 의지는 강력하다. 연금술의 타오르는 불길도 예술적 창조성의 비유이다. 아궁이와 쌓인 찌꺼기가 있고 날아오르는 천사의 날개처럼 연한 빛깔 깃털이 달린 유리 증류기 〈아타노르Athanor〉는 3차원의 시에서 오브제들을 결합한다. 키퍼의 시각적 어휘와 친숙한 나는 어쩔 도리 없이 휘말려 작품에 다층의 의미를 부여하고 연금철학alchemical philosophy의 은밀한 불길과 함께 전소된 사체들을 읽어내도록 강요당한다. 물론 이것은 나의 읽기이다. 가능한 여러 해독

들 중 하나에 불과하다. 키퍼의 예술은 해석학적 예술이며, 해석을 시작하기 한참 전부터 관객이 전달받는 불편하고 양가적이고 가끔은 괴롭게 뒤틀린 의미들을 은폐하는 동시에 폭로한다. 키퍼의 작품을 영웅주의든 속죄든 하나의 서사로 환원하는 것은 실수다. 그런 안이한 흑백의 양극성이야말로 키퍼의 예술이 도전하고 저항하는 대상이다. 회색의 영역에서는 정의가 허물어지고 평범한 언어가 부적절해져서 순전한 무의미의 음절들과 다를 바가 없어진다. 또 다른 표현의 양식이 필요해진다. 고통스러운 모순과 고뇌의 모호성을 품을 수 있는 표현의 양식 말이다. 따라서 시적 심상에 의지할 필요가 생겨난다. 날카로운 파편으로 산산이 부서져 의미론적 다중성으로 흩어지고, 첼란의 표현대로 우리로 하여금 "ein Grab in den Lüften," 즉 "허공의 무덤"[13]을 보게 하는 표현 양식 말이다.

매플소프/알모도바르:
포인트와 카운터포인트

1. 영화 감독 페드로 알모도바르가 큐레이터를 맡은 로버트 매플소프 전시회의 첫인상은 내가 지금 고전적인 이미지들을 보고 있다는 것이었다. 그 이미지들은 나로 하여금 그리스 조각을 사진으로 생각하게 만들었다. 매플소프는 움직임의 환각을 창출하려는 시도를 전혀 하지 않는다. 회화나 조각과 달리 사진은 '포착'할 사람이나 사물이 이 세상에 있어야 하는데, 살아 있는 사람은 그냥 숨만 쉬어도 움직이는 존재이다. 매플소프가 다루는 인간 주체는 실제로 존재했고 또 존재하는 사람임에도 불구하고—사진 몇 장에는 피사체의 이름이 적혀 있다—, 무생물처럼 느껴진다. 우리는 서사적 존재를 보고 있지 않다. 그 사람들은 고착되고 생명이 없는 사물이며, 정물

24) 정물화nature morte는 말 그대로 직역하면 '죽은 자연'이라는 뜻이다.

화[24]의 오브제처럼 세심하게 배치되어 있다. 알모도바르는 이런 동결된 특질을 강조라도 하려는 듯, 조각을 찍은 매플소프의 후기 사진 〈레슬링 선수Wrestler〉도 한 장 포함시켰다. 매플소프는 고대 조각들의 실물보다는 모작을 찍는 쪽을 선호했는데, 모작에는 흠결이 없기 때문이었다. 재현된 모작은 완벽하다. 매플소프는 언젠가 자신은 '완벽'을 향해 매진한다는 말을 하기도 했다. 이 사진들은 완벽하고, 그 완벽성에는 어쩐지 이질적인 구석이 있다.

2. 반면 패티 스미스의 사진은 완벽하지 않다. 나체를 드러내기보다는 가리려는 듯 쭈그리고 앉아 카메라를 바라보는 그녀는 연약하고 무방비로 보인다. 몸은 가녀리고 젊다. 갈비뼈가 보일 지경이다. 마치 내가 허리를 굽히고 그녀에게 말을 거는 기분이 든다. 내 눈에는 그녀가 오브제로 보이지 않는다. 진짜로 보인다. 사진에 다정한 감정이 배어 있다.

물론 이것이 바로 그녀의 사진이 나머지 것들과 격리되어 따로 전시된 이유이다. 패티 스미스의 초상은 이 특정한 전시회에서 예외다. 그녀의 주체성, 그녀의 성격이 이미지의 일부로 녹아 있다. 내가 말을 걸면 그녀가 대답할 것 같은 느낌에 사로잡힌다. 알모도바르의 〈그녀에게Talk to Her〉는 혼수상태에 빠진 여자들에게 말을 거는 남자들에 대한 영화다. 베니뇨는 말을 못하는 알리샤에게 말을 건네고, 그 소리 없는 허무에서 판타지의 꽃을 피운다.

3. 나는 다시 보라고, 내가 보고 있는 것이 무엇인지 재고해 보라고 나 자신을 설득한다. 매플소프의 판타지는 무엇인가? 이 사진들에는 고전적 · 형식적 미학이 있다. 그 미학은 일부 사진의 적나라하게 성적인 내용으로부터 관객을 멀찌감치 떼어놓는다. 그리스 문화는 공공연히 동성애적이었고, 남성의 연애가 어떻게 진행되어야 하는지에 대한 관습에 얽매여 있었다. 누구나 자유롭게 할 수 있는 것이 아니었다. 매플소프는 그리스의 동성애를 인용하고 즐기며 장난을 치고 있지만, 그 사진들의 아름다움은 위협성을 완전하게 가리지 않는다. 그렇지 않은가? 에로틱한 이미지들은 언제나 위협을 담고 있다. 최소한 발기의 위협이라도 있기 마련인데, 탐스러운 성적 대상으로 그려진 남자들의 이미지는 그리스 이후로는 언더그라운드로 들어갔다.

4. 예술의 역사에는 남자들이 에로틱하게 소비할 수 있도록 나체로 누워 있는 여자들이 가득하다. 그 여자들은 대체로 위협적이지 않다. 안 그런가?

5. 〈성기와 악마Cock and Devil〉에서 꽁꽁 묶여 있는 성기를 보면 나는 불안해지고 약간 무섭기도 하다. 하지만 사진 속의 악마는 또한 희극적이다. 아마 이런 메시지를 전하는 모양이다. '성기를 꽁꽁 묶으면(또는 남이 묶게 하면) 그 길로 지옥행이야!' 매플소프는 가톨릭 청년이었다. 어렸을 때부터 악마의 공포에 시달려왔을지도 모른다. 여기서 유머는 종교에 대한 복수이다.

6. 그러나 〈마크 스티븐스〉는 우습지 않다. 목 부위에서 잘린 남자의 토르소가 몸을 기울이고 도마 혹은 평석의 표면에 페니스를 올려놓고 있는데, 아래에는 엉덩이가 다 드러나게 잘라낸 가죽 바지를 입고 있다. 사진은 정적靜的이다. 아무 액션도 없다. 우리가 이 남자에게서 보게 되는 것은 아름답고 이상화되어 있지만, 그 몸은 보는 사람의 심기를 몹시 불편하게 한다. 사도마조히즘 테마 때문은 아니다. 그것은 문화에 허용된 섹스에서 주변적인 것에 불과하니까. 진짜 이유는 성적 욕망과 타자에 대한 우리의 관념과 판타지(그 타자가 누구든 상관없이 말이다)가 불가피하게 몸을 해체해 에로틱하게 변화된 신체부위들로 난도질하기 때문이다. 수많은 성적 판타지들이 환원적이고 기계적이고 종종 얼굴이 없지 않은가? 사드Sade에서 《O양의 이야기The Story of O》에 이르기까지 다 마찬가지다. 사드는 남자였다. 《O양의 이야기》는 여자가 썼다.

나는 여기서 판타지를 보고 있다. 통제에 대한 판타지다. 사진작가는 이미지의 주인이지만, 또한 피사체의 굴종에 동참하고 있기도 한다. 관객이 연루되는 건 오로지 그것을 보고 있기 때문이다.

7. 그러나 그 섹시한 아름다움은 어떤 식으로든 폭력이 암시되는 순간 누그러지지 않는가? 그 이미지는 너무 '예술적'이어서 포르노그래피가 될 수 없다.

8. 포르노그래피가 오르가즘의 도구 그 이상도 그 이하도 아니라면, 매플소프는 포르노그래피적 사진을 찍고 싶어하지 않는다. 오히려 포르노그래피는 그 자체로 예술의 촉매가 될 수 있다. 매플소프는 섹스 사진들에서 괴상하게 영웅적인 형식으로 전복적 내용을 보여주고자 한다. 그리고 바로 이 지점에서 아이러니가 끼어든다. 성노예로서의 아킬레스라는 아이러니. 행위는 일반적으로 추잡한 것으로 간주되며, 금기는 고급예술의 어휘를 통해 재창조된다. 실제 섹스의 지저분한 면모는 배제된다. 빛과 그림자와 형식에 대한 논의는 사진을 외설이라는 비판에서 구출하는 수단이다. 사진이 얼마나 미학적인지 보라고! 그러나 내용은 중요하다. 알모도바르는 매플소프의 "가장 충격적인" 섹스 사진들은 선택하지 않았다. 예를 들

어 〈성기와 무릎Cock and Knee〉은 사진으로 보면 예쁘고 성기가 발기해 있기 때문에 에로틱하다. 하지만 여성 누드를 찍은 모더니즘 사진들처럼 추상적인 특질이 있다—어둠과 빛, 언덕과 골짜기. 숭고하게 아름다운 남자가 고양이를 안고 있는 〈토마스와 아모스Thomas and Amos〉는 다정한 사진이다. 이 사진은 사적 논평인 것이다. 따라서 전시회에서 가장 섹시한 사진은 〈미겔 크루즈Miguel Cruz〉이다. 셔츠를 벗고 있는 남자의 모습을 뒤에서 찍은 사진이다. 남자의 몸은 원형 프레임으로 구획되어 있다. 조각 같은 남자를 에로틱하게 바라보는 시선이다. 남자는 관객에게 등을 돌리고 있을 뿐 아니라, 후광 같은 기하학적 형태로 에워싸여 있기 때문에 더욱더 멀어진다. 모든 인간에게 거리는 흥미진진하다. 거리는 원하는 것을 얻을 수 없다는 뜻이기 때문이다. 그리고 여기에는 액션의 암시가 있다. 섹스 전에 옷을 벗는 몸짓 말이다.

9. 잘 생각해보면 성기, 특히 단단한 페니스의 이미지가 사람들을 그토록 불편하게 한다는 것은 이상한 일이다. 인간의 절반이 페니스를 가지고 있다. 그것은 너무나 '일상적인 것'이라는 말이다.

10. 그리스 예술에 묘사된 남성의 페니스 크기는 언제나 아

담하다. 반면 매플소프의 페니스 이미지들은 크다. 그리스인들 사이에서 아름답다고 간주되었을 만한 크기보다 훨씬 더 크다. 그리스인들은 괴물을 연상시키는 것은 무조건 끔찍이도 싫어했다.

11. 쿠르베의 〈세계의 기원〉은 여성의 신체부위를 묘사한 그림이다. 여자는 다리를 벌리고 성기를 드러내고 있다. 이 그림은 아름답고 에로틱하고 일상적이다. 그러나 한때는 스캔들을 몰고 온 그림이었다. 자크 라캉이 한동안 이 그림을 소유했다는 것도 매우 의미심장하다. 지금은 파리의 오르세 미술관이 소장하고 있다. 알모도바르의 영화 〈그녀에게〉 속에 삽입된 흑백 영화 〈애인이 줄었어요The Shrinking Lover〉에서 주인공은 매우 작아져서 애인의 질 속으로 기어들어간다. 그는 고향으로 돌아가 영원히 머무른다.

12. 그러나 그건 또 다른 판타지, 영화 속 베니뇨의 판타지이다. 매플소프에게는 모성에 대한 꿈이 없다. 하긴 알모도바르는 이야기꾼이다. 매플소프는 아니다. 알모도바르는 정적인 사진이 아니라 움직이는 영화를 제작하고, 서사에 엄청난 투자를 한다. 매플소프는 대체로 흑백으로 작업했다. 알모도바르는 컬러를 사랑한다. 전시회에는 붉은 튤립 한 점이 있는데, 그

것이 방점을 찍는다. 전시회의 끝을 알리는 붉은 종지부다. 두 남자는 아주 다른 미학의 소유자다. 한쪽이 아폴론적이라면 다른 한쪽은 디오니소스적이라고 말할 수도 있겠다. 매플소프는 경계를 긋고자 하고, 조심스러운 시각적 실체들, 한계의 절제된 미학을 고집한다. 남성적 피사체를 단단하고 남성적인 마초 이상으로 제시한다. 일부 이미지에 붙여진 이름들(예를 들어 켄 무디Ken Moody라든가)은 아이러니한 잉여이다. 그 사진들은 남성적 형태에 대한 익명의 찬양이기 때문이다. 알모도바르는 문지방을 허문다. 그의 성격은 독특하고 사적이다. 젠더의 차이를 가지고 장난을 치고 두 젠더를 뒤섞는다. 가끔씩은 양성적 감수성을 보여주기도 한다. 나는 성적 스타일의 이런 혼재에 몹시 공감한다. 마음이 편안해진다.

13. 매플소프의 작품을 아폴론적이라고 부르는 데 터무니없는 구석이 있다는 점은 인정한다. 알모도바르의 영화는 그렇지 않았지만, 매플소프가 에이즈로 사망한 후 미국의 보수 정치가들은 그의 작품들에 경악하다 못해 경기를 일으켰다. 로버트 매플소프의 작품이 사회질서, 가족, 이성애적 결혼의 신성함에 대한 위협으로 보였던 것이다. 그러나 매플소프가 인생을 살면서 어떤 디오니소스적 광기를 체험했든 사진에는 드러나지 않는다.

14. 그러나 니체와 그가 주창한 아폴론과 디오니소스의 양극성을 환기하는 것은 잘못된 일인지도 모르겠다. 알모도바르는 매플소프처럼 영화 속에 강력한 시각적 경계를 창출하고, 빛과 색채의 대조는 은은하게 빛나는 아름다운 스크린 이미지를 만들어낸다. 그리하여 알모도바르는 사진작가 매플소프와 아폴론적 이상으로 이어지게 된다.

15. 알모도바르는 지속적으로 다른 영화와 장르를 인용한다. 알모도바르의 미학은 혼성이다. 동화 · 신화 · 로맨스 · 호러 · 일일 드라마의 관습이 모두 뒤섞여 영화 속으로 들어온다. 매플소프는 인용이 적고, 훨씬 더 적나라하게 신화적이고, 훨씬 읽기가 쉽다. 그리스도의 수난이라는 폭력적 서사—잔혹극—가 그의 사진에 배어들어 있다. 예를 들어 〈데릭 크로스 Derrick Cross〉에서 남자의 몸은 십자가를 암시한다. 꽃들은 아름답고 해부학적이며, 조지아 오키프의 질과 클리토리스 꽃송이에 대한 남성적 변형이다.

16. 패티 스미스를 제외하면, 전시회에 걸린 사진 중에 여자를 찍은 것은 보디빌더 리사 라이온의 사진이 유일하다. 매플소프는 리사 라이온의 나체 사진을 자주 찍었다. 그 사진들은 단단하고 남성적인 육체의 이상과 궤를 같이한다. 그러나 전

시된 사진에서는 그녀의 몸이 전혀 보이지 않는다. 후드가 달린 망토를 둘러쓰고 있기 때문이다. 그리고 공을 들고 있다. 사진은 수도사, 마술사, 마법 그리고 후드를 둘러쓴 얼굴 없는 형상이라는 죽음의 표준적 심상을 소환한다.

17. 알모도바르는 빽빽하고 복잡한, 증식에 대한 예술을 하는 반면, 매플소프는 환원하고 단순화한다고 말해도 될까? 이것이 정확한 판단일까?

18. 그렇다.

19. 이 전시회의 논리에서 가장 중요한 사진은 첫 사진이다. 매플소프가 눈만 드러내고 찍은 가면 같은 자화상. 얼굴의 나머지 부분은 사라졌다. 아무튼 중요한 건 사적 비전, 예술가가 바라보는 방식이다. 그것은 관음에 대한 사진이며, 모든 사진작가와 영화작가는 어떤 의미에서 관음을 한다. 실제 사람과 사물에 카메라를 들이대지만, 그들의 예술에 드러나는 건 가상의 현실이다. 눈앞에 있는 세계뿐이 아니라, 꿈과 판타지와 소망의 소산이라는 말이다. 두 예술가가 겹치는 지점은 바로 여기, 바라보기의 드라마drama of seeing 속이다.

빔 벤더스의 〈피나〉:
춤을 위한 춤추기

"무대에서 벌어지는 일련의 사건, 즉 안무를 포착하는 카메라의 능력에는 한계가 있다. 안무는 무대에서 자동적으로 더 '생생하고' 더 추상적이고 더 육체적으로 변한다…. 내가 보기에는, 춤과 영화 사이에 근본적인 오해, 아니, 이해의 결여가 있어 보였다." 빔 벤더스는 아내 도나타 벤더스와 함께 쓴 책 《피나: 영화와 무용수들Pina: The Film and the Dancers》에서 가교를 이으려다 실패한 인식적 괴리를 명확히 설명한다. 빔 벤더스는 이십 년 동안 안무가이자 무용수인 피나 바우슈[25]에 대한 다큐멘터리를 만들고 싶어했지만, 스크린에서의 퍼포먼스

25) Pina Bausch(1940~2009), 독일의 현대무용가 겸 안무가. 에센 폴크방 예술학교와 뉴욕 줄리아드 학교에서 공부했다. 1973년 부퍼탈 시립무용단의 예술감독 겸 안무가로 취임했다. 바우슈는 기존의 무용 동작에 연극적 요소를 섞은 실험적인 무대를 꾸몄는데, '탄츠테아터Tanztheater'라는 댄스 퍼포먼스가 바로 그것이다.

와 실제 퍼포먼스 사이의 간극에 이십 년 동안 발목 잡혀 있었다. 대형 평면 스크린에서 움직이는 몸들은 무대에서 실제로 움직이는 몸들이 관객에게 미치는 효과를 내지 못한다. 영화는 인간의 몸을 추상화하고 관객으로 하여금 멀찌감치 거리를 두게 만든다. 사실 이 점은 영화의 역사에서 큰 장점으로 활용되어왔으나, 막상 벤더스가 기록하고자 했던 것, 즉 피나 바우슈의 댄스시어터(탄츠테아터)를 실제 공간에서 보는 원초적이고 정서적이고 강력한 체험만큼은 제대로 담아내지 못했다. 모리스 메를로 퐁티는《지각의 현상학》에서 이 물리적 현실에 대해 다음과 같이 말한다. "몸으로 존재한다는 것은 어떤 세계에 얽매인다는 뜻이다…. 우리의 몸은 일차적으로 공간 '안에' 있는 것이 아니다. 몸은 공간에 속해 있다." 영화 관객은 절대 말 그대로 영화적 공간에 '속해' 있을 수 없다. 우리는 상상력의 우회로를 통해 영화적 공간으로 들어가는데, 그것이 문제다. 벤더스는 관객이 무용수의 몸이 차지하는 공간에 더 가까이 접근할 수 있는 길을 찾고자 했다.

해결책은 신기술과 함께 도래했다. 새로운 3D 기술로 촬영된 U2 콘서트를 보던 빔 벤더스는 갑자기 새로운 표현의 장이 열렸다는 느낌을 받았고, 다큐멘터리 작업에 착수할 수 있겠다는 생각을 했다. 3차원 기술은 단순히 인간의 지각을 모방하는 데 그치지 않았고, 관객을 라이브 공연장으로 이동시키지도 않는다. 3D를 통해 스크린에 부가되는 것은 심도의 환각이다. 관객이 앞에 놓인 공간으로 빠져들거나 걸어 들어갈 수 있을 것만 같은 느낌, 그 공간으로 자연스럽게 진입할 수 있을 것 같은 느낌이다. 그리하여 눈앞에 보이는 몸들이 같은 공간에 존재한다는 착시현상이 일어난다. 이 기술은 스펙터클, 공중으로 솟아오르는 촬영, 또는 환상효과(〈아바타〉나 〈휴고〉 같은 영화를 예로 들 수 있다)를 내기 위해 활용되어왔지만, 벤더스는 〈피나〉에서 관객과 무용수들 사이에 친밀감을 끌어내기 위해 이 효과를 사용했다. 그 내밀한 친밀감이야말로 바우슈의 퍼포먼스를 볼 때 경험하는 소름끼치도록 놀라운 체험을 기리는 감정이기 때문이다.

이 영화에 대한 책에서 벤더스는 실은 자신이 1985년 바우슈의 〈카페 뮐러Café Müller〉를 보러 가기 싫어서 피했었다고 말한다. 무용에 전혀 취미가 없었기 때문에 동행인 솔베이그 도마르탱의 손에 끌려가다시피 했다. 그러나 객석에 앉아서 보기 시작하자 금세 감동에 젖어 눈물까지 흘렸다. 이처럼 격렬한 변화를 겪었기에 바우슈의 작품을 영화로 옮기는 작업에 열정이 있었으면서도 신중을 기했던 게 아닐까 한다. 〈카페 뮐러〉에는 감상적이거나 부드러운 구석이 하나도 없다. 아니, 사실 피나 바우슈의 작품들이 모두 그렇다. 안무를 보면 치열한 엄격성이 느껴지기는 하지만, 콕 짚어 설명할 수 있는 메시지나 스토리는 끝내 찾을 수 없다. 본 것을 말로 요약할 수가 없다는 말이다. 피나 바우슈의 작품은 오히려 다의적이고 종종 모호한 의미를 생산하며, 나 같은 관객에게는 이것이야말로 그 안무의 걸출한 힘을 구성하는 요소다.

말년에 예술가에게 찬사가 쏟아지면 초창기의 논쟁에 대한 기억은 흐려지기 일쑤다. 그러니 1984년 바우슈가 미국에 데뷔했을 때의 반응은 혼돈 그 자체였으며 심지어 악담과 독설에 가까웠다는 사실을 상기하는 것이 도움이 될 거라 본다. 〈뉴요커〉의 무용 전문 비평가 알린 크로체는 〈카페 뮐러〉에 대해 "얄팍하지만 번쩍거리는 상투적 공연"이며 "무의미한 광란"이라고 썼다. "바우슈는 우리로 하여금 잔혹과 수치의 행위로 끊임없이 주의를 돌리게 만든다. 이것은 고통의 포르노그래피이다." 〈워싱턴 포스트〉의 비평가는 바우슈가 "윤리적 스펙트럼"의 어느 지점에 서 있는지 우려를 표명했다. 〈카페 뮐러〉의 힘은 테크닉과 형식의 분석이나 이런저런 공연들을 서로 비교하며 과장되게 검증하는, 소위 "미학적 반응의 관습"과는 별 관련이 없었다. 이 비평가들을 당혹스럽게 한 것은 발을 딛고 작업할 역사적 발판이 없다는 사실이었다. 기대고 의지할 수 있는 기성의 관습적 반응이 아예 없었던 것이다. 그 작품은 보는 사람이 어떻게 생각하고 느껴야 하는지 말해주지 않았고, 비평의 방향성이 결여되었기에 의혹과 불편, 분노의 감정이 생겼다. 물론 예술의 역사에는 그런 혼란스럽고 적대적인 반응이 산재해 있다.

한 여자가 천천히 벽 쪽으로 쓰러져 기댄다. 또 다른 여자가 눈이 멀었거나 잠들었는지 앞으로 휘청하며 쓰러지자, 한 남자가 여자의 앞을 막고 있는 의자들을 치운다. 코트 차림의 빨간 머리 여자가 플로어를 가로질러 달려간다. 의자에 앉은 여자는 맨살이 드러난 등을 관객에게 보여준다. 한 쌍의 남녀가 취하는 몸동작을 한 남자가 조종하고, 남녀는 포옹하고 키스하고 몸을 들어올리고 쓰러지는 동작을 의례처럼 반복한다. 틀에 박힌 동작은 점점 더 빨라지면서 가속으로 돌아가는 영화를 닮아가고, 관객은 폭소와 불편함 사이에서 어쩔 줄 모르는 심정이 된다. 〈카페 뮐러〉의 탐색 · 만남 · 유혹 · 거절 · 후퇴의 춤은 퍼셀의 음악에 맞추어 행해지고, 다른 인간을 갈구하는, 결코 죽지 않는 우리 몸의 욕구라는 지속적이고 리듬 넘치는 서사를 환기한다. 이 몸의 욕구는 내적 · 외적 장애물들에 영원히 방해받을 수밖에 없다. 바우슈의 무용 형식은 꿈을 떠올리게 하는데, 본질적으로 꿈은 깨어 있는 의식보다 감정적이다. 안무가는 이 작품에서 신비한 꿈의 어휘를 활용해 에로틱하고 파괴적으로 드러나기 일쑤인 인간 욕망의 감정적 맥박을 통찰한다.

관객의 감정은 눈앞의 무대에서 펼쳐지는 이야기 속에 있는 자신을 심오하게 인지하는 데서 생겨난다. 관객은 참여하고 체현하는 미러링을 통해 무용수들과 관계를 맺게 되는데, 이 관계는 도저히 언어로 형용할 길이 없다. 수잔 랭거의 《새로운 음조의 철학Philosophy in a New Key》에서 발췌한 다음 글은 음악에 대한 것이지만 무용에도 훌륭하게 적용된다. "음악의 진정한 힘은 언어로는 불가능한 방식으로 감정의 삶에 '충실'할 수 있다는 것이다. 음악의 의미심장한 형식에는 말에는 없는 '모호성'이 있기 때문이다." 음악의 의미는 랭거의 표현대로 "의식의 역치 아래에 (그리고) 논리적 사유의 울타리 밖에 있다."

이 의미가 의식 저변에서만 활성화된다 하더라도, 그 덕분에 우리는 우리가 보는 것의 미학적 · 감정적 행위에 동참할 수 있게 된다. 2007년 교토 상 수상 소감에서 피나 바우슈는 "나는 언제나 내가 보고 있는 것이 무엇인지 정확히 알았어요. 하지만 머리가 아니라 본능으로 알았습니다"라고 말했다. 실제로 많은 예술가들이 이런 식으로 작업한다. 심지어 언어를 매개로 작업하는 예술가들도 마찬가지다. 언어 이전의 생리적이고 리듬감 넘치고 동적인 기반이 언제나 언어보다 앞서 언어에 의미를 부여하기 마련이다.

다큐멘터리 〈피나〉에는 바우슈의 댄스시어터가 지닌 비논변적이고 본능적으로 형성된 특성에 대한 날카로운 인식이 전편에 흐르고 있다. 새로운 3D 영화 기술의 도래로 인해 관객이 스크린의 공간에 새롭게 접근하게 되었지만, 기술적 문제가 모두 사라진 건 아니었다. 오히려 늘어났다. 빔 벤더스를 필두로 한 제작팀은 사소한 결함들을 하나씩 해결해나갔지만, 그러는 와중에 최고의 협력자이자 영화의 주제를 잃게 된다. 2009년 6월 30일 피나 바우슈가 급작스럽게 세상을 떠난 것이다. 영화는 중단되었다가 추모 영화로 재탄생했고 〈카페 뮐러〉 〈봄의 제전Le Sacre du Printemps〉 〈콘택트Kontakthof〉 그리고 〈보름달Vollmond〉(바우슈와 벤더스가 영화화하기로 합의했던 작품들)은 물론, 부퍼탈 무용단 단원들이 연출가이자 안무가이자 동료 무용가였던 피나 바우슈를 위해 올린 헌정 무용까지 포함하게 된다.

또한 영화 최종판에는 무용수들이 〈피나〉에 대한 일화를 들려주는 막간 장면들도 삽입되었다. 스크린에 무용수들의 머리가 보이고 그들이 말하는 소리가 들리기는 하지만, 무용수들이 말하는 '모습'은 볼 수 없다. 여러 언어로 하는 무용수들의 이야기와 논평은 보이스오버 처리되어 들린다. 관객의 기대—스크린에 나오는 머리들이 말을 할 때는 그들의 입이 움직여야 한다는—에서 빗나가는 이 단순한 장치는 이 영화에서 가장 중요한 언어는 말이 아니라 몸동작이라는 사실을 시각적으로 상기시킨다.

성공적인 예술작품의 두드러진 특징 중 하나는 제작에 들어간 수고가 눈에 보이지도 느껴지지도 않는다는 것이다. 그러므로 촬영이 끝난 뒤 빔 벤더스가 “수백 시간의 촬영분”을 ‘일 년 반’에 걸쳐 편집했다는 사실을 염두에 둘 필요가 있다. 그 시간 동안 벤더스가 내렸을 수천 가지의 결정들이 놀라울 뿐이다. 완성된 다큐멘터리는 시각적 반복과 편집의 비약으로 리듬감 넘치는 시퀀스를 보여주고, 원래의 춤이 그렇듯 관객의 몸으로 체감된다.

벤더스는 먼저 관객을 부퍼탈이라는 곳으로 인도한다. 이 소도시는 1973년 피나 바우슈가 무용단의 수석 안무가로 취임한 이래 줄곧 탄츠테아터의 본향이었다. 특수 안경을 끼고 편안히 좌석에 기대앉아서 내가 처음 본 이미지는 도시를 가로질러 달리는 고가 트램 옆으로 흐르는 오프닝 크레디트였다. 오프닝 크레디트의 글자들은 내 앞에서 불과 몇 피트 떨어진 허공에 나타나 극장의 천장 바로 밑을 떠다녔다. 그 부유하는 글자들은 정말 마술 같았다. 영화는 오프닝부터 벤더스가 바랐던 바를 내 안에 성취해낸 것이다. 내가 새로운 방식으로 들어갈 수 있는 공간을 만들어낸 것이다. 그러면서 또한 내 눈앞에 보이는 부퍼탈의 현실성과 허공에 떠다니는 마치 마술에 걸린 듯한, 참으로 생경하고 비현실적인 글자들 사이에서 매혹적인 양극성을 정립했다. 트램은 영화에 다시 돌아와 여러

각도에서 모습을 보인다. 무용수들은 그 트램 안에서 또 그 트램 밑에서 헌정의 춤을 추게 된다. 트램은 말 그대로 부퍼탈의 다양한 부분들을 하나로 묶어주지만, 한편으로는 다큐멘터리의 움직임에 필수요소가 되는 안/밖, 가상/현실의 구분에서 하나의 극을 정립한다.

〈봄의 제전〉과 〈보름달〉에서 바우슈는 바깥을 극장 안으로 끌어들인다. 유명한 스트라빈스키의 곡에 맞춘 바우슈의 안무에서, 무용수들은 토탄으로 뒤덮인 무대를 허우적거리며 가르거나 그 위로 도약하고 그 속에서 구른다. 〈보름달〉에서는 해안선을 암시하는 거대한 바위 위에서 또 그 곁에서 퍼포먼스를 벌인다. 입으로 물을 뿜고, 양동이 속 가득한 물을 서로에게 붓고, 빗물처럼 폭포처럼 쏟아져내리는 물을 헤치고 움직인다. 무용수 라이너 베르는 야외에서 바우슈에게 헌정하는 춤을 춘다. 저 아래 벌판이 내려다보이는 벼랑 끝, 먼지 날리고 바위도 많은 땅에서 무용수들이 춤을 추는 것을 보면서 관객은 어쩔 수 없이 다시 영화 초반에 목도했던 퍼포먼스의 공간으로 끌려들어가게 되어 있다. "그런 요소들은 피나에 아주 중요했습니다." 베르는 말한다. "모래 · 흙 · 돌 · 물을 가리지 않았지요…. 어떤 때는 빙하와 암석이 불쑥 무대에 등장하곤 했습니다." 이 야외/실내의 테마는 봄 · 여름 · 가을 · 겨울-사계절의 변화를 모사하는 몸에 근접한 제스처들의 시퀀스가 영화 속에서 매혹적으로 반복되면서 한층 강화된다. 다큐멘터리 초반에서 우리는 한 무용수가 무대 위에서 의례를 행하듯 계절의 이름을 말하며 정확하고 야무진 동작으로 팔과 손을 하나하나 움직이는 모습을 본다. 영화가 끝날 무렵에는 무용단 전원이 도시를 굽어보는 언덕 위에 길게 일렬로 늘어서서 콩가를 추며 행진해 나온다. 그들은 따뜻하고 무덥고 서늘하고 추운 계절의 사이클을 되풀이하며 골반을 흔들고 팔을 움직인다.

벤더스의 영화적 비약은 우리가 상상력을 통해 예술적 세계로 진입하는 복잡한 단계들에 대한 철두철미한 이해를 보여준다. 무용수 두 사람이 밖에 서서 〈카페 뮐러〉 무대 세트의 축소 모형을 내려다보며 경험을 회상한다. 아주 작은 의자와 식탁이 있는 인형의 집 같은 그 구조물에 나도 모르게 빨려든다. 영화가 컷을 통해 춤 자체의 장면으로 넘어가기 전에 우리는 그 작은 집안에 있는 무용수들을 일별하는 특별 대접을 받는다. 그 축소된 공간 속을 돌아다니며 움직이는 '진짜' 릴리풋 난쟁이 같은 무용수들의 모습을 본다. 마법은 이어진다. 하지만 이 영화의 마법은 그 자체에 주목을 끌고 의미를 부여하지 않는다. 못 보고 지나치기 쉽지만 이 장면은 영화 속에 엄연히 존재한다. 이것은 비율에 대한 유희, 세상 속 비율과 영화 속 비율에 대한 유희이다. 사람은 어떤 실제와 상상의 공간에 존재하는가에 따라 커지기도 하고 작아지기도 한다.

이 다큐멘터리 영화에서는 피나 바우슈가 〈카페 뮐러〉에서 춤을 추는 흑백 필름이 돌아가는 순간도 있는데, 이때 관객은 실제 극장의 객석을 떠나 프로젝터가 윙윙 돌아가는, 훨씬 어둡지만 친밀한 또 다른 가상의 객석으로 옮겨간다. 무용단은 그곳에 모여 구식인 일차원으로 촬영된 옛날 영화를 함께 본다. 세상을 떠난 뒤 3D 스크린 속의 이 평면 스크린에 투사되는 그녀의 이미지는 유령처럼 육체가 없고 아련한 분위기를 띠게 되고, 그 덕분에 관객은 피나 바우슈라는 대체불가의 존재를 상실한 깊은 비탄에 동참할 수 있다.

나는 피나 바우슈보다 팔의 표정이 풍부한 무용수를 본 적이 없다. 무용수들을 보고, 몸과 분리된 그들의 말을 듣고, 안무가 본인의 모습을 일별함으로써, 관객은 쾌감에서 고통으로 그리고 다시 쾌감으로 돌아오는 내밀한 집단적 감정에 참여한다. 그중 파블로 아란 지메노라는 무용수는 처음 부퍼탈에 왔을 때 좀 방황을 했지만 피나가 간단하게 "사랑을 위해 춤추라"고 말해주었다고 설명한다. 이 젊은 무용수가 아직도 잊지 못하는 것으로 보아, 그 간단한 충고가 분명 큰 힘이 되었던 모양이다.

〈피나〉는 무엇보다도 한 예술가가 다른 예술가에게 주는 선물이다. 빔 벤더스가 피나 바우슈에게 바치는 경의는 안무가의 독특한 감성과 타협을 모르는 예술세계가 지닌 엄정함을 유지하지만, 그 성취의 비결은 감독 자신의 날카로운 비전과 영화적 리듬이 다른 장르에서 다른 춤이, 사랑을 위한 또 다른 춤이 되었기 때문이다.

헤어스타일에 대한

헛소동

내 딸 소피는 초등학교 때 머리를 길게 길렀고, 나는 밤마다 책을 읽어주기 전에 아이를 앞에 앉혀놓고 머리를 빗겨 땋아주곤 했다. 머리를 푼 채로 자면 정신없이 잠을 자고 꿈을 꾸는 동안 머리카락이 엉망진창으로 흐트러져 아침이면 어김없이 머리에 커다란 까치집이 생겼다. 나는 특히 머리를 땋아주는 의례가 좋았고, 아이의 귀와 목덜미를 보는 것이 좋았고, 반짝이는 갈색 머리의 모양과 냄새가 좋았고, 손가락 사이로 머리카락 세 타래를 쥐고 위아래로 엮는 것이 좋았다. 머리 땋기는 기대에 벅찬 행동이기도 했다. 머리를 다 땋으면, 곧 함께 침대로 기어들어가 베개와 이불 사이에 자리를 잡고 누워, 나는 책을 읽고 소피는 듣기 시작할 테니까.

그런데 아이의 머리를 땋아주는 이 소박한 행동마저 이런저런 의문을 불러일으킨다. 우리 문화에서는 어째서 남자아이들보다 여자아이들이 머리를 더 길게 기르는 걸까? 어째서 헤어스타일이 성적 차이의 기호가 되는 걸까? 솔직히 나 역시 아들이 있었다면 제발 머리를 땋아달라고 졸라대지 않는 한 관습에 따라 머리를 짧게 깎아주었을 것이다. 그런 관습이 자의적이고 억압적이라는 걸 알면서도 말이다. 그리고 마지막으로, 어째서 나는 소피를 마구 헝클어진 머리로 학교에 보내면 창피할 거라는 느낌이 들었을까?

포유류는 모두 털이 있다. 그리고 머리카락은 신체부위라기보다는 생명이 없는 몸의 연장에 불과하다. 모낭은 살아 있을지 몰라도, 머리카락 자체는 죽어서 느낌이 없으므로 이리저리 매만질 수 있다. 털을 땋고 매듭짓고 파우더를 뿌리고 올리고 기름을 바르고 스프레이를 뿌리고 장난치고 펌과 염색을 하고 컬을 만들고 곧게 펴고 붙임머리를 하고 밀어버리고 짧게 깎는 포유류는 우리밖에 없다. 머리카락의 위상은 무척 중요한 의미를 지닌다. 머리카락은 사람과 바깥세상 사이의 경계지대에 자란다. 메리 더글러스가 《순수와 위험Purity and Danger》에서 주장했듯이, 몸의 경계를 넘는 물질은 무질서의 기호이고 오염물질로 변질되기 쉽다. 우리 머리에 붙어 있는 머리카락은 우리의 일부지만, 머리를 감을 때 빠져서 욕실 배수구에 뭉쳐 끼어 있는 머리카락은 쓰레기이다.

체모는 발바닥과 손바닥을 제외하고 인간의 피부 전체에 돋

아닌다. 체모의 의미를 정할 때는 인접성이 중요하다. 사람의 머리에 난 머리카락은 얼굴의 틀이 되는데, 얼굴은 우리가 타인과 소통할 때 보통 가장 주목을 끄는 부위이다. 우리는 사람을 얼굴로 알아본다. 얼굴에, 특히 눈에 대고 말하고, 듣고, 고개를 끄덕이고, 반응한다. 머리카락과 수염은 출생 직후 시작되는 이 결정적 소통을 에워싸고 있다. 자의식이 생기면 우리는 머리카락이 "가지런한지", "헝클어지지 않았는지", "제대로 된 방식으로 헝클어졌는지" 걱정하게 되는데, 이것은 다른 사람에게 메시지를 전달하는 머리카락의 기능과 관련이 있다.

어떤 사람이 머리카락을 절대 빗지 않는다면, 그것은 인간사회 밖에서 살고 있다고 선언하는 행위가 될 수 있다. 그것은 야성의 인간, 은둔자, 미친 사람의 표식이 된다. 또는 어떤 신념이나 정치적 · 문화적 주변성을 상징할 수도 있다. 래스터패리언[26]의 레게 머리나 힌두교 고행자의 떡진 장발을 생각해보라. 빗질해서 부풀린 아프로 헤어스타일이나 '내추럴'한 헤어스타일은 1960년대의 남녀에게 강력한 정치적 메시지를 전달했다. 고등학생 때 나는 앤젤라 데이비스[27]의 헤어스타일이 하

---

26) Rastafarian, 에티오피아의 옛 황제 하일레 세라세Haile Selassie를 숭상하는 자메이카 종교의 신자. 언젠가는 흑인들이 아프리카로 돌아갈 거라고 믿으며, 독특한 복장과 행동양식을 따른다.

27) Angela Yvonne Davis(1944~), 아프리카계 미국인 학자 · 교육가 · 작가 · 정치운동가 · 영화배우.

나의 상징이라고 생각했다. 그것은 정치색뿐 아니라 막강한 지성까지 상징하는 기호여서, 그 위풍당당한 후광으로 헤르베르트 마르쿠제나 프랑크푸르트 학파와의 친분을 파악할 수 있을 것만 같았다. 1970년대 중반에 내가 갑자기 어깨까지 내려오는 금발 생머리에 독한 파마약, 말 그대로 머리카락을 쭈뼛 서게 하는 화학약품을 처바르기로 결정했던 것은 무의식적으로 앤젤라 데이비스의 영향을 받아서였을까? (일종의) 아프로 헤어스타일을 내가—평범한 백인 여자도 아니고 피부색이 지독하게 흰 여자가—했더니, '내추럴'이 아니라 '언내추럴 unnatural'이 되었다. 사실 그 헤어스타일을 한 사람은 나 혼자만이 아니었다. 패션이 어떤 사람이나 집단에서 다른 사람이나 집단으로 옮겨가면 그 의미는 변이한다. 유명한 흑인 스포츠 스타들이 머리카락을 탈색해서 금발로 만드는 것이나 일부 백인들이 가늘게 땋은 헤어스타일을 즐겨 하는 것처럼 말이다.

말 없는 사회적 메시지의 전령이라는 중요한 역할에도 불구하고, 체모는 생존에 필수적인 신체부위가 아니다. 머리카락이 다 빠진다거나 다리나 겨드랑이 털을 면도한다거나 음모陰毛를 왁스로 제거하는 것은 팔이나 손가락을 잃는 것과는 다르다. "곧 자랄 거예요"는 머리카락을 잘랐는데 결과가 맘에 안들어 속상해하는 사람들에게 위로랍시고 흔히 하는 말이다. 살아있는 머리에 붙어 있지만 그 자체로는 죽어 있는 체모는 손톱과 발톱을 제외한 다른 신체부위와는 전혀 다른 속성을 지닌다. 털은 '나'이지만 동시에 이질적인 '그것'이기도 하다. 다른 사람의 머리카락을 만질 때 나는 그 사람을 만지는 것과 비슷하지만, 내면적으로 '느껴지는' 몸을 만지는 것은 아니다.

내 조카 줄리엣은 아기 때 젖병을 빨면서 손가락으로 엄마의 긴 머리를 감아 만지작거리며 눈을 천천히 감았다 떴다 했다. 졸음에 몽롱해진 아이의 호사스러운 쾌락의 제스처였다. 젖병을 뗀 후에도 줄리엣은 한참 동안 머리카락을 만지작거리지 않으면 잠들지 못했다. 이것은 내 동생의 나머지 몸도 어쩔 수 없이 머리카락을 따라가야 했다는 뜻이다. 내 동생 아스티의 머리카락은 줄리엣 엄마의 몸의 일부지만 엄밀한 의미에서 몸은 아니고, D. W. 위니콧[28]의 표현대로 "과도적 대상"이 되었다. 봉제 인형, 담요 조각, 자장가처럼 잠들기 위해 많은 아이들에게 꼭 필요한 절차 말이다. 이런 사물이나 행동은 위니콧이 말하는 "경험의 중간지역"에 있다. '개인 밖'에 있으나 '바깥세계'는 아닌 막간의 세계, 아이가 어머니와 분리될 수 있도록 도와주는, 아이의 갈망과 판타지가 사물이나 의례에 배어들어 생겨나는 세계 말이다. 비본질적 덤으로서 머리카락은 특히 이런 과도적 역할에 잘 맞는다.

28) Donald W. Winnicott(1896~1971), 영국의 소아과 의사이자 정신분석가.

유아는 태어날 때부터 사회적 존재이기 때문에, 친밀한 보호자와의 결정적 상호작용이 없으면 성장하면서 심각한 장애가 생긴다. 자치 기능을 제어하는 뇌 부위는 태어난 순간부터 상당히 성숙해 있지만, 정서적 반응과 언어와 인지능력은 타인과의 경험을 통해 발달하고 그런 경험은 뇌와 몸에 생리학적 코드로 새겨진다. 유아기에 부모가 자장가를 들려준 일, 머리를 쓰다듬어준 일, 얼러준 일, 달래준 일, 놀아준 일, 부모와 함께 말과 옹알이를 한 것은 개인에 고유한 뇌세포의 시냅스 연결을 수반한다. 문화-사회적인 것은 육체적인 것을 초월하는 범주가 아니며 물리적 몸 그 자체가 된다. 인간의 지각 능력은 역동적인 학습 과정을 통해 발달하며, 지각 · 인지 · 운동 능력은 충분히 학습되고 나면 자동적이고 무의식적인 것으로 변해 암시적 기억의 일부가 된다. 그러나 새로운 경험을 하게 되어 이런 자동적 지각 패턴이 장애에 부딪히면 기대를 조정해야 해야 하기 때문에, 의식을 온전히 가동해야 한다. 그 대상이 머리카락이든 다른 무엇이든 상관없다.

소피가 깔끔하게 두 갈래로 나눠 땋은 머리를 찰랑거리며 학교에 가면 아무도 기대에 어긋난다며 불편해 하지 않았다. 하지만 산드라 빔이 네 살짜리 아들 제레미가 해 달라고 조르는 대로 여성스러운 머리핀을 꽂아 어린이집에 보냈을 때, 제레미는 "머리핀은 여자애들이나 꽂는 것"이라고 주장하는 같은 반 남자아이들의 등살에 시달려야 했다. 현명하게도 제레미는 머리핀은 별로 중요한 게 아니라고 대답했다. 자신에게는 음경과 고환이 있고, 그 사실 때문에 딸이 아니라 아들이 되는 거라고. 그러나 어린이집 친구들은 납득하지 못했고, 제레미는 답답한 나머지 바지를 벗어 자기가 남자아이라는 증거를 보여주려 했다. 그러자 한 친구가 슬쩍 쳐다본 뒤 말했다. "고추는 누구나 다 있는 거야. 머리핀은 여자애들만 하는 거고." 현대 서구문화에서 대다수의 남자아이들은 세 살 무렵 성적 정체성에 대한 확신을 갖자마자 여성적이라고 코드화된 물건이나 색깔, 헤어스타일을 거부하기 시작한다. 제레미의 어린이집 친구는 남성의 음경과 여성의 음문陰門에 대해 제대로 알지 못하면서도 사회적 관습에 대해서는 철통같은 확신을 가졌다. 이런 맥락에서 머리핀은 무해한 머리 장식물에서 젠더 전복의 대상으로 변화한 것이다. 철학자 주디스 버틀러라면 제레미가 머리핀을 단 행위를 일종의 '수행성performativity', 즉 존재가 아닌 실행으로 규정되는 젠더라고 말했을 것이다.

여자아이들이 남성적 형식을 탐색할 때는 남자아이들이 여성적 형식을 탐색할 때보다 훨씬 운신의 폭이 넓다. 소년이 머리핀을 달 때와는 달리, 소녀가 쇼트커트를 하는 것은 조롱의 대상이 되지 않고 대단한 주목을 끌지도 않는다. 우리 문화에서는 여자아이가 '남성적인 것'에 더럽혀지는 것보다는 남자아이가 '여성적인 것'에 오염되는 것이 훨씬 더 해롭기 때문이다. 나의 또 다른 조카 에이바는 사춘기를 삼사 년 앞둔 나이에 쇼트커트를 하고 다녀서 남자아이로 자주 오인 받았다. 어떤 해에는 핼러윈 의상으로 젠더 역할 수행을 뒤틀기도 했다. 반은 여자아이로 반은 남자아이로 차려입었던 것이다. 이 반반의 위장에서 머리카락은 핵심적으로 중요한 요소였다. 치렁치렁 길게 늘어지는 가발이 소녀로서 절반을 장식했고, 원래의 짧은 머리가 소년으로서 절반을 표현했다.

5학년에 올라갈 때 나는 긴 머리였지만, 그해 중간에 싹둑 잘라 당시 픽시커트라고 불리던 짧은 머리로 바꾸었다. 새 헤어스타일을 하고 학교에 갔더니, 당시 내가 좋아했고 자기도 나를 좋아한다고 말했던 남자아이가 이제는 나를 좋아하지 않는다고 선언했다. 그 아이의 사랑은 비단결 같은 내 머리카락과 함께 미용실에서 싹둑 잘려나가버렸다. 그때는 그저 나를 좋아했던 그 남자아이가 치졸한 바보라고 생각했는데, 어쩌면 그 아이는 금발 소녀에 대한 환상에 빠졌던 건지도 모르겠다. 살면서 금발 여성에 집착하는 남자를 만난 것이 그때가 마지막은 아니었다. 우리 문화에는 금발 여성과 연관되는 수많은 이미지가 존재하는데, 그중에는 순수 · 순결 · 멍청함 · 유치함도 있고, 북유럽 신화에 나오는 시프 여신 · 프레이야 여신 · 발키리, 동화에 나오는 무수한 금발 처녀들, 빅토리아 시대의 소설과 멜로드라마를 장식한 순한 여주인공들, 진 할로나 메릴린 먼로 등 영화 속 백치 같은 섹스심벌(나는 이 두 배우가 나오는 영화를 좋아한다)이 체현하는 성적 매력도 포함된다. '금발' 여성이 유아적이고 멍청하다는 함의는 머리를 스포츠형으로 바짝 깎아버리는 꿈을 내가 왜 그렇게 자주 꾸었는지 설명해준다. 어른이 된 뒤 늘 짧은 머리를 하고 다니면서도 막상 '그렇게' 바짝 깎지는 않았고 갈색이나 붉은색으로 염색을 하지도 않았던 이유를 어린 시절 내가 그토록 아꼈던 동화와 신화 속 피조물들에서 찾을 수도 있겠다. 말하자면 내 마음 한쪽에서는 금발의 여성적 의미들을 모조리 깎아 떨쳐내고 싶지 않았던 것이다. 그 머리카락이 없어지다시피 하면 내 자아와의 연결고리가 끊어질 것만 같아서.

내 첫 소설《눈가리개Blindfold》[29]의 화자 아이리스는 자기방어적 변신을 하는 동안 머리를 바짝 깎는다. 그리고 날이 어두워지면 남자 양복을 입고 뉴욕 시를 배회한다. 스스로에게 자기가 번역한 독일 소설에 나오는 클라우스라는 가학적인 소년의 이름을 붙이기도 한다.

어쩔 수 없이 세상에 인정해야만 하는 사실—내가 여자라

29) 국내에는《당신을 믿고 추락하던 밤》이란 제목으로 출간되었다.

는 사실—과 내가 마음속으로 꿈꾸었던 이상 사이의 괴리에 그렇게 마음이 쓰이지는 않았다. 나는 밤에 클라우스가 됨으로써 젠더의 경계를 효과적으로 흐렸다. 양복에 바짝 깎은 머리, 화장기 없는 얼굴이 나라는 인간에 대한 세상의 관점을 바꾸었고, 나는 그 시선을 통해 다른 사람이 되었다. 심지어 클라우스일 때는 말도 다르게 했다. 비쭉거리지도 않고 비속어도 훨씬 많이 썼으며 원색적인 동사를 즐겨 사용했다.

내 여주인공의 스포츠머리는 두 번째 번역 행위의 일부가 된다. 여성적인 아이리스를 남성적인 클라우스로 번역하는 퍼포먼스는 외모는 순전히 피상적인 것이라는 통념을 거스른다. 아이리스는 머리와 옷차림을 뒤틂으로써 자신의 외모를 비하의 대상으로 느끼도록 형성되어온 문화적 기대를 전복한다.

머리를 짧게 잘라야 할까, 길러야 할까? 길이에 대한 해석은 시대와 장소에 따라 달라진다. 메로빙거 왕조(481~751)의 왕들은 높은 신분의 상징으로 머리를 길게 길렀다. 유명한 예로 삼손의 힘은 장발에서 나왔다. 작곡가 프란츠 리스트의 어깨까지 내려오는 머리카락은 광적이고 페티시적인 여성 욕망의 대상이 되었다. 남성 탈모증 치료제의 텔레비전 광고에 나오는 짧은 이야기는 풍성한 머리카락이 저 아래의 능력과 연관이 있다는 통념을 강화한다. 남자가 기적적으로 머리숱을 회복하면 반드시 그의 곁에 유혹적인 여자가 나타나 새로 돋아난 머리카락을 쓰다듬어주는 모습이 화면에 나온다. 하지만 여성용 샴푸 광고 역시 성적 메시지를 전달한다. 긴 머리, 가끔은 단발이라도 바람에 휘날리는 풍성한 머릿결이 꿈속의 남자를 사로잡는다.

음모는 성기와 가깝다는 이유로 특별한 의미를 띠기 마련이다. 예를 들어 터키 여자들은 음모를 제거한다. 인류학자 캐롤 딜레이니는 터키에서 체모의 의미를 연구한 논문에서 혼전의 의례적 절차 조사차 공중목욕탕에 갔는데 예비신부가 그녀에게 다른 여자들이 그녀의 "염소 같은 꼴"을 보기 전에 먼저 목욕하라고 말했다는 일화를 전한다. 이 표현은 우리를 인간에서 짐승으로 전락시킨다. 은유는 인간의 정신이 여행하는 궤적이다. 조지 라코프와 마크 존슨은 획기적인 저서 《우리가 기대어 살아가는 은유Metaphors We Live By》에 "공간화하는 은유들은 육체적 · 문화적 경험에 뿌리를 박고 있다"고 썼다. 머리카락은 몸 '위로' 선다. 음모는 몸 '밑에' 있다. 인간은 짐승보다 '우월'하다. 이성은 '고고한' 기능이다. 감정은 '저열한' 기능이다. 남자는 지성-머리를 연상시키고 여자는 열정-성기와 연관된다. '위'의 털은 당당하게 자랑해도 좋지만, '아래'의 털은 숨기고 가끔은 완전히 제거해야 한다.

잘린 머리, 득실거리는 뱀 머리카락, 사람을 돌로 만들어버리는 시선을 지닌 메두사에 대한 지그문트 프로이트의 짤막한 해석(1922)은 상하의 움직임을 통해 작용한다. 프로이트에게 신화 속 고르곤의 머리는 소년이 '여성의 성기'를 보고 느끼는 거세 공포를 상징했다. "그것은 십중팔구 성인 여자의 성기일 테고, 음모로 뒤덮여 있을 것이고, 본질적으로는 어머니의 성기이다." 공포(음경에 가해지는 위협)의 근원은 위로 이동해 머리카락 대신 남근을 상징하는 뱀들이 붙어 있는 어머니의 머리로 변한다. 이 끔찍한 대면 앞에서 소년은 공포로 얼어붙지만, 이 경직된 상태는 발기(내 음경이 아직 멀쩡하게 붙어 있어)를 의미하므로 한편으로 안도감을 느낀다. 실제로 사람은 누구나 음경을 가졌다는 해부학적 신념을 갖고 있던 제레미의 친구는 여자 옷을 입지 않고, 소녀다움을 표시하는 머리핀도 달지 않고, 심지어 음경이 없는 여자애를 보고 놀라 까무러쳤는지도 모른다. 그 아이는 그런 깨달음을 통해 자기 물건이 위협받는다는 느낌을 받았을까? 위에 언급한 프로이트의 짤막한 스케치에 대해 무수한 반박 글이 나오고 신화 속 고르곤에 대한 수정주의적 독해도 많이 나왔는데, 그중 한 편이 엘렌 시수의 페미니스트 선언문인 〈메두사의 폭소〉이다.

이 이야기에서 내 흥미를 끄는 것은 프로이트가 억압하는 부분이다. '체모로 뒤덮인' 어머니의 음문은 숨겨진 기원의 외면적 기호이다. 우리가 최초로 집으로 삼았던 자궁, 자궁수축의 산고와 출산을 통해 우리 모두가 쫓겨난 장소 말이다. 신체에 대한 이런 새로운 지식 또한 아이들에게는 까무러치게 놀라운 것 아닐까? 남근의 섹슈얼리티는 분명 메두사 신화에 연루되어 있고, 남성 섹슈얼리티의 이미지로 뱀이 활용되는 것 역시 서구의 전통에 국한되지 않는다.(나는 1975년 타이페이에서 한 남자가 정력을 강화하기 위해 뱀의 배를 갈라 피를 마시는 광경을 본 적이 있다) 메두사 이야기는 몇 가지 버전으로 존재하지만 언제나 성교를 포함한다. 포세이돈이 메두사를 가지고 놀거나 강간을 했고, 그 결과 자식을 여럿 출산했다는 대목이다. 오비디우스 버전에서는 페르세우스가 메두사의 목을 친 후 떨어진 핏방울에서 젊은 용사 크리사오르와 날개 달린 말 페가수스가 태어난다. 또 다른 버전에서는 메두사의 목에서 튀어나온다. 아무튼 신화에서 메두사는 괴물이지만 다산하는 모성을 상징한다.

머리카락에는 성적인 의미가 있고 앞으로도 있을 테지만, 그 의미에 보편성이 담보되는지에 대해서는 논란의 여지가 있다. 인류학자 에드먼드 리치는 1958년에 발표한 유명한 에세이 〈마법의 머리카락〉에서 비교문화적 공식을 개발했다. "장발=억제되지 않은 섹슈얼리티, 단발이나 부분적으로 깎은 머리 또는 꼭 묶은 머리=억제된 섹슈얼리티, 바짝 깎은 머리=금욕"이다. 리치는 남근으로서의 머리에 대한 프로이트의 사유에 깊은 영향을 받았지만, 때로는 머리카락이 정액을 분출하는 사정의 역할을 한다고 생각하기도 했다. 당연히 남근의 의미는 많은 문화권에서 털을 중심으로 축적되어왔지만, 배타적인 남성적 관점(고추는 누구나 다 있는 거야)을 꾸준히 차용하게 되면 모호하고 다층적이고 자웅동체적인 의미들을 파악하지 못하는 실패를 거듭하게 된다. 이것 아니면 저것이라는 이항대립이 아니라, 이것, 저것 그리고 둘 다를 아우르는 의미 말이다.

내가 어렸을 때 좋아했고, 매일 밤 머리를 땋아주는 의례를 치른 후 소피에게 읽어주곤 했던 수많은 이야기들 중에 《라푼첼》이 있다. 그림 형제가 쓴 이 동화의 출전은 다양한데, 그 중에는 10세기 페르시아의 동화 《루다바》도 포함된다. 이 이야기에서 여주인공은 남자 주인공에게 자신의 길고 검은 머리를 동아줄 대신 붙잡고 올라오라고 제안한다.(하지만 남자 주인공은 여주인공이 아플까 걱정해서 거절한다.) 또 다른 출전인 성 바르바라의 중세 전설에서는 한 소녀가 잔인한 아버지에 의해 탑에 갇힌다. 크리스틴 드 피장[30]은 여성 혐오에 항의

---

30) Christine de Pizan(1364~1430), 유럽 최초의 여성 작가. 베네치아에서 태어나 프랑스에서 성장했으며, 25세에 남편을 여읜 후 생계를 꾸리기 위해 글을 쓰기 시작했다. 시·산문·정치논평·문학비평 등 많은 글을 썼다. 가장 유명한 작품은 역사를 바탕으로 한《여인들의 도시에 대한 책》으로, 여성의 사회적 지위에 대한 논쟁을 불러일으킨 장 드 묑의《장미 이야기》에 대한 응답으로 쓴 것이다.

하기 위해 쓴 위대한 작품《여인들의 도시에 대한 책The Book of the City of Ladies》(1405)에 이 이야기를 다시 서술한다. 후대의 이야기인 잠바티스타 바실레[31]의《페트로시넬라Petrosinella》(1634)와 샤를로트 로즈 드 코몽 드 라 포르스[32]의《페르시네트Persinette》(1698)는 그림 형제 버전(1812)에 훨씬 근접한다. 그림 형제는 독일 작가 프리드리히 슐츠 판본(1790)으로 각색했다.

마지막 네 판본에서 이야기는 임신한 여인이 강력한 여인(여자 마법사 · 주술사 · 식인 괴물 · 마녀)이 소유한 정원에 자라는 식용식물(초롱꽃 · 파슬리 · 레터스 · 래디시 종류—라푼첼)을 탐내는 데서 시작된다. 남편은 임신한 아내를 위해 금기의 식물을 훔치다 붙잡히고, 처벌을 면하기 위해 아기가 태어나면 주겠다고 약속한다. 여자아이가 태어나자, 주술사는 아이를 높은 탑에 가둬놓고 소녀가 된 아이의 긴 머리채를 잡고 탑에 출입한다. 나중에 이것은 왕자가 탑에 출입하는 수단이 된다. 어린 독자들을 위해 내용을 순화한 그림 형제의 최종 판본에는 라푼첼이 임신한 것이나 쌍둥이를 출산하는 것은 나오지 않지

---

31) Giambattista Basile(1575~1636), 이탈리아 바로크 시대의 작가. 유럽 최초의 민화 집성인 나폴리 방언으로 쓴 대표작《펜타메론》으로 유명해졌다.

32) Charlotte-Rose de Caumont de la Force(1654~1724), 프랑스의 여성 소설가 겸 시인. 그림 동화의《라푼첼》에 영감을 주었다는 동화《페르시네트》로 유명하다.

만, 《페트로시넬라》와 《페르시네트》에는 나온다. 주술사는 라푼첼이 임신한 것을 알고 무섭게 분노하며 머리카락을 싹둑 잘라버리고, 잘린 머리카락으로 천진무구한 라푼첼의 연인에게 덫을 놓는다. 남녀 주인공은 헤어져 서로를 그리워하지만 결국은 재회한다.

라푼첼의 환상적인 머리는 결합과 이별이 모두 이루어지는 중간지역이다. 임신에서 이야기가 시작되고, 어머니와 태아 사이의 생명줄인 탯줄은 출산 후 잘린다. 그러나 어머니에 대한 유아의 의존은 이런 해부학적 분리로 끝나지 않는다. 라푼첼의 길게 땋은 머리칼은 어머니-마녀가 출입하는 수단이고, 프로이트가 《쾌락원칙을 넘어서》에서 실과 실패를 갖고 노는 한 살 반짜리 손자를 묘사하며 했던 유명한 논의, 즉 아이에게 존재와 부재 상태를 거듭하는 어머니에 대한 적절한 은유다. 프로이트의 손자는 실을 풀어 던지면서 길게 "오오오" 소리를 냈는데, 아이 엄마의 해석에 따르면 'fort', 즉 '갔다'는 뜻으로 하는 말이었다. 또 그 아이는 다시 실을 감으며 신나게 "Da"라고 말했다. '왔다'는 뜻이었다. 이 놀이는 어머니의 고통스러운 부재를 마술처럼 터득하는 것으로, 프로이트는 언급하지 않았지만 실은 모자관계의 기표 또는 상징이다. 나는 너와 연결되어 있다는 의미인 것이다. 라푼첼의 머리카락은 진화하는 인간적 열정의 기호로, 처음에는 어머니를 향하다가 다음에는 성인으로서 사랑의 대상인 연인과의 사이에 일어나는 남근/질의 융합을 지향한다. 이것은 우리를 이야기의 처음으로 돌려놓는다. 한 여자가 임신이라는 복수複數의 상태에 처한 자신을 발견하는 것.

이 이야기의 형식은 직선적이 아니라 순환적이고, 서사의 흥분은 폭력적인 결렬을 축으로 돌아간다. 갓난아기는 출생과 동시에 어머니로부터 강제로 분리되어 탑에 갇히며, 두 번째 어머니, 즉 산후의 모성을 상징하는 주술사 어머니는 질투심에 가득 차서 간수 노릇을 한다. 벌로 머리를 잘린 라푼첼은 연인과 이별할 뿐 아니라 주술사 어머니마저 잃는다. 샤를로트 로즈 드 코몽 드 라 포르스는《페르시네트》에서 이 한 쌍의 연인과 주술사의 화해를 그리고 있는데, 이 엔딩은 만족스러울 뿐 아니라, 이것이 가족의 갈등에 대한 이야기라는 것을 극적으로 표현해준다.

아이가 처음에 사회적 · 심리적 · 생리적으로 어머니와 맺는 유대와 의존은 시간이 흐르면 달라진다. 모성애는 맹렬하고 황홀하고 탐욕스럽거니와, 처음에는 아버지 나중에는 자식의 연인을 비롯해 여타 침입자들에 반감을 가질 수 있다. 그러나 만사가 잘 풀리면 어머니는 자식의 독립성을 받아들인다. 딸을 놓아준다. 라푼첼의 긴 머리카락은 라푼첼 자신의 것이지만, 신체에 위해를 가하지 않고 싹둑 잘라버릴 수 있기에 격정적이고 때로는 괴로움에 찬 어머니와 자식 사이의 연결과 분리가 이루어지는 과도기적 공간에 대한 완벽한 은유가 된다. 그리고 이처럼 앞으로 갔다가 뒤로 물러서는 교환의 공간이야말로 아기의 옹알이가 처음으로 이해할 수 있는 말이 되고 서사로 변하는 장이다. 서사는 단어를 엮고 짜고 자아내어 시작 · 중간 · 끝이 있는 구조적 완전체로 만들어내는 상징적 소통 양식이며, 이제는 사라진 것, 존재할 수도 있는 것, 그리고 절대로 있을 수 없는 것을 불러낸다. 그렇다면 한 사람을 다른 사람과 억지로 묶어 연결하는 라푼첼의 초자연적으로 긴 땋은 머리에 또 다른 은유적 의미를 부여할 수도 있겠다. 동화를 들려주는 일 자체에 대한 은유 말이다.

내 딸은 어른이 되었다. 나는 그애의 머리카락을 빗겨주고 땋아주고 동화를 읽어주던 일을 기억한다. 우리 사이에 여전히 살아 있는 동화들, 한때는 우리 딸의 마음을 달래주고 잠들게 해주었던 그 동화들을.

손택이
음담패설을 논하다:
오십 년 후

뉴욕 92번가의 YMCA에서 다섯 차례에 걸친 연강을 하면서 그 일환으로 "고전적 포르노그래피에 대하여"라는 강의를 했을 때, 수전 손택의 나이는 서른한 살이었고 첫 소설인《은인The Benefactor》을 출간한 직후였다.《은인》은 엇갈린 평가를 받았지만 뉴욕 문학계에서는 높은 찬사를 받았다. 당시 손택은《뉴욕 리뷰 오브 북스》에도 기고한 바 있었고,《파르티잔 리뷰》에 〈캠프에 대한 단상〉이라는 논문을 기고해 호사가들을 홀딱 뒤집어놓기도 했다. 손택은 문학을 좋아하는 대다수 중산층 미국인의 취향과 시야를 넘어서는 가치의 수호자이자 대변인을 자처했다. 손택은 현대 리얼리즘 소설의 진부함을 뒤흔들겠다는 사명감을 품고 있었고, 또 자기가 그런 작업을 할 수 있는 위치에 있다는 걸 알고 있었다. 생각해보면 굉장히 멋진 위치였다. 젊고 매우 박식한 여성 지식인이 포르노그래피의 장점에 대해 무슨 말을 하는지 들어보려고 많은 사람들이 강연장을 찾았다. 손택은 포르노그래피 중에서도 국한된 형식, 소위 문학적 포르노그래피만을 다루었다. 오십 년 전 수전 손택의 강연을 듣는다는 것은 차이와 동질성, 무엇이 사라지고 무엇이 남았는지를 가늠하는 매혹적인 경험이었다.

테이프에서 손택의 강연이 흘러나오자, 나는 곧 그 목소리를 알아들었다. 손택과 안면이 있긴 했지만, 그것은 그녀가 더 나이 들었을 때의 일이고 그리 잘 알고 지냈던 것도 아니다. 울림이 있고 정연한 목소리는 그때와 똑같이 들렸지만, 강연의 어조는 약간 놀라웠다. 차분하고 학문적이고 품격 있었지만 내가 기억하는 나이 지긋한 손택보다는 장악력이 떨어졌다. 유머도 거의 사용하지 않았고 훨훨 날아가는 화려한 수사도 없었다. 미리 써온 텍스트를 그대로 읽는 것은 아니었지만, 내 짐작으로는 텍스트를 상당히 충실하게 따라가고 요점 하나하나를 청중에게 똑똑히 이해시키기려 하고 있었다. 손택은 자기가 포르노그래피에 붙인 '고전적'이라는 형용사가 일종의 농담이며, 포르노에 대한 정의도 관습적인 것이 아니라는 점을 강조했다. 손택이 생각하는 포르노그래피는 "육욕의 행위가 본질적으로 부도덕하다는 관념에 반대하는 입장을 체현하거나 실천하는 문학적 형식"이다. 성적 희열을 찬양하는 중국과 인도의 에로틱한 텍스트와 달리, 포르노그래피는 윤리적

갈등구조 속에서 선과 악이 대결하게 한다.

손택은 희극(이전 강연의 주제였다)과 마찬가지로 포르노그래피에는 일정한 거리가 반드시 필요하다고 주장한다. 독자들은 등장인물 내면의 심리적 현실에 진입할 수 없다. 살가죽이 벗겨지고, 학대당하고, 꿰찔리고, 유린당하는 사드 후작의 피해자들은 정말로 괴로워하지는 않는다. 그들은 무한한 반복의 소산이며, 그런 점에서 인간보다는 기계에 가깝다. 그리고 피해자들이 구타로 인해 의식을 잃고 더는 견딜 수 없을 만큼 베이고 피를 흘리면, 마법의 묘약이 등장해 그들을 재생시켜 폭력을 계속 이어갈 수 있게 한다. 계몽주의 담론에 대한 사드의 패러디 역시 심리와 내면으로부터 물러서는 양식이다.(손택은 계몽주의 자체에 대한 언급은 하지 않지만, 사드에 대한 끈질긴 학문적 관심은 자연법칙이라는 당대 사상에 대한 비판에 근거한다.) 손택의 주장에 따르면, 사드의 형식은 텍스트의 풍광을 민주화하고, 그 속에서 인간과 사물은 추상적이고 감정 없는 엔진이 금지된 성적 쾌락을 제조해 쏟아내는 가운데 뚜렷이 구획된 경계 없이 어우러져 뒤섞인다. 손택은 성적 죄책감과 불안감은 자아ego와 연관된 심리적 상태로서 '생명력의 도구'인 존재being와 반대되는 사적이고 주관적인 면모와 연결된다고 신랄한 비판을 퍼붓는다.

지금까지 말한 논점들을 뚜렷이 염두에 둔 채로, 손택은 청자들을 현대의 예술 영역으로 데려간다. 대상과 인간이 무심히 혼재하게 하고 시야에 들어오는 모든 것을 평준화한 초현실주의는 인간을 대상화하고 사물과 동등하게 취급한다는 점에서 포르노그래피와 관련될 수 있다. 초현실주의 운동의 목표는 '프로그램화된 소격estrangement의 모색'이었다. 손택은 잠시 망설이는가 싶더니, 로트레아몽의 초현실주의 설명을 브르통의 말이라고 잘못 인용한다. 초현실주의는 "해부 테이블 위에서 이루어진 우산과 재봉틀의 우연한 만남만큼이나 아름답다." 손택은 사물 사이의 이 '교접'이 이미지에 함축되어 있다면서, 꿈이라는 특별한 세계 이야기를 꺼낸다. 꿈의 세계에서 우리의 감정은 우리가 처한 상황과 일치하지 않는다. 깨어 있을 때의 척도를 대입할 경우, 누가 봐도 별것 아닌 일에 격렬한 감정적 반응을 보이거나 진정 그로테스크한 일에 대해 아무 감정도 느끼지 않을 수도 있다. 더 심도 깊은 설명은 하지 않지만, 밤의 꿈이 포르노그래피와 어떻게 연결되는지는 선명하게 드러나며, 초현실주의는 확실히 그 점에 관심이 있었다.(그들은 프로이트를 아군으로 끌어들이려 했지만 빈의 그 꽉 막힌 의사는 젊은 프랑스 시인들과 엮일 생각이 전혀 없었다.)

다음으로 손택은 포르노그래피의 특성을 프랑스의 누보로망[33], 그중에서도 로브그리예와 연관 짓는다. 여러 공간과 방과 사물과 사람에 대한 로브그리예의 묘사에는 감정적 위계질서가 전혀 없고 심리도 드러나 있지 않다. 독자는 냉담한 시선의 세계, 만물에 공평한 기회가 주어지는 관음주의의 세계로 들어간다. 그리고 손택은 포르노그래피가 어떻게 희극이 되는지에 대해 논한다. '분위기에 젖어 있지 않다면', 쩝쩝거리고 쿵쿵거리고 흔들어대는 행위는 얼마든지 우스꽝스러워질 수 있다.(이건 손택의 언어가 아니라 나의 언어다. 손택은 훨씬 점잖은 표현을 썼다.) 이 부분에 대해 내가 부연설명을 좀 하겠다. 1인칭 시점에서 성적 욕망은 언제나 진지하다. 진지함이 사라지면 욕망도 없어지거나 김이 빠지게 된다. 섹스는 '당사자'일 경우에는 절대로 웃기지 않다. 섹스가 우스워지면, 잠재적 쾌락의 영역에서 물러나야 하기에 재미가 없어져버린다. 손택은 상스럽고 야하고 아슬아슬한 것들은 1인칭의 열정에 필요한 진지함과 섹스의 육체적 기벽을 순수한 부조리로 바꾸는 3인칭의 초연함 사이 어디쯤의 영역을 차지해야 한다는 말도 하지 않는다. 음란한 텍스트는 독자로 하여금 그 양쪽의 특성을 조금씩 누릴 수 있게 해준다. 유머의 거리감에, 생기를 불어넣는 감질 나는 희롱이 수반된다. 나는 그래서 《캔터베리 이야기》에서 초오서의 바스 부인[34]을 처음 만났을 때 그렇게 좋을

33) Nouveau Roman, '새로운 소설'이라는 뜻. 사실적 묘사와 이야기의 치밀한 구성을 중요하게 여기는 전통적인 소설 형식을 부정하고, 작가의 머릿속에 순간적으로 떠오른 생각이나 기억을 새로운 형식과 기교를 통해 재현하려는 경향의 소설을 의미한다.

수가 없었다. 그녀의 투지와 지혜, 독자의 성욕을 식게 만들지 않는 그 꾸밈없는 욕정이 너무나 좋았다. 네 번째 남편이 바람을 피웠을 때, 바스 부인은 자기 나름대로 신나게 맞바람을 피우며 돌아다닌다. 그녀의 표현을 빌리면, "자기 비계에 튀겨져 죽게 만든In his owene grece I made hym frye" 것이다.

손택은《O양의 이야기》에 대해 말한다. 아름다운 문체로 쓰인, 유머라고는 찾아볼 수 없고 착잡하기 이를 데 없는, 폴린 레아주[35)]의 포르노그래피 판타지 말이다. 폴린 레아주는 필명이었고, 오랜 세월이 지난 후에야 작가의 정체가 프랑스의 지식인 도미니크 오리인 것으로 밝혀졌다. 주인공 O는 자치성의 "완전소멸을 향해 전진"한다. 그녀의 황홀한 갈망은 아무도 아닌 사람이 되는 것, 낙인찍히고 의존적인 비참한 사물이 되는 것이다. 손택은 자지와 보지와 사슬과 가면과 가학적 격정, 극단적 오르가즘을 아우르는 주제에 대해 논하면서도 천박한 속어로 청중을 놀라게 하는 일에는 관심이 없다. 오히려 시종일관 3인칭의 학문적 어조를 유지하는데, 기묘하게도 이 말투는

---

34) Wife of Bath. 제프리 초오서의《캔터베리 이야기》의 한 장에서 화자로 등장하는 인물. 여러 남편을 거느리며 성적으로 물적으로 원하는 것을 얻은 세속적 경험을 자랑스럽게 이야기한다.

35) Pauline Réage(1907~1998), 프랑스의 여성 기자이자 소설가였던 안 세실 데클로스Anne Cécile Declos의 필명 중 하나. 도미니크 오리Dominique Aury라는 필명으로 글을 쓰기도 했다.

포르노그래피, 초현실주의, 누보로망이 공유하고 있다고 손택이 주장하는 특성과 잘 어울린다. 실제로 손택은 처음부터 청중을 흥분하게 하는 건 자기 목적과 상반된다고 명백히 밝힌다. 손택이 옳다. 청중이 성적으로 흥분하면 그녀의 말을 경청하기 힘들 수도 있으니까.

손택은 포르노그래피와 특정 프랑스 현대문학 모두에 비현실과 심리적 공허감 사이의 연결고리가 필요하다고 논한 뒤, 급작스럽게 화제를 돌린다. 다음 논점이 앞에서 한 말과 연결되기를 바란다는 말을 하는 것으로 보아, 손택 자신도 급작스러운 전환임을 알아챈 것이 분명하다. 손택은 철학도였으니, 논증에서 한 조각이 빠지면 당연히 의식할 수밖에 없다. 다만 분명히 해두고 싶은 것은 나로서는 그렇게 말해줘서 반가웠다는 사실이다. 적어도 내게는 그 대목이 손택의 강연이 가장 흥미진진해지는 순간이었기 때문이다. 손택은 삶과 문학에서 중요한 인간 경험은 충격을 수반한다고 말한다. 손택이 포르노그래피, 초현실주의, 누보로망의 얼어붙은 벽을 뛰어넘어 충격으로 가는 속도는 약간 빠르다. 그 결과 강연의 엄격한 논리는 약간 훼손되었을지 모르지만, 문학에서의 충격은 손택이 다루고자 하는 테마이다.

포르노그래피, 초현실주의, 누보로망의 무심한 거리두기는 (초연함은) 충격과 잘 연결되지 않는다. 손택의 연결은 잠재의식적이다. 포르노그래피의 등장인물들이 심리적으로 '리얼'하지 않아도, 포르노그래피가 인간을 사물로 대상화하더라도, 충격값은 있게 마련이다. 사적인 것이 공적으로 까발려지고 숨어 있던 것이 드러나기 때문이다. 그 충격은 속이 텅 빈 성적 자동인형들에 대한 손택의 논의와 곧장 이어지지는 않지만 어쨌든 분명히 존재한다. 손택은 헨리 제임스와 앎을 유보하는 그의 길고 구불구불한 문장 이야기를 한다. 제임스의 작품에서는 앎에 도달하려면 위험부담을 떠안아야만 한다. 한마디 덧붙이자면, 헨리 제임스 소설에서 '안다'는 것은 실제로 폭발적인 타격이 있으며, 그 앎은 불가피하게 성적인 것, 은밀한 것, '저변', 궁극적으로는 말로 형용할 수 없는 것을 깨어나게 한다. 이것은 공포와 욕망이 한데 뒤섞여 타오르는 앎이며, 따라서 제임스의 에두르는 문체는 이 소재에 필수불가결하다. 필요악인 억압과 점진적으로 수고롭게 획득되는 깨달음 양쪽에 모두 필요한 방법론이다. 손택은 현실을 너무 빨리 수용해버리는 책들이 왜 결함이 있는지 이해할 것을 청중에게 간절히 요청한다. 그런 책들은 "시시하고 하찮은 정신세계"를 만들어내어 복잡한 삶의 풍요로움을 제대로 다루지 못하기 때문이다. 그런 다음 본격적으로 리얼리즘에 대한 비판으로 들어간다. 리얼리즘의 형식은 "너무 쉬운 공감"을 만들어내고, 독자와의 "거짓된 친밀감"을 창출하며, 텍스트에 즉각적으로 안이

하게 접근해 미스터리, 초절超絕, 타자성, 그리고 D. H. 로렌스가 '그것'이라 부른 것, 즉 말로 포착할 수 없는 것을 배제해버린다는 것이다.

손택은 휴머니즘을 넘어서는 미학을 주창한다. 계층을 나누고자 하고, 또 실제로 계층을 나눈다. 사드는 위대한 작가가 아니지만, 주네와 랭보는 위대한 작가라고 말한다. 강연이 끝나갈 무렵, 손택은 이런저런 사람들 중에서도 "세상의 오르빌 프리스콧Orville Prescott"들의 견해를 바로잡고자 내놓은 논평이라고 명백하게 밝힌다. 프리스콧은 24년간 〈뉴욕 타임스〉 북 리뷰의 집필진이었으며 독자들을 좌우하는 실질적 권력의 소유자였다. 프리스콧은 특히 나보코프의 《롤리타》를 경멸했던 것으로 유명하다. 그는 《롤리타》에 대해 이렇게 말했다. "허세에 절고, 화려한 수사에 절고, 도도하지만 실체가 없는데 지루하고, 지루하고, 또 지루하다." 그는 랠프 엘리슨의 《보이지 않는 사람Invisible Man》(1952)을 높이 평가했다. 그러나 그 서평의 첫 행은 현대의 기준으로 볼 때 경악스럽다. "랠프 엘리슨의 첫 소설 《보이지 않는 그 사람The Invisible Man》은 내가 읽어본 미국 검둥이의 소설 중에서 가장 인상적인 작품이다."(리뷰가 이어지면서 잘못 쓴 책 제목은 원상복구된다. 그것이 누구의 실수인지는 아무도 모른다.) 〈뉴욕 타임스〉도 프리스콧의 부고에서 그가 종종 '실험주의자들'과 충돌했다는 사실을 인정했다. 어쨌든 후세대의 작가로서 과거의 서평을 읽는 것은 언제나 어쩔 수 없이 큰 도움이 되는 것이 사실이다.

손택의 강연은 〈포르노그래피의 상상력〉이라는 논문이 되어 《급진적 의지의 스타일들Styles of Radical Will》(1969)에 게재되었다. 이 글에서 《O양의 이야기》에 대한 논의는 조르쥬 바타유의 작품과 나란히 분석되면서 본격적으로 살이 붙었으나, 논증의 기조는 변함이 없다. 이번에도 손택은 '포스트휴머니즘적' 입장을 고수한다. "현재 걸려 있는 문제는 '인간' 대 '비인간'('인간'을 선택하면 작가와 독자 모두에게 즉각적으로 윤리적 자축이 보장되는 구도다)이 아니라, '인간적 화자'를 산문 서사로 옮기기 위한 무한히 다양한 형식과 조성이다." 문학이 경험의 모든 면모에 열려 있어야 한다는 손택의 주장은 확실히 옳다. 인간이 유일하게 문학을 소비하는 동물이기 때문에 엄밀하게 따져 비인간적인 문학이란 있을 수 없지만, 손택의 주장은 형식과 내용 양면에서 모두 외연을 확장해 답답한 리얼리즘과 휴머니즘의 관습을 넘어서는 글쓰기를 해야 한다는 것이다.

손택의 글에서는 1940년대 후반과 1950년대의 프랑스 지식인 논쟁의 존재감이 느껴진다. 문학적 형식에 대한 사르트르의 우려, 《글쓰기의 영도零度》(1953)에 드러나는 롤랑 바르트의 리얼리즘 비판, 《신화론Mythologies》(1957)의 문화적 소설 분석의 영향이 보인다. 포스트휴머니즘은 학계 일부에서, 특히 구조주의 이후 탈구조주의가 득세하고 치열한 반계몽주의 감수성이 장악한 인문학 쪽에서 단결의 구호가 되었고 지금도 여전히 그렇다. 최소한 탈구조주의는 이전에 득세하던 자격미달 계몽주의와 가공의 시민이라는 신화를 옹골차게 바로잡았다. 계몽주의의 가공의 시민은 머릿속에 빛나는 이성의 등불에 의해 지배되는 자치적 인간이다. 그 등불은 괴물 같은 육체나 마치 기계와 같은 저변의 메커니즘을 억눌렀다. 손택은 "포르노그래피의 정서적 단조로움은 기교의 실패도 아니고 원칙에 입각한 비인간성의 지표도 아니다"라고 주장한다. "독자가 성적으로 반응해 흥분하려면 반드시 필요한 요소다. 감정이 직접적으로 진술되지 않아야만 포르노그래피의 독자가 자기 나름대로 반응할 여지를 찾을 수 있다." 이 에세이에서 포르노그래피의 감정적 단조로움과 실제 성적 반응의 관계는 훨씬 더 적나라해진다. "인간은 병든 동물이고 내면에 자신을 광기로 몰아가는 욕구를 품고 있다."

또한 손택은 강연에서 주장한 내용을 되짚어 정리한다. 성적 자아의 충족과 평범한 일상적 자아의 충족 사이에는 간극이 있다. 그 이유는 고도의 에로틱한 쾌감은 자아의 상실에 달려 있기 때문이다. 에세이 말미에서 손택은 자신도 포르노그래피에 대해 미심쩍은 마음이 있다고 인정하면서, 포르노그래피는 "심리적 장애자를 위한 목발이 되고 윤리적으로 무구한 사람들을 학대할 수 있기 때문"이라는 이유를 든다. 다만 포르노그래피는 다른 부류의 앎에 곁들이로 취급된다. 사실은 그중 상당수가 포르노그래피보다 더 '위험한 상품'인데도 말이다. 이와 관련된 심층적 의문은 앎과 그 앎을 받아들이는 특정한 의식의 문제이다.

1964년에 포르노그래피는 지금과는 다른 문화적 입지를 갖고 있었다. 손택이 YMCA에서 강연했을 때 나는 아홉 살이었다. 당시 내가 지닌 성적인 앎이라면 정자와 난자 정도였다. 어머니가 노르웨이인인 덕분에 아기를 만들기 위해서는 남자의 남근이 여자에게 들어가야 한다는 정도는 알고 있었다. 그렇지만 정확히 어디로 어떻게 들어가는지는 영 분명치가 않았다. 다만 문제의 부위가 '저 밑 어디에' 있다는 건 알고 있었다. 동정을 잃기 전 유일하게 본 '포르노'는 베이비시터로 일하러 간 집에서 애들을 재워놓고 열심히 훑어본 〈플레이보이〉 잡지가 전부였다. 〈플레이보이〉처럼 단정하지 못한 포르노를 보고 싶었다면, 동네에서 멀리 떨어진 특정 극장의 표를 사서 의뭉스럽고 색을 밝히는 수많은 남자들과 함께 줄을 섰다가 말라붙은 정액으로 얼룩진 삐걱거리는 의자에 앉아 혼자 보든가, 별 특징 없는 갈색 종이로 포장한 우편물로 받다가 부모님께 들키고 말았을 것이다. 바꿔 말해, 제정신으로는 불가능한 일이었다는 얘기다. 그때는 '음란물smut'이라고 불렸는데, 추레

한 극장들과 아무 표시 없는 갈색 소포가 사라지면서 이 표현도 사라졌다. 이제는 컴퓨터 키보드로 단어 몇 개를 타이핑할 수 있는 사람이라면 누구나 포르노를 즐길 수 있게 되었다.

오늘날 대부분의 젊은이들은 실제로 성경험을 하기 훨씬 전에 섹스하는 사람들의 이미지를 보게 된다. 포르노그래피는 '성교육'의 의미를 바꿔놓았고, 이 사실은 많은 사람들에게 공포를 자아낸다. 웹상에 올라 있는 전체 트래픽 중 포르노그래피 트래픽이 차지하는 비율에 대한 수치는 워낙 다 달라서(10퍼센트 미만부터 50퍼센트에 이르기까지 다양하다) 이 수치들이 어디서 나오는지, 심지어 그런 수치를 계산한다는 것이 가능하기는 한 것인지, 통계 방법에 대한 연구부터 선행되어야 할 지경이다. 그러나 포르노그래피가 거대한 산업이고, 일 년에 수십억 달러의 이윤을 창출하며, 인터넷의 발달과 함께 언더그라운드에서 지상으로 부상했다는 말 만큼은 자신 있게 할 수 있다.

분홍색과 노란색의 나비들이 파닥거리고 날아다니면서 난소와 자궁의 추상적인 해부학 도면을 보여주고, 상냥하지만 남자 목소리의 보이스오버로 설명이 깔리는 여자아이들만의 성교육 영화 시대는 끝났다. 남자 성우는 "생리와 여자가 된다는 기적"에 대해, "결혼"과 "모성"에 대해 무척 권위 있는 목소리로 설명했다. 그러나 그런 선전은 성기의 타오르는 불길을 꺼뜨리는 데는 아무 소용이 없었다. 그리고 아무도 우리의 소녀다운 상상력을 통제하지 않았다. 적어도 전적인 통제는 불가능했다. 다양한 형태의 포르노그래피는 문화적 관습에 의해 형성된 정신적 이미지의 영역이지만, 또한 판타지의 주체가 지니는 에로틱한 취향에서 나오기도 한다. 그 이미지들은 불가피하게 청소년의 변화하는 몸이라는 놀라운 현실과 그 몸이 다른 사람들과 함께 나눈 복잡한 과거에 따라 생성되기 마련이다.

손택이 YMCA에서 강연했을 때, 문학작품에 행해진 포르노그래피 재판—《울부짖음Howl》(1957) 《채털리 부인의 연인Lady Chatterley's Lover》(1960) 《북회귀선Tropic of Cancer》(1961)—은 그리 먼 과거의 일이 아니었다. 손택은 그냥 스치듯 짚고 넘어가지만, 검열로부터 문학을 변호하는 일은 그녀의 강연과 에세이 모두에 서브텍스트로 읽힐 수 있다. 대부분의 포르노그래피가 전형적 타입, 반복, 고의적 외면성이라는 특징을 띤다는 손택의 주장은 옳다. 초현실주의는 양차 대전 사이의 들뜬 움직임이었고, 강렬하게 에로틱한 요소가 있었다. 물론 여성 혐오적인 요소가 왕왕 눈에 띄긴 했지만, 초현실주의의 에로티시즘은 예술과 상업에 흔적을 남겼고 버스비 버클리 뮤지컬부터 앨프리드 히치코크의 〈스펠바운드Spellbound〉를 거쳐 샤넬 No.5의 1998년 텔레비전 광고에 이르기까지 사방에서 툭툭

튀어나왔다. 자본주의의 거대한 위장은 이토록 위력적이다. 그리하여 초현실주의의 급진적 뿌리, 그리고 트로츠키에 동조해 2차 세계대전 발발 전야인 1938년에 혁명적 예술 선언문을 썼던 그 창시자 앙드레 브르통의 마르크스주의는 값비싼 향수의 광고 이미지 속에서 살아남는다.

누보로망은 어떤 면에서 흥미롭지만, 프랑스 문학은 물론 다른 어떤 문학에도 활기를 불어넣지 못했다. 손택이 설명한 바로 그 이유 때문에 새로운 작품들을 창조하는 장이 되지 못했다. 죽은 평등주의적 시선을 가진 문학이었기 때문이다. 손택이 말하지 않은 것이 있는데, 그것은 누보로망을 일종의 트라우마 문학으로 설명할 수 있다는 사실이다. 마비되고 개성이 사라진 서사는 참혹한 공포를 목도한 증인들의 이야기를 닮았다. 무도한 현실을 겪고 나서 '정상적으로' 산다는 것 자체가 극악무도해 보이기 때문에, 활기 자체를 거부하는 텍스트들이다. 1964년에는 반反서사와 반反인간을 향한 이러한 진격이 꽃피기는커녕 시들거라는 사실을 아무도 알지 못했다. 게다가 이 프랑스 문학운동이 그려내는 사람과 사물은 얼핏 보면 정색하고 코미디를 하는 무성영화 속 인물들과 조금은 닮았을지 몰라도, 실제로는 서로 매우 다른 역사적 감수성에서 탄생했기 때문에 유사점보다 차이점이 압도적으로 많았다. 무성영화의 주인공은 얼굴에 극단적인 감정을 전혀 드러내지 않지만, 관객은 버스터 키튼[36]을 응원하며 그와 동일시한다. 우리는 머리 위로 집이 무너져내리거나 열렬한 신붓감 수백 명이 뒤를 쫓아오는 경험을 해본 적이 없지만(실제로 그런 일이 일어난다면 우리는 너무 무서워서 미친 듯이 소리를 지를 것이다.) 버스터 키튼은 인간적인, 몹시 인간적인 포커스를 한몸에 받는다. 키튼의 페르소나는 삶이 아무리 변덕을 부린다 해도 끝끝내 끈질기게 살아남는 불패의 생존자이지, 죽음의 수용소에서 살아남은 상처 많고 처연한 생존자가 아니다.

이제 우리에게는 '포르노 연구'에 평생을 매진하는 교수들이 있다. 삼십 년 전만 해도 그런 일은 풍자소설의 놀림감 취급을 받았을 것이다. 포르노 연구는 돈 드릴로Don Delillo가《화이트 노이즈White Noise》에서 보여준 학문 분야인 히틀러 연구와 크게 다르지 않다. 1985년 출간된 이 소설은 이미 공중에 떠돌던 기류를 포착했다. 세상에 학문적 연구의 대상이 되어서는 절대로 안 되는 것 따위는 없다는 기류 말이다. 히틀러 연구가 그리 웃기는 이야기로 들리지 않는 것도 미국 문화에 대한 드릴로의 예지 능력을 잘 보여주는 사례다. 어쨌든 나는 포르노 연구를 전적으로 찬성한다. 다만 기류의 뚜렷한 변화를 지적하고 있을 뿐이다. 포르노그래피 전쟁은 여전히 우

---

36) Buster Keaton(1895~1966), 미국 무성영화 시대의 배우이자 감독.

리 곁에 있다. 페미니즘은 지금도 분열되어 있다. 그러나 적어도 내가 보기에는, 1970년대와 1980년대보다는 훨씬 많은 페미니스트가 공공연히 나서서 포르노그래피를 옹호하고 있다.

나딘 스트로센은 《포르노그래피를 옹호하며Defending Pornography》에서 강력한 논증을 펼친다. "섹슈얼리티와 성차별을 등치하는 잘못된 공식이 검열에 찬성하는 페미니즘 철학의 핵심에 도사리고 있고, 이는 표현의 자유뿐 아니라 여성 인권에도 어마어마한 위해를 가한다." 나는 이 말에 동의한다. 포르노그래피는 본질적으로 사악하고 언제나 여성에게 위해를 가하고 여성을 착취한다는 가정은 여성 나름의 욕망을 강탈하는 그럴싸한 허위이다. 《그레이의 50가지 그림자》가 말해주는 것이 있다면, 수백만 명에 달하는 중산층 이성애자 여성들이 S&M 경향의 포르노그래피를 즐긴다는 사실이다. "내 안의 여신이 다섯 살짜리처럼 손뼉치며 팔짝거리고 있어요"라는 문장이 나오고 "이런, 씨발"이 구두점만큼이나 자주 등장한다 해도 말이다. 이제 우리에게는 '페미니스트 포르노'라는 것도 있다. 이런 부류의 포르노는 좀 더 여성친화적이며, 계약 조건도 노동인권을 더 존중해주는 모양이다. 베티 도슨Betty Dodson은 《페미니스트 포르노 책: 쾌감 제작의 정치학The Feminist Porn Book: The Politics of Producing Pleasure》에 포함된 〈포르노 전쟁〉이라는 생기발랄한 글에 이렇게 쓰고 있다. "나는 페미니즘이

침대에서 자기가 원하는 것을 알고 얻어내는 여자를 뜻하기를 바란다." 다시 바스 부인으로 돌아간 셈이다. 같은 에세이에서 베티 도슨은 "출시된 수많은 포르노그래피가 대체로 쓰레기라는 건 사실이지만 그래도 효과는 있다. 사람들을 후끈 달아오르게 만드니까." 실제로 그러하다. 도슨은 신선하리만큼 진솔한 발화로 표현의 자유와 에로티시즘의 다양성을 옹호한다.

손택은 자기 나름의 목적을 위해 포르노그래피의 정의를 미덕/악덕이라는 이항대립으로 좁힌다. 그러나 욕정을 찬양하든 못되고 금지된 면을 강조하든, 포르노그래피가 그 자체로 저열하고 야만적인 형식이며 얄팍하고 기계적이기 때문에 어떤 미학적 가치도 갖지 못한다는 생각이 기나긴 미학의 역사를 통해 단정적으로 선언되었다. 육체의 감정은 사색적이고 인지적인 예술경험을 교란하며, 성적인 감정이야말로 단연 최고의 오염물질이라는 생각 말이다. 이런 견해는 특히 시각예술에서 팽배했다. 오르가즘을 느끼는 동안 브루넬레스키[37]의 드로잉을 감상하거나 소실점을 상정한 투시원근법은 역사적 구조물이라는 에르빈 파노프스키[38]의 견해를 숙고할 사람은 없겠지만, 성적 욕망이 문학적이건 시각적이건 예술의 이해에 아무

37) Filippo Brunelleschi(1377~1446), 이탈리아의 건축가. 르네상스 건축양식의 창시자 중 한 명이다. 피렌체의 산타마리아 델 피오레 대성당의 커다란 돔 건축으로 유명하다. 또한 공간의 깊이를 표현하는 미술 원근법을 발견한 것으로 알려져 있다.

역할도 하지 못한다는 건 잘못된 생각이다. 임마누엘 칸트가 주창한 미학적 쾌락의 관념은 복잡하고 감정과 상상력을 아우르지만, 칸트는 미학적 쾌락이 '사심이 없다'는 주장을 확고하게 견지했다. 미학적 쾌락은 문제의 대상을 향한 욕망이 아니라, 욕망의 필수적 부재에 근거한다는 것이다. 이런 관념은 기나긴 서구 철학사에 수많은 메아리를 일으켰고, 격렬한 열정을 미심쩍게 바라보게 했다. 그리고 현대 시각예술 미학의 반석이 되었다.

한스 마에스는《포르노그래피적 예술과 포르노그래피의 미학Pornographic Art and the Aesthetics of Pornography》(2013) 서문에서 형식주의의 거두 클라이브 벨이 미학적 감정과 매력적인 몸이 불러일으키는 관능적 욕망을 날카롭게 구분했다는 점에 주목한다. 마에스는 이런 의문을 던진다. "관능적 감정과 욕망에 호소하며 길거리 남자들에게 매우 인기 있는 예술작품들은 어떻게 한단 말인가?" 그리고 벨의 대답을 인용한다.

> 저들이 "아름답다"고 말하는 예술은 일반적으로 **여성과 밀접한 관련이 있다.** 아름다운 사진은 예쁜 소녀의 사진이다.

---

38) Erwin Panofsky(1892~1968), 독일 출신의 미국 미술사학자. 도상해석학圖像解釋學을 제창하고 그 방법론을 확립했다. 주요 저서로《조형미술에 있어서 양식의 문제》《아이커놀러지 연구》《시각예술의 의미》등이 있다.

아름다운 음악은 음악 소극에서 젊은 처녀들을 볼 때 치솟는 것과 유사한 감정을 불러일으키는 음악이다. 그리고 아름다운 시는 이십 년 전 목사의 딸을 보고 느꼈던 것과 같은 감정을 환기하는 시이다.(강조는 저자)

마에스는 주제를 훌륭하게 소개하며 시종일관 중요한 질문을 던진다. 그러나 내가 보기에는 벨이 하고 있는 말의 요지를 완전히 놓치고 있는 것 같다. 저급 취향은 여자에 대한 남자의 욕망과 곧바로 얽혀 있다. 하층 계급의 글도 모르는 거친 사내들(모두 다 남자이고 이성애자라고 가정할 때)은 '아름다움'을 후끈 달아오르게 하는 여자들과 혼동한다. 얼마나 거칠고 조야한가. 사타구니 때문에 그 남자들의 천하고 보잘것없는 정신은 타락했다. 하지만 이 세상의 클라이브 벨들에게는 있을 수 없는 일이다. 진정한 아름다움에 대한 순수하고 형식적이고 지적인 사색을 수호하는 용사들에게는 결코 일어날 수 없는 일이다. 고고한 미학이 고고하게 남아 있으려면 몸에 의해 더럽혀져서는 안 된다. 생각 없이 구정물처럼 고인 충동과 그 소산인 정액으로 오염되어서는 안 된다.

여성이 예술작품의 관객이 될 수도 있고 예술을 볼 때 여성의 성적 욕망이 문제가 될 수도 있다는 생각은 어디서도 찾아볼 수 없다.(벨은 화가 바네사 벨과 결혼해 블룸즈버리 그룹에서 벌어진 동성애적 본성의 '해방'을 수없이 지켜보았음에도 불구하고 이런 관점을 견지했다는 사실을 덧붙여야겠다.) 무관심하고 형식적인 예술 감상—미학적 대상을 관객이나 독자의 몸과 무관한 사물로 보는 것—은 부조리하다. 이것은 두려움에서 생겨난 이론적 회피이다. 성적 욕망 자체 그리고 때로는 타인을 향한 절박한 인간적 욕구에 대한 두려움 말이다. 다양한 성적 취향, 갈망, 소망을 품고 있는 우리 모두는 남녀를 막론하고 끈질기게 남아 있는 데카르트의 유산이 원하듯 마음과 몸으로 뚝 자를 수 있는 존재가 아니다. 또 우리는 다른 사람들과 차단되어 살 수 있는 존재가 아니다. 그랬다가는 반드시 끔찍한 대가를 치르게 되어 있다. 포르노그래피가 미학적이면서도 도발적일 수 있다는 생각은 오늘날까지도 위험한 것으로 남아 있다. 그렇다면 인간이 몸의 주체이며 '몸보다는 마음이 중요한 남자'대對 '마음보다는 몸이 중요한 여자'라는 낡은 구도가 턱없는 허튼 소리라는 걸 인정해야 하기 때문이다.

대부분의 포르노는 '쓰레기'라는 베티 도슨의 주장은 물론 옳다. 그러나 한편으로는 포르노그래피적인 것이 언제나 '예술' 밖에 있는 건 아니다. 한 가지 예를 들자면, 에곤 실레는 성적 흥분을 유발하는 작품을 많이 창작했다. 벨은 실레의 작품을 감상하는 것과 성적 흥분은 분리할 수 있다고 주장할 것이다. '선線'을 보면서 그림에 쓰인 색들을 분석해야 한다고 말할 것이다. 하지만 왜 그래야 할까? 나는 열아홉 살 때 새뮤얼 리처드슨의 《파멜라Pamela》를 읽고 그 작품의 적나라한 성적 감흥에 놀랐다. 나중에야 그것이 그리 독창적이지 못한 반응이었다는 걸 알게 되었다. 헨리 필딩은 장난기로 가득한 작품 《샤멜라Shamela》에 리처드슨의 소설에서 파멜라와 B씨 사이에 벌어지는, 눈에 빤히 보이는 섹스 게임의 요소를 상당히 많이 차용했다. 《파멜라》 쪽이 성적 유희보다는 소설에 더 가깝다. 그러나 이 작품도 포르노그래피적 경향이라고 부를 수 있을 만한 요소를 상당히 포함하고 있다.

대상화 · 이상화 · 거리감, 이 모든 것이 포르노그래피적 상상력에서 작동하며, 이 상상력은 남성의 전유물로 보기 어렵다. 1970년대 후반에 크리스토퍼 스트리트를 걷다가 우연히 작은 서점에 들어갔던 기억이 지금도 생생하다. 나는 빙글빙글 돌아가는 엽서 판매대 앞에 나도 모르게 멈춰 서서, 엉덩이가 살짝 보일 정도로 바지를 내리고 어깨 너머로 유혹적인 눈길을 보내는 아름다운 청년 선원의 사진을 넋 놓고 바라보고 있었다. 그 아름다운 선원의 사진을 뚫어져라 바라보면서, 〈플레이걸〉 같은 왠지 우스꽝스럽고 어딘가 잘못되어 보이는 잡지들의 낭패요인은 근육질의 남성 모델을 충분히 대상화하지 못했기 때문이라는 생각을 했던 기억이 난다. 〈플레이보이〉를 패러디하려는 노력을 하긴 했지만, 남성의 육체를 찬양하고 이상화하고 에로틱하고 자극적으로 그려내지 못했다는 뜻이다. 게이 남성의 쾌락을 위해 대상화된 그 선원은 남자를 좋아하는 여자인 내게 〈플레이걸〉에서처럼 음경에 손을 대고 씩 웃고 있는 벌거벗은 남자들의 멍청한 이미지보다 훨씬 더 강력한 힘을 발휘했다.

요즘에는 감정과 주체성과 내면의 현실성을 갖춘 포르노그래피가 있다고 한다. 내 마음에 들지는 잘 모르겠지만. 사실 나의 포르노그래피 체험은 매우 국한되어 있으며 그나마 대다수가 역사적인 작품들이다. 대학원에서 사드를 꽤 많이 읽었지만 비위가 약해서 늘 괴로웠고, 당시의 역사적 순간에 대해 알려주는 바가 아무리 많다 해도 후작의 잔인한 세계로 돌아가고 싶은 생각은 들지 않았다. 《패니 힐Fanny Hill》[39)]과 《내 비밀의 삶My Secret Life》[40)], 아나이스 닌의 선정적인 소설들, 자허마조흐[41)]의 《모피를 입은 비너스》, 불결한 에로티시즘을 잔혹한

---

39) 존 클래런드가 1749년에 발표한 소설. 감상적 소설과 포르노그래피가 혼합된 형태로, 한 여인이 창녀에서 행복한 아내이자 어머니가 되는 과정을 서술하고 있다. 페니의 성적 모험이 250쪽에 걸쳐 묘사되는 동시에 이 이야기로부터 다른 사람들이 교훈을 얻을 수 있도록 한 여인의 정화 과정도 묘사하고 있다.

40) '월터'라는 필명의 작가가 쓴 소설로, 빅토리아 시대 영국을 배경으로 한 신사의 성적 체험과 발달을 그렸다.

41) Leopold Ritter von Sacher-Masoch(1836~1895), 오스트리아의 소설가. 국제 평론지 《첨단을 가다》와 〈신바덴주 신문〉의 편집장을 지냈다. 《카로메어의 돈 후안》《가짜 모피毛皮》 등 많은 소설을 발표했다. 후기 작품들에 두드러지는 육감적 묘사 때문에 그의 이름을 따 마조히즘이라는 말이 유래되었다.

일탈로 다룬 바타유의 작품들, 노골적인 대목이 있는 주네의 《도둑 일기》《O양의 이야기》를 읽었고, 몇 번 정도 모험을 하기도 했다. 대개는 삼류 포르노, 다시 말해 이성애자 남성을 위한 포르노를 끼고 호텔 방으로 떠나는 모험이었다.

세련된 궤변론자들이 입버릇처럼 내뱉는 똑같은 후렴구가 나는 늘 미덥지 않았다. 남자보다는 여자들이 더 많이 하는 말, 바로 "포르노그래피는 진짜 지겨워"라는 말이다. 정말? 자신의 성적 취향에 딱 맞는 섹스의 이미지들을 보면서 오르가즘보다 '지겹다'는 반응이 나오려면 틀림없이 두꺼운 철벽이 필요할 것이다. 많은 사람들이 포르노그래피를 피하는 건 오히려 정반대의 이유에서다. 너무 재미있고 너무 흥분될까 봐 걱정하는 것이다. 포르노그래피 소비는 버릇이 될 수 있다. 즐기라고 존재하는 것이지만 중독은 무시무시하다. 이 엄청난 매혹에 완전히 굴복하기를 원하는 사람은 별로 없다.

사람들만 음란물을 찾는 것은 아니다. 영장류 동물학자 파블로 헤레로스는 세비야 동물원에 사는 지나라는 침팬지의 기사를 스페인 신문 〈엘 문도〉에 기고했다. 저녁 때 소일거리로 텔레비전과 리모컨을 주면 지나는 포르노 채널을 가장 선호했다. 의문을 불러일으키는 여러 가지 이유로 인해, 지나는 친척인 인간들이 TV에서 다른 어떤 행위보다 "그 짓을 하는" 걸 보며 좋아했다. 하지만 생각해보면, 자동차 추격 신이나 폭발

장면이 나오는 복잡한 형사 드라마 또는 블록버스터 영화에 비해 포르노는 상대적으로 지나가 이해하기 쉬울지도 모른다. 침팬지의 선호적 취향을 이용하려 들면, 포르노그래피는 정말로 야만적인 형식이고 우리의 '동물적 본능'을 일깨운다고 논증할 수도 있겠지만, 나는 그보다는 우리가 동물이라고, 사색할 줄 알고 예술을 창작하는 동물이지만 어쨌든 동물은 동물이라고 주장하는 쪽을 택하고 싶다. 헤레로스의 논평에 따르면 "솔직히 중요한 것은 인간과 인간이 아닌 영장류 모두 활발한 성생활을 한다는 사실이다."

그리고 손택이 썼듯이, 이 활발한 성생활은 사람을 돌아버리게 만들 수도 있다. 참담하리만치 불행하게 하기도 하고 일시적으로나마 강렬한 희열에 벅차오르게 하기도 한다. 1964년을 기점으로 많은 사람들이 책과 영화에 나오는 모든 종류의 노골적 성 묘사에 보다 너그러운 관점과 태도를 갖게 되었다. 명료한 언어로 표현한 손택의 우려에 따르면, 포르노그래피는 "심리적 장애자를 위한 목발" 노릇을 할 수 있으며 "윤리적으로 무구한 사람들을 학대"할 가능성이 있다. 이런 우려는 지금 우리에게도 여전히 적용된다. 어느 정도는, 인지하는 주체와 인지의 대상이 맺는 관계가 불확실한 경계라는 철학적 수수께끼로 남아있기 때문이다. 정크 푸드를 많이 먹으면 몸에 나쁘다는 의견에는 모두가 동의한다. 그렇다면 포르노와 관련된 미디어 스테레오타입을 매일 섭취하는 것은 어떨까? 학대나 중독, 판타지에 지독하게 몰입한 나머지 실제 사람들과 성적으로 교감하는 데 지장을 받거나 실제의 성적 교류를 벌충하는 등의 부작용에 취약한 사람들은 누구일까, 또 그 이유는 무엇일까? 소셜 미디어와 포르노그래피에 본질적으로 내재된 노출주의가 갈수록 기승을 부리는 것과의 관계는 어떨까? 관계라는 것이 있기는 할까? 이 모든 질문은 안-밖의 문제에 근거한다. 예를 들어, 나에게는 정신적 카탈로그에 포함시키기 싫기 때문에 보고 싶지 않은 폭력의 이미지들이 있다. 그것이 허구적 폭력의 이미지일 경우도 있다. 그러나 그런 이미지들이 기억 속에 구성되는 방식은 불가피하게 내 두려움과 판타지와 연관된다.

하지만 리얼리즘을 반박하는 손택의 논증과 "인간적인 것"이 절대적 선의 기준이 되지 않는 지점으로 청중을 인도하려는 결연한 태도는 어떤가? 충격과 위험부담의 가치는 어떤가? 초월은 어떻게 생각해야 할까? 텍스트와 쉽게 동일시하는 행위가 피상적이라는 손택의 주장을 우리는 어떻게 받아들여야 할까? 이 세상의 오르빌 프리스콧들은 어떤가? 그들은 사라졌는가?

진실을 말하자면, 인간적인 것과 비인간적인 것의 혼합은 누보로망에게는 새로운 관념이 아니었다. 동화에서도 사물, 동물 그리고 사람들이 음란하고 허랑방탕하게 서로 뒤섞인다. 동화에는 심리적이거나 정서적인 상태에 대한 묘사가 거의 없고, 있다 해도 적나라하기 짝이 없는 표현들로 이루어진다. 찰스 디킨스의 소설에서 사물은 살아 꿈틀거리며, 인간은 반복되는 기계로 화한다. 집 · 식탁 · 사람이 같은 특질을 공유한다. 디킨스의 작품에서 살아 있는 존재와 죽은 사물 간의 경계는 느슨하다 못해 아예 허물어지는 경우가 허다하다. 디킨스의 문학적 풍광에서는 인간과 사물을 막론하고 모든 종류의 정체성이 극도로 불안하고 파편화되어, 인습적 범주화 자체가 미세한 파편들로 박살나 흩어진다. 디킨스의 소설은 로브그리예가 창조한 그 어떤 작품보다 파격적이고 철학적이고 폭발적이다. 디킨스는 사실주의자가 아니지만 그의 책들은 여전히 대중적 인기를 얻고 있다. 그의 작품은 심오한 철학과 빅토리아 시대의 감상주의가 동화의 기제에 깊은 영향을 받아 탄생한 기묘한 혼합물이다.

《폭풍의 언덕》의 경우, 비인간적인 자연의 힘과 인간적인 등장인물은 따로 구분되어 그려지지 않는다. 에밀리 브론테의 소설은 언제 봐도 여전히 충격을 준다. 프루스트의 책 일곱 권은 확실히 사실주의로 보아야 할 테지만, 이 사실주의는 독자로 하여금 기억의 뉘앙스를 감지하게 해준다. 그리고 이것은 독자가 실제로 책을 읽기 전까지는 결코 뚜렷하게 드러나지 않는다. 독자가 책을 읽음으로써 인식이 발생한다는 말이다. 문제는 장르가 아니다. 문제는 상투성이다. 피상적이고 지루한 픽션은 사실주의이건 환상소설이건 범죄소설이건 역사소설이건 에로틱한 소설이건 상관없이 우리 곁에 남는다. 구성이 좋고 착실한 소설, 최소한 미국의 경우 다양한 강사들을 거치며 네 번, 다섯 번, 여섯 번 문예창작 '워크숍'을 통해 집필된 그런 소설들에는 문학적 관습의 도료가 잔뜩 발라져 있어서 번드르르 윤이 난다. 거지 중에서도 상거지 같은 포르노그래피가 무색할 정도로 도식적이고 도전정신도 없다. 그런데도 '먹힌다.' 적어도 일부 사람들에게는.

이런 부류의 문학은 굳어진 관습의 내용과 무관하게 문화적 합의를 들여와 책장으로 옮긴다. 뱀파이어를 다루든, 인간형 안드로이드를 다루든, 폭식증과 싸우는 중산층 어머니를 다루든, 어차피 아무 차이도 없다. 당시에 유통되는 집단적 허구에 아무런 위협도 되지 못하기 때문이다. 소위 사실주의 소설들은 현재 또는 가까운 과거의 사회학적 쓰레기—전자기기, 팝 문화의 인용, 미디어를 통해 친숙해진 상투적 심리 등—에 에워싸여 '제 기능을 못하는' 가족들을 종종 등장시키고, 저널리즘과 큰 차이가 없는 산문체로 중산층 독자의 심경을 불편하게 만들곤 한다. 이런 소설들은 열렬한 호응을 받지만, 사실 전혀 새롭지는 않다.

장르를 막론하고 편안한 소설을 묘사하는 단어는 '가독성'이다. 희한하게도 가독성은 그 자체로 좋은 것으로 간주된다. 접근이 쉽고 아무 노력을 들이지 않아도 술술 읽히는 책은 우리가 예전에 읽은 적이 있는 소설들과 몹시 닮았다는 사실을 떠올리는 사람은 별로 없다. 물론 이런 픽션들로 충족되는 욕구가 있기 마련이다. 기존의 세계관을 확인받고 싶은 욕구, 자기와 똑같은 차를 모는 등장인물의 삶에 참여하고 싶은 욕구, 1990년대에는 루콜라를 먹다가 몇 년 후부터는 케일과 퀴노아를 먹는 사람들의 욕구 말이다. 그런 디테일 자체만 놓고 보면 나쁠 것이 전혀 없다. 디테일은 시간과 장소와 계급 속에서 서사를 갈아낸다. 하지만 이미 뻣뻣하게 경직되어 수상쩍은 진실로 변해버린 문화적 클리셰를 비추는 거울 역할 말고는 독자에게 아무런 의미도 전하지 못하는 픽션의 도구가 되어버리면, 그때는 시시콜콜한 묘사 역시 바싹 메말라 무의미해지고 만다.

철저히 관습적이고 잘 짜인 픽션은 이 세상의 오르빌 프리스캇들에게 지나치게 높은 평가를 받는 일이 허다하다. 이유는 간단하다. 자기가 읽는 책에 대해 공식적 논평을 해달라는 요구를 받지 않는 대다수의 독자들과 달리, 비평가들은 자기가 읽는 책에 우월감을 느낄 때 훨씬 마음이 편하기 때문이다. 읽는 사람에게 겁을 주지 않고, 그동안 소중하게 받들어 모셔

온 가치관을 회의의 대상으로 삼지 않는 텍스트들이 편하기 때문이다. 비평가들은 자기가 이미 알고 있는 바를 강화해주고 기존의 범주에 깔끔하게 들어맞는 책들을 편애한다. 스스로 바보가 된 느낌이 들거나 바보 꼬락서니가 되는 사태를 즐기는 사람은 없다. 나는 책을 잘 쓰는 비결에 대한 단정적 선언이나 '소설의 기제'에 대한 허세에 찬 설명들을 끝도 없이 읽었다. 어떤 비평가들은 그런 선언을 통해 승승장구 출세가도를 달린다. 하지만 그런 선언들은 결국 자기가 정한 규칙 한두 가지에 부합하지 않는 작가들을 가차 없이 희생시키고 만다. 우리 현대문학계의 오르빌 프리스콧들이 하나같이 일종의 보수적 사실주의에 애착을 느끼고, '실험'을 혐오하며, '삶'을 묘사하는 문학을 선호한다는 사실도 흥미롭다. 알고 보면 책과 세계의 관계를 측정하는 정확한 측량법이 있는 것도 아니고, '세계'가 온전히 파악 가능한 대상도 아니거니와, 있는 그대로의 삶이 픽션의 수렁에서 뒹구는 것인데도 말이다.

어떤 장르에든 좋은 책이 있다. 관습을 수용하고 그 안에서 새로운 발명을 하는 책들이다. 셰익스피어의 플롯 대부분은 빌려온 것이다. 오스틴의 희극은 반드시 끝이 좋다. 어쨌든 언어 자체가 공유된 관습이다. 우리가 루이스 캐럴의 〈재버워키〉[42]

42) 루이스 캐럴이 쓴, '재버워크'라는 괴물을 죽이는 것에 관한 넌센스 시.

를 사랑하는 것도 그것이 문법적 의미sense에서 태어난 넌센스nonsense이기 때문이다. 앙토냉 아르토의 카카caca 시처럼 정신병적인 시는 일상적인 언어에서 극도로 일탈해 횡설수설에 가까워지기도 한다. 많은 사람에게 사랑받는 에밀리 디킨슨의 시도 깜짝 놀랄 정도로 난해하기 일쑤다. 다국어 언어유희가 등장하는 조이스의 장황하고 어지러운 산문시 《피니건의 경야》는 너무 밀도가 높아 내가 아는 사람 중에 끝까지 읽은 사람을 찾기 어려울 정도다.

나이가 들수록 위대한 책들은 어김없이 다급하고 절박한 입장에서 집필되었다는 믿음이 굳어진다. 그리고 손택과 달리, 나는 그런 책들에 틀림없이 정서적 힘이 있다고 믿는다. 정서적 단조로움은 오랜 세월을 버텨내지 못한다. 어떤 책이 체조처럼 난이도 높은 기교를 부리거나 시의적절한 지혜를 내놓아서 우리가 아무리 감탄한다 해도, 기억을 강화하고 소설을 우리 안에 살아 있게 하는 건 바로 감동이기 때문이다. 그러나 이 말이 그런 정서적 반응에 두루 잘 맞는 '심리학적'인 등장인물이 필요하다거나 문학적 공중제비나 신명나는 재주는 불필요하다는 결론으로 이어지는 것은 아니다. 위대한 산문소설에는 단일한 정서적 결이 필요하다는 뜻도 아니다. 아이러니의 힘이 간과되어서는 안 된다. 그리스 비극을 생각해보라. 《돈 키호테》를 생각해보라. 유머는 어느 정도 거리를 두기도 하지만 폭소는 기억에 남는다. 철학적인 소설《트리스트럼 섄디》는 축 처질 때도 있고 답답할 때도 많지만, 이야기와 구조로 질외사정을 체현하고 있어서 정말로 웃기다. 인간은 예술을 '느끼는' 것을 즐기는 존재이다. 그리고 감정은 모든 원초적 의미의 원천이며 모든 경험을 채색한다.

반면, 사랑이 결국 승리를 거두는 사카린 문학과 성적 학대나 사이코 연쇄살인마에 대한 불안한 이야기들은 강력한 정서적 충격을 줄지는 모르지만 딱 '그것에' 그칠 뿐이다. 이런 이야기들은 형편없는 포르노그래피처럼 독자의 기대를 완벽하게 충족시키며, 그런 면에서 훌륭한 성공을 거둔다. 그렇다면 감정이란 절대로 책이 좋다는 것을 보장해주는 척도가 아니다. 독자가 책을 다 읽고도 처음 독서를 시작한 지점에 그대로 머물러 있다면, 대체 뭐하러 책을 읽는단 말인가? 안나 카레니나의 죽음에 통곡한 사람이 센티멘털한 텔레비전 광고를 보고 눈물을 흘릴 수도 있다. 어떤 경우에 흘린 눈물이 더 우월한가 하는 논증은 멍청하고 무의미하다. 그럼에도 불구하고 예술작품에 대한 평가는 눈물이나 폭소, 성적 흥분이나 여타의 어떤 감정 하나만으로 결정되어서는 안 된다. 손택이 주장한 대로, 지식은 지식을 수용하는 의식에 달려 있다. 내가 거듭 주장했듯이, 독자와 텍스트는 협업하는 관계다. 과거의 독서가 현재의 독서에 영향을 미친다. 당신이 베스트셀러 스릴러를 주식으로 섭취하는 독자라면, 과연 헨리 제임스의 작품에서 스릴을 느낄 수 있을까?

픽션의 존재이유는 무엇일까? 손택처럼 문학에는 한 사람을 영원히 바꿔버리는 힘이 있다고, 우리에게 충격을 주어 자신이 누구인지를 완전히 새로운 관점에서 바라보게 만드는 힘이 있다고 주장하면 케케묵은 소리일까? 어째서 어떤 책들은 수백 년이 지나도 여전히 흥미롭고 어떤 책들은 십 년, 아니, 한 철이 지나기도 전에 사라질까? 부스 타킹턴은 퓰리처 상을 '두 번'이나 탔다. 평단의 열광적인 찬사를 받았으며, 큰 사랑을 받았고, 위대한 미국 작가로 추앙받았다. 그런데 지금 그는 어디에 있는가? 그의 작품은 각색되어 제작된 두 편의 강력한 미국 영화 속에 살아남았다. 바로 〈앨리스 애덤스〉와 〈위대한 앰버슨 가〉이다. 부스 타킹턴은 플래너리 오코너가 아니다. 말이 나왔으니 말인데, 얼마나 많은 위대한 문학작품들이 맹목, 편견, 아니면 순전한 어리석음 탓에 소실되거나 중고 서점에서 곰팡이나 키우며 처박혀 있을까? 위대한 문학작품이란 결국 무엇인가?

이 문제는 아주 오래된 매듭이고, 쉽게 풀릴 리도 없다. 나 역시 위대한 문학작품은 반드시 충격적이지는 않더라도 깜짝 놀랄 만한 요소를 지니고 있다는 손택의 견해에 동의한다. 이 말은 그 책을 읽지 않았다면 결코 발생하지 않았을 어떤 인식을 깨우쳐야 한다는 뜻이다. 그런 책들은 변화를 일으키는 힘이 있다. 사물의 현상을 인식하는 방식을 계도해줄 거라는 기대로부터 독자를 훌쩍 들어올려 표식을 새기고, 가끔은 결코 사라지지 않는 상처를 남기기도 한다. 클리셰들은 그런 표식을 남기지 못한다. 픽션의 존재이유는 무엇일까? 최고의 픽션은 자아를 떠나 타자에게로 소풍을 떠나는 특별한 경험이다. 그 어떤 여행보다도 '사실적'이고 혁명적인 잠재력을 지닌 여행 양식이다. 그리고 타자성을 지향하는 이런 움직임에 동참하려면, 섹스의 경우와 마찬가지로 타자에게 열려야 하고 감정적 위험부담을 어느 정도 감수해야 한다.

언젠가 수전 손택이 나에게 굉장한 칭찬을 해준 적이 있다. 그러나 그 칭찬에는 문학에 관한 그녀의 복잡한 입장이 내포되어 있었다. 소규모 디너파티에서 내 옆자리에 앉았던 그녀는 나를 보고 불쑥 이렇게 말했다. "《위대한 개츠비》에 대해 이제까지 통틀어 최고의 논문을 썼더군요."

그녀와 대화를 나눌 때마다, 나는 언제나 자기 의견을 그토록 확고하게 견지하는 태도가 참으로 놀라웠다. 사람의 계층을 철저히 분류하는 그녀 특유의 정신세계에서 이번에는 내가 수혜자가 되었던 것이다. 실제로 그녀는《위대한 개츠비》를 다룬 모든 논문을 읽어본 걸까? 아무튼 가슴 깊이 뿌듯한 마음이 느껴져서 감사하다고 인사를 했다.

그러자 손택이 물었다. "왜 그런지 알아요?"

이건 어떤 작가에게 하더라도 이상한 질문이다. 자기가 쓴 글이 좋을 수 있는 이유쯤은 알아야겠지만, 다른 사람이 왜 그렇게 생각하는지를 어떻게 안단 말인가. 그래서 "아니요"라고 대답했다.

"바깥이 아니라 안에서 쓴 글이라서 그래요." 손택이 말했다.

그런 다음 그녀는 다른 사람과 대화를 하기 시작했고, 결국 나는 그 논평이 무슨 뜻일지 혼자 계속 궁금해했다. 어쨌든 상당히 수수께끼 같은 말이었으니까. 무슨 뜻으로 한 말일까? 나는 원래 무슨 분야이든 '최고'가 존재한다는 생각 자체를 불신하는 편이다. 다른 것보다 '나은' 문학적 양식이 있다고 믿지도 않는다. 글을 쓰는 데는 규칙도 처방전도 단 하나의 길도 있을 수 없다. 물론 그렇다고 아예 판단을 유보한다는 말은 아니다. 좋은 문학과 나쁜 문학이 있고, 좋은 독자와 나쁜 독자도 있지만, 고정된 위계질서를 확립해두는 것은 소용도 없거니와 심지어 유해하기까지 할 것이다. 이제는 방대해진 내 독서경험이, 어떤 식으로든 소용이 닿을 경우 수용된 지식, 다른 출처에서 도매금으로 거둬들인 개념, 죽은 표현들을 좀 더 수월하게 파악하도록 해주기 때문이다. 수전 손택도 최고의 글을 쓸 때는 밖에서 안으로가 아니라 안에서 밖으로 썼다. 성적 욕망에 깃든 광기와 문학으로 할 수 있는 충격적 초월에 대한 글을 쓸 때, 손택의 산문은 빨라졌다. 자기 내면의 경험으로 말하고 있었기 때문이다. 자기만의 독서에서 나오는 격동 · 생경함 · 열정을 소통하고 싶었던 것이다.

나는 손택의《은인》이 대체로 밖에서 쓰인 책이라고 생각한다. 현대소설이 지향해야 할 경지에 대한 관념과 원칙과 이론에 기반해 만들어진 책이라는 뜻이다. '안'에 대한 그 논평은 나에 대한 진정성 있는 찬사였을 뿐 아니라, 동시에 가끔 자기 작품에 나타나곤 하는 완고한 현대성에 대한 비평이었다고 생각한다. 수많은 책들이 밖에서 안으로 쓰인다. 나는 몇 번 창작 강의를 한 적이 있는데, 그때 내 수업 시간의 절반을 학생들의 고정관념을 타파하는 데 써야 했다. "하지만 말하지 말고 보여줘야 하는 줄 알았는데요." "지난번에 가르치신 강사님은 대화는 이러이러해야 한다고…." 외부의 규율과 제약을 토대로 구축된 대다수의 책들은 손택의 첫 소설보다 훨씬 관습적이다. 엄청난 칭찬을 받으며 수십만 권씩 팔려나가기도 한다. 그러나 그렇다고 더 좋은 책이 되는 것은 아니다. 나라면 그런 책들이 부스 타킹턴의 길을 걸을 거라는 쪽에 돈을 걸겠다. 디킨스 역시 많이 팔렸다. 디킨스의 작품이 "가독성이 있다"고 주장할 수도 있겠지만, 무엇보다 그 책들은 안에서 쓰였다. 과대망상증에 걸린 지칠 줄 모르는 자아의 펄떡펄떡 뛰는 내면성에서 나온 작품들이다.

물론 여기에는 아이러니가 있다. 바깥이 안이 된다. 나를 변화시키는 모든 책이 내가 된다. 그 낯선 음악, 리듬, 생각, 그리고 스토리가 내 몸 안에 자리 잡고 내 글 속에 다시 나타날지도 모르지만, 그때쯤이면 나는 그것들이 거기 존재한다는 사실조차 모르게 될 것이다.

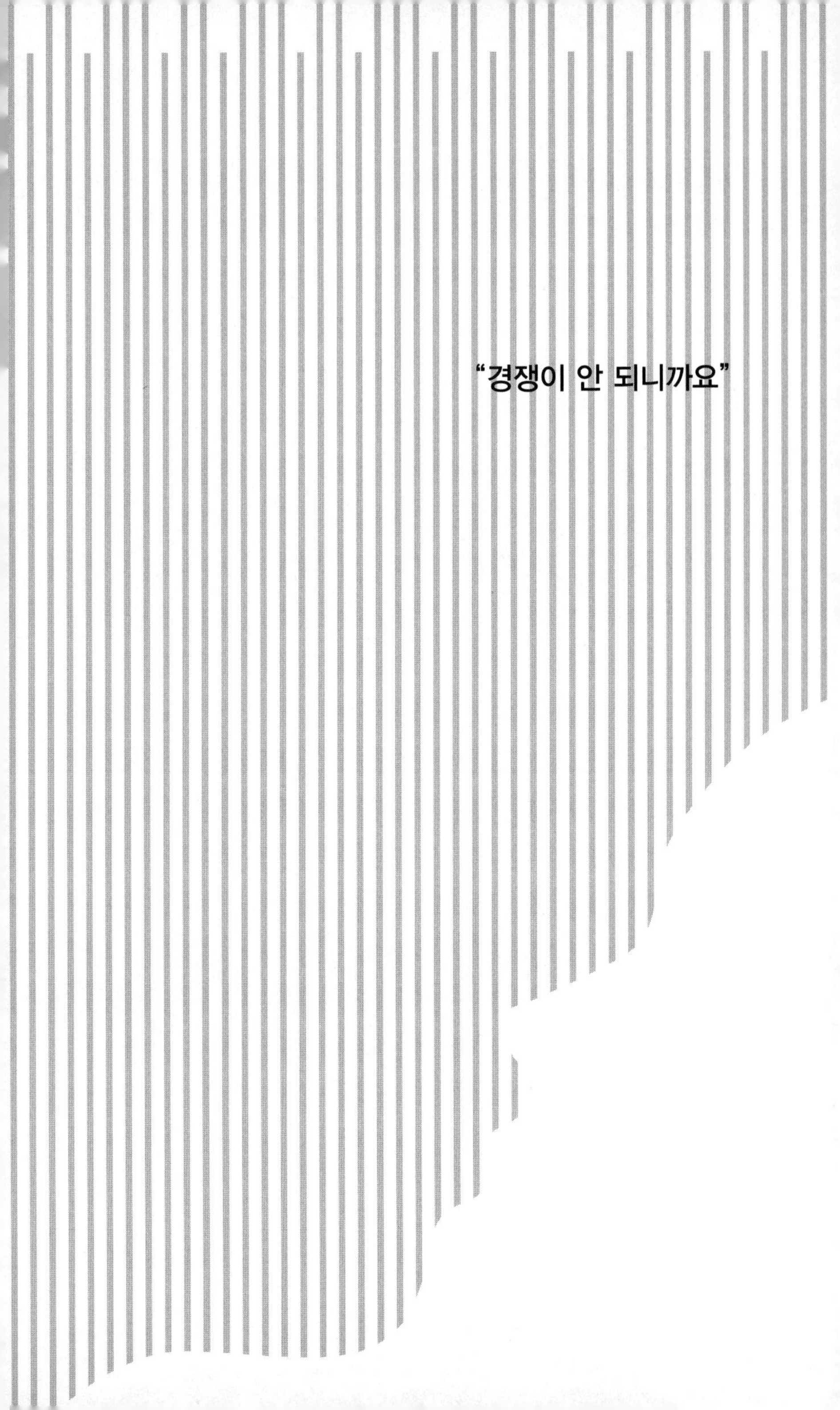

“경쟁이 안 되니까요”

조지 엘리어트는 1856년에 발표한 에세이《여성 소설가들의 허튼 소설들》에 "다행스럽게도, 픽션이라는 문학 분야에서는 여자들이 남자들에 못지않은 능력을 발휘한다는 사실을 입증하기 위해 굳이 논증에 기댈 필요가 없다"라고 썼다. 오늘날 이 말에 반박할 사람이 있을까? 글쓰기가 작가의 성별에 의존하는 행위인가? 만약 그렇다면 그건 무슨 뜻일까? 2015년 온라인 독서 커뮤니티 '굿리즈Goodreads'는 남성 작가의 책을 읽는 여성 독자는 50퍼센트에 불과한 반면 여성 작가의 책을 읽는 여성 독자의 비율은 평균 80퍼센트에 달한다고 밝혔다. 바꿔 말하면, 소설을 쓰는 남성 작가의 독자는 전 세계의 표본과 같지만 여성 작가의 경우는 그렇지 못하다는 뜻이다. 물론 평균을 거스르는 특별한 작가들도 있다. 여자들이 남자들보다 소설을 훨씬 많이 읽기도 한다. 그럼에도 문학 텍스트는 책장에 찍힌 활자 이상도 이하도 아니다. 활자의 화자가 남성이면 문학 텍스트도 남성적인가? 주인공이 여성이면 문학 텍스트도 여성적인가? 책에 성별을 표시하는 다른 특질이 있는 것인가?

나는 남성 작가(폴 오스터)와 결혼한 여성 작가이고, 어쩔 수 없이(의식적이든 무의식적이든) 성차별이나 기타 부당한 대우를 받은 적이 있는지 자문하는 상황에 처하는 일이 왕왕 있다. 내 남편이 나에게 정신분석과 신경과학을 "가르쳤다"고 끝까지 주장한 칠레 기자는(심지어 나는 그것은 결코 사실이 아니며 남편은 그 분야에 별로 관심이 없다고 분명하게 말해주었다) 성차별주의자인가, 아니면 자신의 문학적 영웅이 아내의 교육을 담당했다고 믿고 싶어하는 남자인가? 그 남자는 적의를 전혀 드러내지 않았다. 그저 그 분야에서는 내가 남편보다 학식이 훨씬 더 풍부하다는 사실에 당혹해했을 뿐이다. 내 세 번째 소설을 읽고 판사처럼 위풍당당하게 손짓하며 "계속 글을 써야 되겠어요"라고 말했던 프랑스 출판계의 거물은 어떤가? 그는 허세를 피운 걸까, 자기 나름대로는 나를 봐준 걸까? 2015년 여름, 나는 어떤 여성으로부터 내 소설《불타는 세계》에 대해 열렬히 찬사를 퍼붓는 팬레터를 한 장 받았다. 그 소설에는 남녀를 아울러 열아홉 명의 1인칭 화자가 등장한다. 팬레터를 보낸 여성 독자는 그 소설에 관해 몇 가지 의문점이 있다고 했는데, 그중 하나가 나를 기절초풍하게 만들었다. 남성 등장인물인 브루노 클라인펠트가 나오는 부분을 내 남편이 쓰지 않았는지 알고 싶다고 한 것이다. 나쁜 의도로 물은 것이 아니라는 건 알 수 있었다. 하지만 그게 대체 무슨 뜻이란 말인가?

숫자는 이야기의 일부를 구성하지만 그게 다가 아니다. 소설의 남성 독자와 여성 독자 비율이라든가, 남성 작가의 책과 여성 작가의 책 서평 비율이라든가, 기타 등등 숫자를 따라가며 추이를 확인하는 것은 흥미로운 일이다. 다른 방법으로는 감지하기 어려울 문단 문화의 이런저런 면모를 알려주기 때문이다. 그렇지만 통계는 배후의 '이유'를 말해주지 않는다. 무의식적 편견에 대한 글은 꾸준히 나오고 있지만, 정말로 흥미로운 질문은 그런 편견이 존재하는가의 여부가 아니라 '어째서' 그런 편견이 존재하며 그런 편견은 우리 안에서 어떻게 작동하는가 하는 것이다. 소설을 읽는 것은 수많은 문화적 활동 중 하나에 불과하다. 따라서 여성성과 남성성에 대한 관념들이 문학적 습관을 감염시키는 방식은 더 광범위한 문화에서 끌어와 쓸 수 없으며, 그 광범위한 문화가 단일한 합의의 덩어리로 이루어져 있다는 듯 논의하는 것 역시 쉬운 일이 아니다.

1968년에 필립 골드버그가 여대생들을 대상으로 행한 연구는 유명하다. 두 집단의 학생들에게 똑같은 에세이를 주고 평가해보라고 했다. 한 집단에 준 에세이에는 저자를 존 T. 매케이(남성형인 John)라고 표기하고, 다른 집단에 준 에세이에는 조운 T. 매케이(여성형인 Joan)라고 표기했다. 존의 에세이가 모든 면에서 우월한 평가를 받았다. 그런데 모든 연구가 그러하듯, 같은 연구를 여러 번 시행했더니 다른 결과들이 나왔다. 하지만 그후로 수많은 연구들이 내가 '남성 증강효과'라고 부르는 현상을 보여주었다. 2012년 예일 대학에서 행한 무작위 표본추출 이중은폐[43] 연구는 과학 분야 교수진이 가상의 남성이나 여성의 이름이 적힌 이력서를 받고 판단할 때, 남자가 여자보다 연봉도 더 많이 받고 커리어 멘토링도 훨씬 많이 받는다는 결과를 보여주었다. 교수진은 남녀 공히 편향성을 보였다. 물론 자신이 남자를 더 우대한다는 사실을 의식하는 교수는 거의 없었다. 나는 나 자신이 가진 편견을 알고 있을까? 그런 경우 객관성이 가능할까? 인간이 어떻게 자기가 의식하지도 못하는 성향을 떨쳐버릴 수 있을까? 그건 그렇고, 왜 남자들이 우대를 받는 걸까?

언어학자 겸 심리학자인 버지니아 밸리언은 저서 《여자의 출세는 왜 이토록 느릴까?》에서 소위 '암묵적 젠더 스키마'에 대한 논의를 한다. '암묵적 젠더 스키마'란 우리의 인식을 감염시켜 남성의 성취를 과대평가하고 여성의 성취를 비하하게

43) double-blind, 실험이나 검사에 주관성이 개입할 가능성을 배제하기 위해 실험 진행자와 실험 참여자 모두에게 실험에 대한 정보를 제공하지 않는 것.

만드는 남성성과 여성성에 대한 무의식적 관념들을 일컫는다. 권력자의 위상에 오른 여성들은 수행능력에 아무 차이가 없는데도 비슷한 위상의 남성들에 비해 낮은 평가를 받는 일이 허다하다. 2008년의 어느 연구에서 학술논문으로 이중은폐 연구—논문 저술자의 신분도 리뷰 담당자의 신분도 밝히지 않는 방식의 연구를 말한다—를 했는데, 제1저자가 여성인 논문이 채택되는 비율이 유의미하게 증가했다는 결과가 나왔다. 매들라인 E. 하일먼의 책임 하에 이루어진 2004년의 연구 〈성공의 벌칙: 남성적 젠더 전형 과업에서 성공하는 여성들에 대한 반응〉은 제목 그대로의 이야기를 다루고 있다. 로리 러드먼과 피터 글릭의 2001년 연구는 이런 결론으로 끝맺는다. "여성은 착해야 한다는 처방은 곧 여성이 수행능력을 착함으로 중화하지 않으면 벌을 줘야 한다는 암묵적 믿음이다." 여성들은 인정받기 위해 착하게 굴면서 힘과 야망을 상쇄해야만 한다. 반면 남자들은 여자들만큼 착하게 굴 필요가 없다.

나는 여자가 천성적으로 남자보다 착하다고 믿지 않는다. 착하면 상을 받고 노골적으로 야심을 드러내면 벌을 받기 십상이라는 사실을 '터득'할 수는 있다. 착하게 행동해야 보상을 받으며, 직진보다는 은밀하게 우회하는 전략이 더 나은 결과를 가져오기 때문에 시류에 영합할 수도 있다. 당돌하고 직설적으로 말하고 행동하는 여성이라고 해서 사람들이 언제나 봐주고 말을 들어주는 것도 아니다. 나는 어느 학회에 참석했다가, 논문 발표 후 이어진 토론에서 한 여성 학자가 질문하는 모습을 보았다. 그녀의 입에서 채 몇 마디가 나오기도 전에 어떤 남자가 끼어들어 발언권을 얻더니 한참을 이야기했다. 그 후 그녀가 다시 논지를 전개하기 시작했지만, 또 다른 남자가 그녀의 말허리를 뚝 끊어버렸다. 결과적으로 그녀의 말을 끊고 끼어든 남자는 총 네 명이었고, 그런 다음에야 그녀가 간신히 발언을 끝맺을 수 있었다. 그때쯤 좌절감이 증폭되어 있던 그녀는 단상을 장악하고는 강하고 공격적인 어조로 논문을 비판했다. 학회가 끝나고 나오는데, 옆에 있던 남자 동료가 아까 그 여성 학자를 두고 "정말 못됐더군요"라고 말하는 것이었다.

우리는 모두 이런 이야기를 들어본 적이 있다. 이런 이야기들은 여러 다른 장소에서 다른 형태로 거듭 들려온다. 이 사건에서 내 흥미를 끈 지점은 여자의 말을 끊은 남자들이 스스로 결례를 범하고 있다는 인식을 전혀 하지 못했다는 사실이다. 그 여성 학자는 마치 목소리도 안 들리는 투명인간이거나 유체 이탈해서 학회장을 떠도는 유령 같았다. 사실 그녀는 젊지 않고, 수줍지도 않고, 가녀린 목소리의 소유자도 아니거니와, 머뭇거리지도 않았다. 이른바 그런 모임에서 여자들이 자기주장을 할 때 저지르는 실수로 흔히 지적되는 자질이 전혀 없었다. 여자들은 지나치게 온순하다. 여자들은 베푼 만큼 받는 방식을 선호한다. 여자들은 남자보다 덜 공격적이고 사회적 감각이 더 발달되어 있다. 여자들은 타인의 감정을 배려한다. 그런데 그 여성은 자신감이 결여된 것도 아니었고 논평이 저자의 기분을 상하게 하든 말든 개의치 않았다. 다만 비집고 들어가 한마디 할 틈새를 찾기가 너무 힘들었을 뿐이다. 처음부터 고함을 쳐서 질문을 했다면 발언권은 확보할 수 있었을지 몰라도 대가를 치렀으리라. 엽기적으로 느껴지리만큼 무례한 대접을 받고 나서야, 그것도 무례한 사람들이 자신의 무례를 전혀 깨닫지 못하는 바람에 한층 더 엽기적으로 변한 무례를 당하고 나서야 김이 다 빠져버린 말들을 목청껏 외친 것이 이해 못할 일도 아니련만, 그녀에게 돌아온 평가는 '못됐다'는 낙인이었다.

나는 슬퍼졌다. 물론 사람이 죽고 사는 문제는 아니다. 그저 일상적인 일에 불과하다. 하지만 이런 형태의 말살 행위가 미치는 효과를 가볍게 받아들여서는 안 된다. 그 자리에 존재하지 않는 사람처럼 말을 해도 묵살하고 가로채는 것은 누가 당하더라도 끔찍한 일이다. 그것은 사람의 자아에 대한 공격이고, 여러 해 동안 그런 처우를 받다 보면 심리에 추한 상흔이 남게 마련이다. 그런데 그 남자들은 대체 어떻게 그 여자의 존재를 보지 못하고 그 여자의 목소리를 듣지 못했던 걸까? 정말로 무슨 일이 벌어지고 있는 걸까? 모든 종류의 학습은 일단 습득되면 무의식적이고 자동적이 된다. 그러고 보면 인간의 의식은 몹시 인색한 모양이다. 삶에서 일상적이고 예측 가능한 상황은 인식하지 않고 여유를 남겨두었다가, 새롭고 예측 불가능한 일들을 인식하는 데 쓰니 말이다. 상궤에 오른 활동에는 최소한의 의식만으로 충분하지만, 주방에 서 있다가 창문을 쿵쿵 두드리는 고릴라를 보게 된다면 최대한 정신을 바짝 차리고 의식을 전면 가동해야 한다.

사람의 지각은 본질적으로 보수적이고 편향적이며, 일종의 타입캐스팅으로서 우리가 세상을 이해하도록 도와주는 역할을 한다. 고릴라가 주방 창문을 쿵쿵 두드리지 않는 대부분의 경우 우리는 보게 될 거라 기대하는 것을 본다. 다시 말해 세상에서 수동적으로 정보를 얻는다기보다는 창조적으로 해석하는 쪽에 가깝다. 우리는 정서적으로 중요한 사건들을 통해 과거로부터 배우며, 그 학습에 비추어 현재를 인식하고, 그 교훈을 미래에 투사한다. 아무튼 그 여성 학자는 학회장 안에서 말하고 있던 다른 남자들에게 인식되지 않는 대상이 되었다. 나는 그녀의 말을 묵살하고 자기 할 말만 했던 남자들이 그 회의의 영상을 돌려보면 틀림없이 크게 놀라고 부끄러워할 거라 믿어 의심치 않는다. 그 평범한 해프닝—남자가 여자의 말허리를 끊는 일—의 저변에는 틀림없이 수없이 많은 경험들이 축적되어 만들어진 기대가 도사리고 있을 터이다. 일부 과학자들은 그런 기대를 '선험'이라 일컫기도 하는데, 그 힘은 한 사람의 존재를 적어도 한동안은 완전히 사라지게 만들 수 있을 만큼 강력하다. 그렇지만 그런 가정이나 무의식적인 관념은 정확히 무엇이며 문학을 읽는 행위와 무슨 관련이 있을까?

또 하나의 개인적 이야기가 대답이 될 수도 있겠다. 아니, 적어도 부분적인 대답을 줄 수도 있겠다. 예전에 나는 뉴욕에서 청중을 앞에 두고 노르웨이 작가 칼 오베 크나우스고르Karl Ove Knausgaard를 인터뷰한 일이 있다. 그의 방대한 자전적 소설《나의 투쟁》1권이 영어로 번역되어 출간된 직후의 일이다. 나는 그 책을, 아니, 노르웨이어 원본과 (지금까지는) 탁월한 영어 번역본까지 모두 몹시 좋아하기 때문에 기꺼이 저자 인터뷰를 하겠다고 나섰다. 나는 미리 질문들을 준비해 갔고, 그는 성실하고 지적으로 답변해주었다. 대담이 끝나갈 무렵, 나는 다른 작가들이 쓴 글에 대한 인용이 수백 개도 넘게 나오는 그 책에 왜 여성 작가는 줄리아 크리스테바 단 한 사람밖에 나오지 않는지 물었다. 작가로서 영향을 받은 여성의 책이 전혀 없었던 걸까? 꽤나 놀라운 생략이라 할 수 있는데, 뭔가 이유가 있는 걸까? 어째서 다른 여성 작가들에 대한 언급은 전혀 없는 걸까?

그는 거침없이 대답했다. "경쟁이 안 되니까요."

나는 그 반응에 살짝 당황했고, 좀 더 자세히 설명해 달라고 부탁해야 했지만 시간이 다 되어 기회를 놓치고 말았다. 그의 답변은 내 머릿속에 반복되는 멜로디처럼 재생되었다. "경쟁이 안 되니까요." 크나우스고르가 정말로 생사를 막론하고 글을 잘 쓰고 사고도 훌륭한 여성이 줄리아 크리스테바 한 사람밖에 없다고 생각하지는 않을 것이다. 그건 정말 황당무계한 생각이니까. 오히려 나는 문학이든 다른 분야든 그가 말하는 경쟁은 남자들과 치고받고 싸우는 것을 의미하는 게 아닐까 짐작한다. 아무리 걸출하다 해도 여자는 아예 셈에 들어가지도 않는 것이다. 크리스테바가 유일한 예외가 될 수 있겠는데, 내가 알기로 크리스테바는 크나우스고르가 베르겐 대학에 다니던 시절 워낙 화제가 된 작가였고, 아마 그런 이유로 그의 책에 슬쩍 끼어들어갔을지도 모른다. 그가 다른 시간, 다른 장소에 살았다면 버지니아 울프나 시몬 베유가 "문학적이거나 지적인 여성"의 자리를 차지했을 수도 있다는 얘기다. 여성을 경쟁상대로 봐주지도 않은 남자는 크나우스고르만이 아니다. 솔직히 그는 다른 남성 작가나 학자들보다 좀 더 정직했을 뿐인지도 모른다. 여성은 '경쟁이 안 되니까' 아예 여성이 말하는 소리를 듣지도 그 존재를 보지도 않는 남자들보다 훨씬 솔직했던 건지도 모르겠다. 학회장에서 혹은 더 광범위한 문학의 장에서 여성을 사라지게 만드는 이유가 이것 하나뿐이라고는 생각하지 않지만, 확실히 이것은 흥미로운 사유이고 다뤄

볼 만한 화두다. 크나우스고르는 다른 남자와 여자들이 암묵적으로 믿고 있지만 명시적으로 말하지 않는 어떤 태도를 의식하고 있는 것뿐일까?

영국 신문 〈디 옵서버〉와의 인터뷰에서 크나우스고르는 어린 시절 자신이 '제시'(게이)라고 불리며 놀림 받았다는 사실을 시인하고, 그 후유증에서 끝내 헤어나지 못했다고 말했다. "저는 감정에 대해 말하지 않습니다." 그가 그 인터뷰에서 한 말이다. "하지만 감정에 대한 글은 아주 많이 씁니다. 읽기는 여성적이고, 쓰기도 여성적이죠. 미친 겁니다. 완전히 미친 거지만 여전히 내 안에 있어요." 읽기와 쓰기가 여성성에 의해 '오염'되었다는 관념은 서구의 집단 심리에 깊이 박혀 있다. 그리고 크나우스고르의 말은 옳다. 이런 생각에는 정신 나간 구석이 있다. 읽고 쓰는 능력이, 근대 인간사의 위대한 발전이 계집애 같은 짓으로 비하되고(크나우스고르는 자기가 이런 뜻으로 말한다는 사실을 분명히 밝히고 있다) 여성의 일로 치부되다니? 수백 년에 걸쳐 특정 계급만 읽고 쓸 수 있는 특권을 가졌고, 그 특권층에서도 소녀들이 아니라 오로지 소년들만 최상급의 교육을 받았고, 버지니아 울프조차도 《자기만의 방》에서 쓰라린 억하심정으로 이 문제를 토로한 마당에, 어쩌다 우리는 그런 괴상한 문화적 함의에 다다른 걸까? 그리고 나아가 문학 자체가 어떤 식으로든 여성적이라면 어째서 여성들은 문학적 경쟁에서 쫓겨나는 걸까?

남녀를 막론하고 우리 모두는 세상을 절반으로 분할하는 암묵적이고 은유적인 스키마를 활용하여 남성성과 여성성을 암호화한다. 과학과 수학은 딱딱하고 이성적이고 실체적이고 진지하고 남성적이다. 문학과 예술은 부드럽고 감성적이고 비실체적이고 경박하고 여성적이다. 나는 남학생들에게 독서를 장려하는 교수법을 조언하는 논문을 읽다가 우연히 다음과 같은 문장을 발견하고, 계집애 같다고 놀림 받았던 크나우스고르의 고통스러운 어린 시절을 다시 떠올렸다. "남학생들은 읽기에 수동적이며, 심지어 여성적인 활동이라는 이유로 불호不好를 표하는 경우가 많다." 숫자를 이해하고 조작하는 일에는 이런 낙인이 따라붙지 않는다. 연산이 더 활동적인 행위인가? 어린이라면 읽기와 쓰기도 습득해야 하지 않는가? 읽기와 쓰기의 습득은 세계를 파악하는 데 결정적으로 중요한 행위가 아닌가? 또한 숫자와 글자는 둘 다 추상적인 기호이고 '젠더가 없는 재현'이라는 점에서, 읽기가 여성적이라는 편견은 가히 경악스럽고, 크나우스고르의 표현대로 "미쳤다." 그러나 이런 편견은 연상으로 작동한다. 소녀나 여성과 동일시되면 무엇이든 위상을 잃게 된다는 연상 말이다. 그것이 전문직이든 책이든 영화든, 심지어 질병까지도. 크나우스고르로 하여금 감정에서 여성성으로 곧장 이동하게 만든 것은 대체 무엇일까?

크나우스고르는 이 시대 자동기술Automatic Writing의 제왕이라 해도 과언이 아니다. 《나의 투쟁》은 통제되지 않은 텍스트이다. 그것이 이 기획의 본질이다. 나는 인터뷰에서 자동기술에 대해 물었지만, 그는 정신의학이나 초현실주의에서 거론되는 자동기술의 역사에 대해 전혀 모르고 있었다. 또 내가 질의한 프랑스 장르 '오토픽션'에 대해서도 아는 바가 없었다. 세르주 두브로프스키가 처음 만들어낸 신조어 오토픽션에서는 책의 주인공과 작가의 이름이 동일해야 하며, 픽션의 장치는 활용할 수 있지만 책의 소재는 반드시 자전적이라야 한다.(흥미롭게도 프랑스에서 크나우스고르의 책은 별로 화제가 되지 못했다. 제목이 'Mein Kampf(나의 투쟁)'로 번역되지 못한 독일에서도 마찬가지이다.) 나와의 인터뷰에서 크나우스고르는 그 책을 쓸 때 퇴고를 한 적이 없으며 일단 쓰고 나면 단 한 글자도 고치지 않았다고 주장했는데, 사실 나는 그 말을 믿지 않을 이유가 없다. 그 작품은 심한 상처를 받은 여린 자아로부터 검열 없이 날것 그대로 쏟아져나온 말의 홍수다. 우리는 모두 그런 자아를 어느 정도 알고 있지만 보호하는 쪽을 선택한다. 이 소설은 아무런 방해도 받지 않은 자전적 토로이며, 종종 강렬한 감정의 분출이기도 하지만, 그럼에도 소설 형식의 문학적 관습을 빌려오고 있다. 예를 들어 그런 적나라한 묘사와 대화는 그 어떤 인간도 기억하지 못한다. 이 느슨하고 헐렁한 양식에서 독자는 불가피한 '롱괴르longueur', 다시 말해 별 사건이 일어나지 않는 장황한 대목을 자주 참아내야 한다는 뜻이다. 철학적 색깔이 짙은 방담이며 예술과 작가들과 이런저런 관념들에 대한 단상들도 나오는데, 생생한 것도 있지만 김빠지는 이야기들도 많다.

크나우스고르는 자신의 '감정'을 아주 많이 글로 옮겨 쓰며, 그 과정에서 망신을 당하거나 바보 꼴이 되고 얼간이처럼 보이는 한이 있더라도 집요하게 밀고 나간다. 그런 겁 없는 솔직함은 누가 보여주든 매혹적이겠지만, 어쩌면 그가 남자라서 매혹이 더해질 가능성도 있다. 남자가 감정을 드러낼 경우, 망신당할 위험 부담이 더 커지기 때문이다. 추락의 수위가 높아진다. 이 책은 노르웨이 독자들에게 큰 충격이었다. 영어 번역본이 출간되기 한참 전부터 노르웨이에 사는 내 친척과 친구들이 뜬금없는 크나우스고르 광풍 소식을 알려주었다. 그동안 노르웨이에서는 불행의 회고록이 인기가 없었다. 사후에 출간되는 일기를 제외하면, '불행이 철철 흘러넘치는 내 불쌍한 인생' 고백록이라는 전통 자체가 없다. 반면 프랑스와 독일은 몰라도 현재 미국과 영국에 전해 내려오는 유산, 즉 작가가 영혼까지 벌거벗고 모든 것을 드러내고 털어놓는 책들은 수치스러운 것이 아니라 영웅적이다. 크나우스고르는 그 방대한 책을 집필하는 과정에서 자신이 상처 입힌 사람들 때문에 괴롭고

양심의 가책을 받는다고 시인한 바 있지만, 비평가들은《나의 투쟁》을 윤리적 흠결이 있는 책으로 보지 않았다. 그러나 이 모든 일에는 수많은 아이러니가 배어 있거니와, 그 아이러니들에 섬세하게 접근해야만 문학의 세계라는 계약서에 들어 있는 "경쟁이 안 된다"는 조항을 제대로 이해할 수 있다.

감정과 그 감정의 적나라한 표현은 아주 오래전부터 여성성과 육체성에 대한 연상으로 얽혀 있었다. 소설은 언제나 천박하고 심지어 경멸받는 양식으로, 가정생활 · 여성 · 여성들의 감정과 밀접한 관련이 있었다. 조지 엘리어트가 익명으로 쓴 에세이는 부분적으로 볼 때, 완벽한 여주인공들을 내세워 과다하게 농익은 산문을 통해 어리석고 비현실적인 소설을 쓰는 여성 작가들과 자신을 구분 짓고, 진지하고 지적인 사실주의 자로서의 위상을 굳히기 위한 시도라 볼 수 있다. 겉만 번드르르한 여성성과 거리를 두고자 하는 욕구는 전혀 새로울 것이 없었다. 18세기에 소설, 특히 여성이 쓰고 여성을 대상으로 하는 소설, 즉 '숙녀를 위한' 소설은 비평가들로부터 낮은 평가를 받았다. 〈초기 픽션 비평의 젠더화 전략〉에서 로라 런지는 앰브로스 필립스를 인용하는데, 그는 자신이 펴내는 정기간행물 〈자유사상가Free-Thinker〉를 광고하면서 "대다수 여자들이 즐기는 김빠진 소설과 허구적 로맨스"와 달리 "정신을 고양하는 대안"이라고 했다. 나아가 런지는 이 초창기 소설의 서문들이 "여성 독자와 여주인공… 또는 독자와 여성으로 인격화된 텍스트 사이의 유대"를 권장한다는 사실에 주목했다. 즉 소설이 계집애 같다는 놀림을 받은 지 몹시 오래되었다는 말이다.

낭만주의자들에게 감정은 여성적 원칙으로 간주되었으나 예술 전반과 얽혀 있기에 우리 모두가 그 마술의 주문에 걸려 살아갈 수밖에 없는 것이었다. 여성적 남성 또는 감정을 지닌 남성은 당시 필수적 요건이었다. 센세이션을 불러일으킨 괴테의 젊은 베르테르를 아무도 잊지 못했다. 그 여리고 가슴 저린 감수성과 모방 자살을 줄줄이 촉발한 베르테르의 자살을 결코 잊지 못했다. 타이스 E. 모건Thais E. Morgan은《여성성을 쓰는 남자들: 문학, 이론과 젠더의 문제》에서 어쩌다 보니 여성의 영토에 들어와 있다는 사실을 깨달은 낭만주의 시인이 처한 위험을 논한다. 모건의 산문은 서툴지만 논점은 뚜렷이 전달된다. "감정이라는 여성적 목소리를 상상하는 행위가 감정을 다루는 남성 시인에게 흥미로운 원천을 열어준다 해도, 워즈워스의 텍스트는 불편한 두려움을 드러낸다. 여성적인 글을 쓰는 남자는 애초에 상상했던 것보다 훨씬 더 복잡하게 얽혀드는 젠더 문제를 발견하고 초래할 수 있다는 점이다." 바꿔 말해, 여성이 되거나 자신의 글 쓰는 자아에 여성을 슬쩍 들이는 행위가 지니는 변화의 힘은 위험하리만큼 강력하다는 뜻이다.

여성성을 탐구하는 크나우스고르의 여행은 패러디도 아니

고 복장 도착 성향도 아니다. 크나우스고르의 세계에는 라블레의 세계에서 볼 수 있는 카니발이나 크로스드레싱, 또는 다른 성性이 되어 유희를 벌임으로써 얻을 수 있는 해방감의 희열이 없다. 크나우스고르의 모험은 남자와 여자가 하루 동안 입장을 바꿔보는 유명한 동화를 흉내 내지도 않는다. 동화 속에서 여자는 밭을 갈러 나가고 남자는 집에서 아이들을 돌본다. 이야기의 교훈은 여자가 하는 일이 뭐 그리 힘드냐고 깔보았던 남자가 집안일에는 자기에게 없는 민첩함과 능수능란함이 필요하다는 사실을 깨닫는다는 것이다. 그러나 가정생활을 시시콜콜하게 묘사하는 크나우스고르의 글쓰기는 여성의 서사라는 영역에 그대로 소속될 뿐이다. 감자 깎기와 기저귀 갈기, 사랑하는 자식들에 대한 적대적 감정, 집안일에 발목 잡혀 사는 숨 막히는 분노. 사실 가정의 현실에 대한 크나우스고르의 신중하고 디테일한 묘사는 18세기 영국 소설을 떠올리게 한다. 그중에서도 특히 리처드슨의 《클라리사》를 연상시키는데, 리처드슨의 소설에서도 그렇듯이, 그런 소박하고 시시콜콜한 세부사항들이 유일무이하고 인간적인 이야기의 일부로 품격을 부여받고 심지어 고결한 것으로 찬양받는다.

케이티 로이프는 〈슬레이트〉에 기고한 에세이에서 가정주부가 하는 집안일과 그에 수반되는 불행감을 똑같이 나열했다 해도 만약 《나의 투쟁》의 저자가 여성이었다면 평단에 이처럼 엄청난 충격을 주지는 못했을 거라고 주장한다. 또한 비평가의 성별이 남성이든 여성이든 다를 바 없을 거라는 정곡을 찌르는 주장을 한다. 그녀는 크나우스고르의 업적을 무너뜨릴 생각이 없다. 오히려 팬이라고 말한다. 그저 맥락의 문제를 지적할 뿐이다. 여성이 어머니 노릇은 힘들고 답답하고 속 터지는 일이라고 엄살을 피운다거나, 저녁 식사를 차리고 빨래를 해야 한다고 원망에 차 있다거나, 글을 써야 하니 잠깐만이라도 혼자 있을 시간이 필요하다고 말한다면 어떻겠는가? 자기만의 방과 글을 쓸 자유, 그것이야말로 크나우스고르가 상당한 시간을 들여 그리워하고 갈망한 것이 아닌가? 《나의 투쟁》의 수천 페이지가 증언하는 한 가지 사실이 있다면, 그것은 이 남자가 결국 글을 쓸 시간을 찾아냈다는 사실인데 말이다.

하지만 여성이 그런 식으로 불평불만을 늘어놓는다면 어떨까? 로이프는 이런 말은 하지 않지만, 집안일에 지쳐 빠진 가정주부는 흔하디흔한 설정이다. 가정생활의 기쁨과 만족은 20세기에 들어서고 한참 후까지도 날개가 꺾인 집안의 천사라는 둥 낭만적으로 묘사되었다. 그것이 바로 베티 프리단이 능란하게 묘사한 불안한 백인 중산층 주부의 모습이 아닌가? 물론 그녀의 소외는 부분적으로 특권에 기인한다. 가족을 먹여살리기 위해 육체노동에 종사하는 여성들은 집안에서 권태를 느끼는 사치를 누릴 수 없으니까. 크나우스고르의 위대한 필력이 진부함으로 추락하지 않도록 작품을 구원해준다고 주장하는 사람들에 맞서, 로이프는 만일 카를라 올리비아 크라우스라는 가상의 여성 작가가 똑같은 작품을 썼다면 아무리 예술적이라 해도 결코 평단의 진지한 대우를 받지 못했을 거라고 주장한다. 오히려 카를라 올리비아 크라우스는 흔적도 없이 사라져 버렸으리라.

남자가 주부가 되어 전통적으로 여성에게 속한 삶을 살게 될 때, 그 이야기는 새로운 것인가, 낡은 것인가? 우리 솔직해지자. 세상의 모든 서사는 서술에서 생사가 결판나지만, 《나의 투쟁》을 시몬 드 보부아르의 유명한 표현을 빌려 "여성이 되는 것"으로 보는 시각은 여전히 매혹적이다. 우리가 화자를 남성으로 식별하는 것은 그가 남성다움을 고민하기 때문이다. 그는 바퀴 달린 수트케이스를 쓰지 않으려 한다. 여자 같은 느낌을 풍기기 때문이다. 그는 조기 사정으로 괴로워하는데, 이 역시 여성의 불만은 아니다. 작가의 아버지는 비이성적이고 변덕스러우며 급작스럽게 폭발하는 불같은 성미의 소유자로 그려진다. 아들에게 모욕을 주기 위해 가부장의 권력을 휘두르는 치졸한 폭군이다. 아들은 자신을 낳아준 아버지의 지배적 시선 아래 한 시도 경계를 풀지 못하고 살아가는 소년이다.

스칸디나비아는 남자가 살림과 가족의 삶에 참여해야 한다는 기대가 세계 어느 곳보다 높다. 아버지가 육아휴가를 내는 일도 흔하다. 하지만 무엇보다 그곳의 나라들에 가보면 여성과 남성이 움직이고 말하는 방식과 몸가짐에서 차이가 느껴진다. 다른 곳보다 여성의 권리가 크다는 사실이 실감 난다. 노르웨이에서는 1913년부터 여성이 투표권을 가졌다. 작가로서 나도 스칸디나비아에 가면 다른 대우를 받는다. 그곳의 기자들은 내 작품을 성별이나 자전적 이야기로 환원하려고 애쓰지 않는다. 예를 들어 프랑스나 이탈리아의 기자들과는 확연히 다르다. 미국에서도 아버지가 아이를 돌보는 일이 예전보다는 훨씬 흔해졌다. 크나우스고르의 대하소설이 프랑스에서 실패한 것은 아마도 우울감에 찌들어 기저귀를 갈고 저녁 식사를 준비하는 아빠라는 볼거리가 마초 문화가 여전히 강한 그 나라에서는 별 매력이 없기 때문일지도 모른다.

문화적 규준으로 볼 때 《나의 투쟁》은 사실 대단히 '여성적인 텍스트'이며, 일상적이고 평범한 가정의 삶에 수반되는 감정의 뉘앙스들을 세심하게 포착한다. 여기서 반드시 덧붙여 해야 할 말이 있는데, 일상적이고 평범한 삶이라고 해서 드라마가 없는 건 아니라는 사실이다. 총 여섯 권의 작품 중 1권 끝 무렵에 크나우스고르는 쓰레기가 쌓이고 더께가 앉은, 돌아가신 아버지의 집을 형제와 함께 청소하는 장면을 묘사하는데, 그 장면은 내가 수년간 읽은 소설을 전부 통틀어 가장 강렬한 대목이었다. 나는 마음속으로, 이건 청소가 아니라 형이상학적 공포 속으로 떠나는 여행이구나, 라고 생각했다. 소설의 영역에서 일상적인 가정의 현실은 결코 온유하지 않다. 내가 늘 하는 생각인데, 어른 여덟 명을 디너파티에 모아놓고 가정생활에 대한 이야기 하나만 해달라고 부탁하면, 질병, 살인, 자살, 마약 중독, 폭력, 투옥과 정신병처럼 괴로운 현실이 우리 곁에 얼마나 가까이 있는지 금세 드러날 것이다.

이 모든 여성적인 살림살이 이야기에도 불구하고, 크나우스고르가 여성을 문학적 경쟁상대로 여기지 않는다는 것은 과연 무슨 뜻일까? 그건 두려움일까? 그 스스로도 어떤 심오한 수준에서 여성적 활동이라고 간주하는 읽기와 쓰기가 오명에서 구원 받으려면, 여성들이 문학사에서 그리고 남자들끼리 치고받는 진정한 책들의 전투에서 배제되어야만 하기 때문일까? 남자로서 또 텍스트로서 크나우스고르는 정신분석학자 제시카 벤저민이《사랑의 유대》에서 사례로 들어 설명하고 있는 심리학적 여정의 사례가 될 수 있을까? 벤저민은 일부 소년들의 경우 어린 시절의 전능한 어머니로부터 분리되고자 하는 욕구가 변형되어 어머니를 비롯해 어머니와 같은 성을 지닌 모든 이들에 대한 경멸로 발현할 수 있다고 주장한다. 아니, 크나우스고르 자신 안에 있는 압도적 여성성에 대한 경멸이라고 해야 할까? 아니면 글쓰기를 통해 비범한 용기로 탐색하는 여리고 상처받은, 감정을 느끼는 인격의 핵에 대한 경멸일까?

그러나 이 '소녀-여성'의 자아가 반드시 '소년-남성'의 자아로 상쇄되어야 한다는 것 또한 사실이 아닐까? 이 여성의 서사는 사실 남성의 서사이고, 여성다움의 위험성은 훨씬 더 치열해지기 때문이다. 솔직히 말하자면, 나는 이런 질문들이 유난히 문학적인 이 현상에 얽혀 있는 수많은 불안들을 건드린다고 생각한다. 남자의 관점에서 글을 쓰는 것은 나 역시 여러 번 해본 일인데, 그 과정에서 나는 남자들이 지니고 있는 여성화의 두려움에 깊이 공감하게 되었다. 나아가 여성적이라는 표식이 붙은 특질들에 저항감을 느끼는 것은 남자만이 아니다. 세상에서 차지하고 있는 지위에 따라, 남성의 태도를 취하는 여성들도 많이 있다.

예를 들어 여성 물리학자는 그 직업을 선택함으로 인해 '남성화'되는 반면, 남성 소설가는 '여성화'된다. 감정과 감상의 조달자 역할을 떠맡음으로써 남성성이 훼손된 셈인데, 나아가 여성적 주제 중에서도 더할 나위 없이 여성적인 주제인 아이들과 함께 너저분한 집안 살림을 도맡아 하는 화두를 집어들었을 때, 그는 '외로운 황야의 영웅' 같은 남성의 신화에서 참으로 먼 길을 떠나온 셈이다. 그러나 크나우스고르가 남자, 그것도 이성애자 남자라는 완강한 사실은 작가의 페르소나뿐 아니라 우리가 자전적 현실의 거울로 받아들이는 텍스트까지도 터프하고 힘차게 만든다. 이건 물론 착시이다. 어떤 텍스트도 현상학적 현실을 거울처럼 비추지 않는다. 그럼에도 불구하고 책 표지에 실린 거칠고 핸섬하고 남성적인 소설가의 모습과 그의 감정, 여성적 주제 사이에는 매혹적인 긴장감이 형성된다. 자기 자신이 아닌 등장인물들, 오로지 허구의 세계에만 존재하는 가상의 인물들로 소설을 채우는 다른 소설가들과 달리, 이 세상의 크나우스고르와 책 속의 크나우스고르는 동일 인물로 간주된다.

반면 여성 소설가는 이중고에 시달린다. 여성 소설가가 가상의 이야기를 쓰면 여성이라는 정체성으로 인해 부드러운 주제가 더욱 부드러워질 테고, 그렇다고 가정생활을 회고하는 자신의 경험에 대해 쓰면서 아기를 갖고 돌보는 일이 힘들다거나 어린이집이나 유치원에서 다른 부모들과 만남을 가지는 일이 지루하다거나 자잘한 짜증과 잃어버린 정체성에 대한 탄식을 늘어놓는다거나 하면 흔적도 없이 문단에서 사라지거나 여성적 글쓰기라는 게토에 갇혀버릴 것이다. 아니, 그렇지 않을 수도 있다. 픽션의 수용이란 별스러운 것이니까. 출판사들이 원고 단계에서 성공 여부를 알아볼 수만 있다면 출판업이란 것은 지금과는 아주 다른 사업이 될 것이다.

나는 픽션과 논픽션을 모두 쓰고 신경생물학과 철학(여전히 대체로는 남성의 분야다)에 꾸준한 관심을 갖고 있기 때문에, 작품에서 남성성/여성성, 진지함/그렇게 진지하지 않음, 딱딱함/

부드러움의 이항구분을 체현한다. 과학 학술 논문을 게재하거나 과학 분야 학회에서 강연을 할 때, 나는 남성의 영토에 들어왔다는 실감을 하게 된다. 그러나 소설을 출간할 때는 확실히 여성의 땅에 발을 딛고 있다. 공개 강연의 청중 역시 달라지는데, 과학과 철학의 경우는 80퍼센트가 남성인 반면, 문학 낭독회나 이벤트의 경우 정확히 그 반대가 된다. 이런 젠더화는 작가의 작품과 작품의 인지를 둘러싼 맥락이 된다. 그런데 대체 정확히 어느 지점에서 경쟁이 끼어드는 걸까?

과학과 철학에서는 언어적 스파링, 결정타 날리기, 논문을 연타로 공격해 무너뜨리는 형태로 적나라한 경쟁이 나타나는 경우가 흔하지만, 인문학 분야라고 해서 이런 일이 전혀 없는 것은 아니다. 예전에 파리 소르본 대학에서 트라우마와 문학에 대해 강의를 한 적이 있는데, 발언을 마치자 그런 질문들이 신속하고 강력하게 연타로 날아왔다. 정말 좋았다. 일단 그런 세계에서는 앎이 큰 의미를 가진다. 더 많이 알수록 더 나은 입지를 확보하게 된다. 나는 지식인들의 호젓하고도 치열한 세계에서 벌어지는 그런 활기찬 사상의 전투에서 희열을 느낀다. 나아가 그런 강렬한 조우를 통해 많은 배움을 얻었다. 그로 인해 내 정신이 변화했다. 사상을 두고 싸우는 것은 재미있고, 정말로 자기 분야에 조예가 깊다면 즉시 존경을 받고 논문 게재 권유와 이메일 대화 제의가 이어질 것이다. 지식과 그런 지식을 활용한 깊은 사유에는 힘이 있다. 물론 암묵적 스키마와 편견이 근절되는 것은 아니다. 자신의 발언이 끼어들어갈 작은 틈새를 필사적으로 찾아 헤매던 여자의 이야기가 보여주듯, 여자들은 그런 세계에서 자칫 시야에서 사라져 가라앉을 수 있다. 그러나 상황이 맞아떨어지면, 기지가 번득이는 걸출한 논문이나 강의로 스키마를 뚫고 창문을 두드리는 고릴라가 될 수도 있다.

소설 창작의 경우는 이런 지식에 의존하지 않는다. 일부 훌륭한 소설가들은 놀랄 만큼 박식하지만 그렇지 않은 이들도 많다. 라이어넬 트릴링과 에드먼드 윌슨[44]을 비롯해 많은 사람들의 소설이 명백히 보여주었듯이, 박식하다고 해서 작품이 훌륭해지는 것도 아니다. 또 최고이고 최대이고 최고로 핫하고 최고로 힙하다는 관념은 문학이건 아니건 대중문화 어디서나 볼 수 있지만, 소설의 세계에서 개처럼 물고 뜯는 치열한 경쟁이라니 좀 이상해 보이지 않는가? 대체 무엇이 그런 경쟁에 연루되는 걸까? 작가라면 누구나 인정과 찬사를 갈망하지만, 한편으로 상賞이나 찬사 같은 것은 몹시 덧없는 신기루 같은 것일 수 있다는 사실도 반드시 알아야 한다. 소설을 쓴다는

44) 라이어넬 트릴링Lionel Trilling과 에드먼드 윌슨Edmund Wilson은 걸출한 문학비평가지만 훌륭한 소설가로 평가받지는 못한다.

건 페르마의 정리를 푸는 것과는 다르다. 소설에서 옳은 해결책은 소설가가 옳다고 느끼는 것이고, 독자가 여기에 동의한다면 궁합이 맞는 것이다. 그런데 이것이 문제의 일부일 수도 있다. 문학이 결국 '취향'의 문제라면, 그래서 궁극적으로 우월성이나 열등성을 입증할 수 있는 수학적 '증거'가 없다면, 소설 양식 자체에 도사린 여성성이라는 괴물과 악령을 경계하는 일이 더욱 중요해질지도 모른다. 이렇게 말하기는 했지만, 사실 경쟁은 모든 기획에 존재하며 원망과 질시를 불러일으킨다. 과학과 예술을 막론하고 모든 서브컬처에 전 세계적으로 팽배한 현상이다.

경쟁은 활발한 유희가 될 수 있다. 일종의 정신적 춤이나 스포츠로서 참가자들에게 활력을 불어넣을 수 있다. 진화 심리학자들은 여자가 경쟁적이지 않다거나 남자보다 덜 경쟁적이라는 주장을 개진하지만, 그런 생각은 나로서는 폭소하다 못해 눈물이 날 만큼 웃기다. 그런 사람들은 대체 어떤 세상에 살고 있는 걸까? 현재는 물론이고 인류 역사에 꾸준히 기록된 여성의 야망을 정말로 눈 감고 귀 막고 못 본 척하는 걸까? 경쟁적 남성과 수줍은 여성이라는 그런 판타지는 상세한 세부사항들이 추정의 영역으로 남아 있는 사바나의 수렵자-채집자라는 불분명한 과거로의 퇴행을 요구한다. 성의 도태로 인해 문학적 문화가 형성되었다는 생각은 무슨 장점이 있는지 의심스러운 신다윈주의적 관점이다. 그러나 수컷은 앞뒤좌우를 막론하고 눈에 띄는 암컷과 무조건 짝짓기를 하는 혈기 왕성한 존재이고 암컷은 신중하게 선별하는 쪽이라는 생각은 면면히 맥을 이어오고 있다. 하지만 이렇게 철석같이 믿고 있는 법칙이 유효성을 유지하기에는, 많은 종種에서 그 법칙에 위배되는 증거가 무수히 발견된다.

크나우스고르가 나와 인터뷰를 할 때도 경쟁에 대한 다윈적 인용을 했는지는 전혀 기억나지 않는다. 그랬을 가능성도 있다. 나는 사상가로서 또 작가로서 다윈을 사랑하고, 우리가 진화한 개체라는 사실을 논박할 생각도 없다. 그러나 진화심리학의 신다윈주의는 다윈과 연산적 마음 이론의 수상쩍은 혼합이며, 그런 혼합적 사상은 시청률이 높고 수많은 논란을 불러일으켰던 엄청나게 인기 있는 텔레비전 프로그램 때문에 노르웨이에서 상당히 유행했었다. 아마 크나우스고르도 그 프로그램을 봤거나 풍문을 들어 알고 있었을 것이다. 이런 사상은 선택된 특질에 기인한 성적 차이를 끝도 없이 열거해놓고, 이 목록을 해명하기 위해 남성의 경쟁을 이용한다. 양육 부담을 훌훌 벗어던지고 혼자 있고 싶은 욕구나 문학적 투기장에서 다른 남성 작가들에게 펀치를 날리고 싶은 맹렬한 욕구를 유전적으로 결정된 자질로 설명하면 마음은 편할지 모르지만, 이런 이론은 취약점이 아주 많거니와 해가 갈수록 기반이 점점 더 약해졌다. 그렇지만 아무리 멍청한 사상이라도 힘을 갖고 사람들의 인식을 오염시킬 수 있다. 다른 작가의 눈을 똑바로 보면서 멀쩡한 정신으로 그녀를 비롯해 이 지구상에 살았던 모든 여성 작가들이 '경쟁상대가 아니다'라고 선언한다는 건(물론 줄리아 크리스테바는 예외로 칠 수 있겠다) 아무리 좋게 봐줘도 정말 소스라칠 만한 논평이다.

크나우스고르에 따르면 이 게임은 남자들의 영역이고, 내가 보기에는 바로 이 지점에서 이야기가 남성과 여성 모두에게 정말로 서글퍼진다. 마이클 S. 키멜은 명쾌하고 독설적인 논문 〈호모포비아로서의 남성성: 젠더 정체성 구축의 공포, 수치, 그리고 침묵〉에 "남자들은 다른 남자들의 시선으로 자신의 남자다움을 입증한다"고 썼다. 남성의 위상, 자긍심과 품위는 다른 남자들이 어떻게 생각하는가를 중심으로 돌아간다. 여자들은 중요하지 않다. 키멜은 여러 번 남성들만의 세상을 묘사한 작가인 데이비드 마멧을 인용하고 있다. "남자들은 마음속으로 여자는 이 나라의 사회적 사다리에서 차지하고 있는 위상이 너무 낮아서 여자의 관점에서 자신을 정의하는 일은 아무 소용도 없다고 생각한다." 남자들은 이런 편협한 시각으로 모든 여자들을 묵살하거나 억압한다. 인류의 업적을 두고 여자들과 라이벌이 된다는 개념 자체가 생각할 수도 없는 것이기 때문이다. 여자와 대결한다는 것은 그 여자가 어떤 여자이든 두말할 것 없이 남성성에 위협이 된다.

키멜에 따르면, "호모포비아는 다른 남자들이 우리의 가면을 벗기고 우리의 남성성을 거세하고 우리가 기준에 미달한다는 사실을, 우리가 진짜 남자가 아니라는 사실을 우리 자신과 세상에 폭로할 거라는 공포다." 이 말은 사실 《나의 투쟁》에 끊임없이 나타나는 공포와 수치심을 잘 묘사해주고 있다. 기이하게 밀폐되고 편집증적인 이성애자 백인 남자의 세계에서 기름부음 받은 반인반신의 존재가 사실은 그리 권능을 갖고 있지 않다는 것은 더러운 비밀이다. 오히려 그는 불안에 시달리고, 유지할 수 없는 입지를 계속 붙들고 있으려는 부담감을 느끼며 살아가는 일종의 항구적인 허위적 자아이다. 그것이 바로 "권능… 을 가질 자격이 있다고 느끼고 믿도록 길러졌지만 그런 느낌을 받지 못하는" 남자이다. 수트케이스를 들지 않고 굴리고 다니는 남자는 유약한 여자나 계집애처럼 보일 위험에 처한다. 그는 여성과 게이들의 소름끼치고 오염된 구역으로 여행을 떠나는 것이다. 진짜 남자의 남성다움이라는 것이 보잘 것 없는 허울에 불과하다는 사실이 폭로될 수도 있는 위험한 구역으로 말이다.

백인 남성 권력의 급소, 배타적이고 스스로를 치하하고 서로 추어올리고 권투선수들처럼 뻐기는 허세가 극도의 취약성을 드러내고 있다는 사실은 아이러니이다. 인간은 누구나 상처받을 수 있다. 인간이 살아가는 동안 불가피하게 축적되는 긁히고 찢긴 상처를 통해 느끼는 감정을 '여성적'이라고 한다면, 내가 보기에는 우리 모두가 끔찍한 혼란 속에 빠져든 것 같다. 남성과 여성의 취약성에 차이가 있다면, 여성의 경우 그런 특질이 남성의 경우보다 우리의 지각 스키마에 좀 더 잘 들어맞는다는 것뿐이다.

그러나 여자들에게 수치심은 단골손님처럼 찾아온다. 경쟁상대로 쳐주지 않고, 방 안에 같이 있어도 유령 취급을 받기 때문이다. 게다가 어엿한 경쟁상대의 반열에 올라 고릴라 암컷처럼 창문을 쾅쾅 두드리는 바람에 모두의 주목을 끌게 되는 상황이 오더라도, 기쁨의 환대를 받을 수도 있지만 고약한 반응이 나올 수도 있다. 나는 어느 학회에서 만난 천재적이고 젊고 아름다운 신경과학자로부터 자신보다 훨씬 나이가 많은 저명한 남성 동료에게 공개적으로 망신을 당한 이야기를 들었다. 나는 그 남자가 학계에 나타나 자신에게 그토록 강고한 학문적 위협을 가한 당사자가 그렇게 어여쁜 외모의 여성이라는 사실을 도저히 견딜 수 없었던 거라고 본다. 대규모 청중 앞에서 그가 드러낸 불필요한 잔인성은 가혹했다. 그래서 그녀는 울었다. 그런데 눈물은 아무리 이해할 만한 상황이라도 우리의 지각을 인도하는 내적 스키마에 완벽하게 들어맞는다. 여자는 견뎌내지 못한다. 감정적으로 무너져버린다. 내가 할 수 있는 실용적인 조언은 흥분하지 말라는 것이다. 언성을 높이지 마라. 입술을 깨물고 참아라. 혀를 깨물고 참는 한이 있더라도 절대 울지 마라.

크나우스고르는 《나의 투쟁》에서 아주 많이 운다. 그 눈물은 "남자답지 못할" 뿐 아니라 노르웨이 문화 구석구석에 스며든 강력한 금욕주의를 전복한다. 나는 잘 안다. 나도 그 속에서 성장했으니까. 울려면 엄청나게 훌륭한 이유가 있어야 한다. 사랑하는 사람의 죽음, 피가 철철 흐르고 팔다리가 잘려나가는 끔찍한 사고, 괴로운 질병 같은 것. 심지어 그런 이유가 있다 해도 눈물을 보이는 건 개인적으로나 허용되는 일이지, 사람들 앞에서 공공연히 할 짓이 못 된다. 노르웨이에서 처음 출판되었을 때, 《나의 투쟁》은 마치 다 큰 어른이 홀딱 벗은 알몸으로 시내 광장에 걸어가 벤치에 올라서서는 다른 시민들 앞에서 통곡하고 질질 짜는 느낌으로 받아들여졌다. 그리고 크나우스고르의 경우 대중이 그의 속내를 훤히 들여다보고 흐느낌의 이유가 사실 그렇게 심각한 것이 아니라는 사실을 다 알고 있다는 점에서 상황이 더욱 나빴다. 눈물 금지 명령은 예민한 아이에게는 힘든 일이 될 수 있다. 나도 그 기분을 안다. 여자애였는데도 말이다. 칼 오베 크나우스고르는 예민한 소년이었기에 그 기분을 아는 것이고, 어쩌면 그것이 더 힘들 수도 있다. 노르웨이인이라면 품위와 뻣뻣한 체면에 영혼이 지배당해 마땅하다. 노르웨이는 전통적으로 메마른 안구의 문화를 갖고 있다. 그런데 크나우스고르의 방대한 자전적 대하소설의 주인공 크나우스고르는 말 그대로 눈물콧물로 범벅된 늪이다. 참으로 대단한 문학계의 아이러니 아닌가.

'경쟁상대가 아니'라는 발언을 돌이켜 생각해보면, 내 입장에서는 기분이 상하거나 당연히 분노해야 할 일인데도 실제로는 그런 감정이 전혀 들지 않았다. 내가 느낀 것은, 누가 봐도 진지하게 한 말이지만 사실 알고 보면 정말로 멍청한 소리를 한 사람을 볼 때 드는 딱하고 안쓰러운 연민의 심정이었다. 수천 페이지에 달하는 자기검열을 하고도 자기 안의 '여성'에 대한 깨달음을 얻지 못했다는 것이 누가 봐도 분명했으니까. "그것은 아직도 내 안에 있습니다." 이 정도의 의식으로는 남자가 쓴 여성적 텍스트와 여자가 쓴 남성적 텍스트가 다르게 수용된다는 사실이나 문학계의 성적 불평등을 대변하는 숫자들에 주목하게 만들 수 없다. 나는 남녀를 막론하고 누구나 이 문제에 무엇이 걸려 있는지 확실하게 알아야 하고, 소설에 관심 있는 우리들 한 사람 한 사람이 볼 때 우리의 독서습관에 유해하고 멍청한 기제가 작동하고 있다는 사실을 필수적으로 인식해야만 한다고 믿는다. 문학작품의 운명을 두려움을 등에 업고 겉치레로 써내는 동성유대 계약에 첨부조항으로 딸린 '경쟁상대가 안 됨' 조항에 맡겨둘 수는 없다. 그런 조항은 '미친' 것이나 다름없다는 사실을 모두가 똑똑히 알아야만 한다.

그러므로 나는 이 에세이의 처음으로 되돌아가 허튼소리와는 거리가 먼 어떤 사람의 말을 다시 한 번 새기려 한다. "다행스럽게도, 픽션이라는 문학 분야에서는 여자들이 남자들에 못지않은 능력을 발휘한다는 사실을 입증하기 위해 굳이 논증에 기댈 필요가 없다."

글 쓰는 자아와 정신과 환자

나는 매주 화요일 뉴욕 시 페인 휘트니 클리닉에서 정신과 내원 환자들을 대상으로 글쓰기를 가르치는 봉사활동을 사 년 가까이 했다. 두 반을 가르쳤는데, 하나는 북부 병동의 청소년들이 대상이었고 다른 하나는 남부 병동의 성인반이었다. 화요일이 되어 그 강의를 하러 출발할 때마다 나는 두려움을 느꼈다. 강의에서 어떤 환자들을 만날지, 어떤 이야기를 듣게 될지 알 수 없었기 때문이다. 어떤 수강생은 오빠에게 강간을 당했고, 여섯 살 때 중국 문화혁명으로 부모님이 감옥에 간 수강생도 있었다. 자기 몸에 불을 붙인 여자도 있었다. 자살기도를 한 뒤 붕대를 칭칭 감고 온 수강생도 있었다. 사람 좋아 보이는 한 남자는 녹색 화성인을 목격했다고 했다. 분원에서 봉사하는 동안 자신이 구세주라고 주장하는 사람을 두 명 봤지만 내 강의에 들어오지는 않았다. 노숙자였던 수강생들도 있고 번쩍번쩍한 아파트와 터져나가는 은행 계좌를 등지고 떠나온 사람들도 있었다. 한때는 엄청난 부자였던 한 수강생은 자기가 과거에 소유했던 우아한 초대형 아파트 건물 밖에서 잠을 잔 사연을 글로 썼다. 박사학위나 전문의 자격증을 가진 이들이 있는가 하면, 고등학교 중퇴자들도 있었다. 내 강의를 듣는 많은 환자들이 약에 취해 거의 정신적 마비상태에 빠져 있었고, 아마도 그래서 병원 11층에 그렇게 짙은 마취약 기운이 감돌았을 것이다. 영화에서 보는 슬로모션 테크닉의 공감각 버전이나 마찬가지였다. 하지만 강의를 마친 뒤 엘리베이터를 타고 로비로 내려와 병원 문을 열고 길거리로 나올 때면 언제나 뿌듯한 희열이 느껴졌다. 비록 그 희열은 금세 사라지고 진 빠지는 피로감으로 변했지만 말이다.

피로감이야 굳이 설명할 필요가 없겠지만, 어째서 나는 희열을 느꼈을까? 우리 강의에는 날것의 정서, 절박한 감정이라고밖에 묘사할 수 없지만 한편으로는 영문을 알 수 없는 신나고 웃기는 정서가 팽배했다. 어쩐지 금방이라도 다 같이 울부짖거나 흐느껴 울거나 폭소를 터뜨릴 것 같은 팽팽한 감정이었다. 이 특별한 감정적 분위기 때문에 강의에서 질서정연한 외양을 유지하는 일이 훨씬 더 중요해졌지만, 동시에 만사가 '정상'인 것처럼 강의를 진행한다는 것은 아무 소용없는 일이 되어버렸다. 정상성의 결핍이 우리 모두가 병원 밖에서 사람들과 어울릴 때 보통 취하는 가장을 벌거벗겨버렸다. 정신병동에서 "잘 지내세요?"는 경쾌하게 "괜찮아요"라고 응수할 수 있는 질문이 아니다. 정신병동에서는 아무도 '잘 지내지' 못한다. 아무도 '괜찮지' 않고 모두가 그 사실을 알고 있기 때문에, 우리가 보통 다른 사람들에게 쓰는 언어, 우호적이지만 종종 무의미한 잡담의 바퀴를 돌리기 위해 치는 윤활유 같은 말은 부조리한 광택을 띠고 번들거리게 된다. 위험부담도 높다. 감정이 뜨겁게 타오를 수 있기 때문이다. 고통도 숨겨지지 않는다. 그런 적나라한 인간 현실에 그토록 가까이 접근하는 경험은 살아 있다는 실감 이상의 감정을 느끼게 해주었다. 내가 좋아했던 감정이다.

내가 그 자원봉사를 그만두지 않은 또 하나의 이유는 강의를 듣고 나가는 수강생들의 기분이 들어올 때보다 좋아 보였기 때문이다. 글쓰기는 우리들 대부분에게 정말로 치유 효과가 있는 것 같았다. 하지만 어떻게, 그리고 어째서 그런 효과가 나는 걸까? 그 강의 속에서 오간 이야기들을 어떤 엄밀한 형식을 통해 분석한다는 것이 과연 가능할까? 예술치료라는 관념에 대개 수반되는 생색내기 식의 태도를 넘어설 수 있을까? 연극이나 시각예술 같은 다른 강의들과 마찬가지로, 내 강의 역시 여흥거리로 제공되었다. 병동에 입원한 거의 모든 환자들을 괴롭히는 끔찍한 권태에 대한 고식책이랄까. 우리 자원봉사자들은 중범죄 전과가 없다는 확인을 받기 위해 지문을 찍고 탐문을 거쳐야 했으며, 손을 씻으라는 말을 아주 많이 들었고, 만일의 화재 사고에 대비한 행동수칙을 교육받았다. 그게 다였다.

현대 정신의학에서는 글쓰기가 하는 역할이 있다 해도 미미한 정도에 그친다. 정신분석적 사유가 미국 정신의학에서 우위를 점했을 때 널리 흥했던 사례연구는 20세기 중반 항정신성 의약품이 도래하면서 쇠퇴하기 시작해 1970년대 무렵에는 과거의 유물이 되어버렸다. 과거에 정신과 의사들이 했던 방대한 메모와 광범위한 병력은 내과 의사들이 진단을 내릴 때 참조하는 증상 체크리스트로 바뀌었다. 용의주도한 범주들에 방점을 두었음에도 불구하고, 정신병 진단은 '불확실한' 사안쯤으로 취급된다. 내 강의를 들은 환자들 중 많은 사람들이 여러 의사를 거쳤고, 그때마다 다른 진단을 받았다. 특히 정신이상 환자는 조울증 · 조현병 · 분열정동장애 등 일관성 없이 흔들리는 범주들로 분류되기 일쑤였다. 그리고 진단 상의 위계도 있었다. 거의 여성에게만 내려지는 경계성 인격장애 진단은 심각한 낙인으로 남는다. '뇌' 그리고 어디에나 편재하는 접두사 '신경'이 지배하는 현 시대에서는 이 두 글자만 붙으면 거의 모든 학문분야에 난해한 과학임을 보장하는 도장이 찍히고, 정신의학은 대체로 '뇌-정신' 문제에서 주로 뇌 쪽에 관여한다.

물론 뇌도 오래전부터 정신질환과 깊은 연관을 맺어왔다. 고대의 내과 의사 갈레노스의 견해는 수백 년에 걸쳐 서구에 강력한 영향력을 행사했다. 그는 광기의 원인이 뇌의 열병, 머리에 맞은 타격 또는 체액의 불균형이라고 생각했다. 17세기 이후로는 의학에서 정신과 육체에 관한 논쟁이 중요한 역할을 해왔다. 병든 마음은 몸과 어떤 관련이 있을까? 치료는 정신과 육체 사이를 오가며 어느 한쪽에 치우쳤지만, 한편으로는 영육간의 관계나 정체성에 대한 논쟁이 이어졌다. 두뇌의 작동 과정에 관련된 방대한 연구 결과가 축적되어 정신의학을 소위 생물학적 정신의학 쪽으로 더욱 힘차게 밀어붙였다. 생물학적 정신의학은 약물학적 해결책과 '증거에 근거한 치료'를 선호한다. 신경과학에서 날마다 쏟아져나오는 데이터와 이 주제를 배타적으로 다루는 수많은 학회지에 게재되는 어마어마한 양의 논문들을 모두 흡수할 수 있는 사람은 이 세상에 아무도 없다. 나는 1990년대부터 족히 수천 편의 논문을 읽었다. 그때와 지금을 비교해보면, 그 사이 발표되는 논문의 양이 상당히 줄어들었다는 점은 흥미롭다. 그 논문의 표준적 양식—초록 · 방법론 · 결과 · 논고—은 갈수록 경직되었고, 논문 말미에 실리는 논고—내가 제일 좋아하는 대목이다—도 범위가 점점 축소되고 추정성도 약해졌다.

프로이트가 《히스테리 연구》에서 문학적 성향이 두드러지는 히스테리 환자를 설명하며 드러낸 두려움, 즉 "진지한 과학의 인장印章이 결여"되어 있다는 두려움이 프로이트 이후 정신의학분야에 전염병처럼 퍼진 두려움과 동일하다는 것이 아이러니하다.[1] 그럼에도 불구하고 이야기, 일기, 시, 다른 여러 형태로 끼적거린 글들을 쓰는 일이 어떻게 정신과학의 일환이 되는가 하는 질문은 던져볼 가치가 있다. 프로이트는 미래의 과학이 정신병의 생물학적 근원을 밝혀주기를 바랐다. 하지만 정신의학은 여전히 신경학과 별도로 존재한다. 신경학은 '진짜' 뇌 손상과 신경계의 퇴행성 질환을 연구하는 과학으로, 육안으로 식별할 수 있는 병변을 다루기 때문이다.

병변 또는 뇌와 정신질환 사이의 직접적 관계를 찾는 연구는 매우 오래되었다. 이런 시도는 끊임없이 지속되어왔으나 늘 답답하리만큼 난해하기만 했다. 예를 들어 조현병 연구에 어느 정도 진척이 이루어지긴 했지만, 조현병이라는 질환 자체는 여전히 유전학에서 행동 연구에 이르기까지 다양한 층위에서 수수께끼로 남아 있다. 반면 1906년 아우구스트 폰 바서만[45]이 고안한 매독 진단법은 1926년 알렉산더 플레밍이 페

45) August von Wasserman(1866~1925), 독일의 세균학자. 세균독 · 항독소 · 디프테리아 항독소 · 콜레라 예방주사 등을 연구해 면역학의 발전에 기여했다. 그의 이름을 딴 바서만반응은 매독 진단에 이용된다.

니실린을 발견한 일과 쌍벽을 이루며 정신병동에 입원한 많은 환자들이 앓고 있던 신경매독이라는 질환 자체를 세상에서 아예 없애버렸다. 기적은 일어나기 마련이고, 첨단기술로 무장한 현대의 뇌 과학자들이 기적에 버금가는 획기적 발견을 꿈꾸는 것도 이상한 일이 아니다.

독일의 신경과학자이고 정신과 의사이자 철학자인 헨리크 발터에 따르면, 우리는 생물학적 정신의학에서 "제3의 물결"에 들어섰다.[2] 제1의 물결은 19세기에 닥쳐왔다. 제2의 물결은 20세기 중반 항정신성 의약품과 유전학의 발견과 함께 도래했다. 발터의 주장에 따르면, 제3의 물결의 원류를 거슬러 올라가면 분자생물학과 뇌 영상법의 발달로 귀결될 수 있다. 생물학적 정신의학은 '정신장애mental disorder'를 "다양한 수준에서 신경계의 기능부전으로 설명할 수 있는 경험과 행동의 비교적 안정적인 원형성原型性 기능부전 패턴"이라고 정의한다. 정신장애가 실제로 안정적인지 원형성인지의 여부는 역사를 통틀어 끊임없이 변화를 거듭해온 질병분류학에 잘 드러나듯 지극히 불분명하다. 신경계에 초점을 둔다고 해서 전적인 해명이 가능하다고 보기도 어렵다. 그럼에도 불구하고, 발터는 거침없이 "(일부 예외도 있으나) 신경생물학이 정신장애를 충분히 해명하거나 예측하지 못하고 실패를 거듭하고 있는 것으로 보아 그런 복잡한 현상을 신경생물학으로는 설명할 수 없다는 사실을 알 수 있다"[3]고 인정한다. 그의 논증에 따르면, 문제는 모델 자체가 잘못되었다는 것이다. 발터는 정신상태를 뇌 병변으로 환원하는 단순한 위치주의에 반대하며 "4E, 즉 체현되고embodied, 확장되고extended, 각인되고embedded, 실행된enacted 정신"[4]에 근거한 다차원적 모델을 권장한다. 다시 말해 뇌는 살아 있는 육체이며, 육체는 세계에 속해 있고, 어떤 두뇌도 육체와 그 육체를 둘러싼 환경의 역학을 고려하지 않고 따로 분리해서 설명할 수 없다는 이야기이다.

발터는 19세기 독일의 정신의학자 빌헬름 그리징거[46)]를 언급하는데, 종종 생물학적 정신의학의 아버지라 불리는 빌헬름 그리징거는 "모든 정신질환은 뇌의 질병"이라는 발언으로 유명하다. 당시에는 논쟁거리도 되지 않았던 이 유명한 문장에도 불구하고, 그리징거는 환원주의자가 아니었다는 발터의 지적은 옳다. 발터는 더이상 부연설명을 하지 않지만, 그리징거는 자신의 저서《정신병리학과 치료학》에 인간의 '이해'와 '의지'가 반드시 뇌를 '참조'할 수밖에 없지만 '정신 행위'와 '물질적' 두뇌 사이의 관계에 대해서는 어떤 추정도 할 수 없다고 쓰고 있다.[5] 그는 여기서 더 나아가 칸트 · 헤르바르트[47)] · 헤겔

---

46) Wilhelm Griesinger(1817~1868), 독일 슈투트가르트 출신의 신경학자이자 정신의학자. 정신병자들을 사회에 융합시키려는 시도를 하면서 '정신병원 체제'를 개혁한 것으로 유명하다.

의 철학에서 영향을 받은 복잡한 상호작용적이고 변증법적인 정신병 모델을 개진한다.[6] 그리징거의 원문에 따르면, "병인학을 좀 더 면밀히 조사하면 곧 대다수의 사례에서 질환에 영향을 주어 결정적으로 발병시킨 요인은 특정하고 단일하지 않으며 소인적 요인과 촉진적 요인을 아우르는 복수의 요인들이 얽혀 작용한다는 것을 알 수 있다. 가끔은 헤아릴 수 없이 많은 요인들이 한꺼번에 작용하기도 한다. 인격 형성이 시작되는 생애 초반에 질환의 씨앗이 뿌려지는 경우도 매우 많다. 그 씨앗을 키우는 것은 교육과 외부의 영향이다."[7] 현대의 뇌 연구 덕분에 우리는 그리징거의 저서가 처음 출간된 1845년 당시보다 물리적 뇌 활동에 훨씬 더 가까이 다가갈 수 있지만, 정신과 뇌의 관계에 대한 이해는 전혀 진척 없이 여전히 철학적 난제로 남아 있다. 실제로 발터는 논문 말미에서 터놓고 이렇게 진술한다. "내가 여기서 개진하고자 하는 주된 요점은 생물학적 정신의학은 정신성이 구성되는 기제에 대한 이론들을 고려해야 한다는 것이다."[8] 정신의학은 반드시 그 철학적 토대를 검토해야 한다. 그리징거와 발터 두 사람의 주장은 모두 정

---

47) Johann Friedrich Herbart(1776~1841), 독일의 철학자이자 교육사상가. 괴팅겐 대학과 퇴니히스베르크 대학교에서 강의하며 최초의 대학 부속학교인 실험학교를 설립했다. 윤리학과 심리학에 기초를 둔 교육학을 조직해 교육의 궁극적 목적은 도덕적 성격의 형성이라고 주장하며 세계 각국의 교육계에 큰 영향을 주었다.

신성이란 두뇌를 넘어서는 것이며 정신의학적 질환들의 요인은 단순하고 환원주의적인 생물학적 정신의학으로 해명될 수 없다는 것이다. 그러나 이 질환들이 두뇌와 무관하다는 말은 아니다.

그렇다면 생물학적 정신의학에 제3의 물결이 밀어닥치는 와중에 치유적 글쓰기의 문제를 어떻게 생각해야 할까? 글쓰기 과제 전후에 환자의 뇌를 스캔해보면 활성화되는 두뇌 부위가 어디인지는 어느 정도 알 수 있겠지만, 글을 쓰는 동안 그 사람이 주관적으로 하는 경험에 대해서는 아무것도 알 수 없거니와, 더 좋은 글쓰기 강의를 하는 법이라든가 어느 부위나 연결지점이 결정적으로 유익한 효과를 내는지에 대해 정교하고 세심한 설명은 기대할 수도 없다. 글쓰기 치료에 관한 경험적 문건들은 존재한다. 그 대부분이 지난 삼십 년 동안의 소산이고, 전부 소위 '표현적 글쓰기', 즉 복받치는 감정이나 트라우마를 가져온 사건에 대해 십오분에서 이십분에 걸쳐 3회에서 5회 정도 자유 글쓰기를 하는 활동을 다루고 있다. 철자법, 문법, 우아한 표현은 이 활동에서 배제된다.

2005년에 출간된 《정신의학 치료의 발전》은 그 연구 결과를 요약하고 있는데, 첫 문장이 이렇게 시작된다. "트라우마 또는 스트레스를 유발하거나 감정적인 사건에 대한 글쓰기 활동은 임상적 · 비임상적 환자 모두에게 신체와 정신의 건강을 증진시키는 것으로 밝혀졌다."[9] 감정이 연루되지 않은 사건에 대한 글쓰기는 아무 효과가 없었다. 논문 저자들은 스트레스를 유발하는 경험에 대해 글을 쓰면 그 당시에는 "부정적인 기분과 신체증상"이 유발되지만, 장기적인 효과를 대조군과 비교해보면 면역기능 강화, 혈압 저하, 간 기능 향상, 기분이 좋아지는 효과 등이 나타난다고 했다. 열거된 항목은 인상적이다. 정신질환 환자들이 모두 심리적 외상을 입은 것은 아니지만, 글쓰기가 '비임상적 모집단'에도 긍정적 효과를 미쳤다는 사실은 그 효과가 정신질환을 진단받은 일부 소수의 환자들에 국한되지 않음을 시사한다.

논문 저자들은 표현적 글쓰기가 이런 효과를 낳는 원인과 '기제'를 추정해 열거하고 있는데, 이 목록은 그 효과에 비해서는 상당히 설득력이 떨어진다.

아무튼 그 항목은 다음의 네 가지다.

1. "감정적 카타르시스."(저자들은 이 항목에 '가능성이 별로 없음'이라는 첨언을 해두었다.)
2. "과거의 금제된 감정 대면: 금제로 인한 생리적 스트레스는 감소할지 모르나 유일한 해명이라고 보기 어렵다."
3. "인지적 프로세싱: 일관된 서사를 전개함으로써 트라우마를 가져온 기억의 재구성과 구조화를 도와 더 적합한

내면의 스키마를 만들 수 있다."

4. "반복 노출: 트라우마를 가져온 기억에 대한 부정적인 감정반응을 제거하는 작용과 관련이 있을 수 있으나, 연구 결과는 모호한 부분이 있다."[10]

이 심리학자들은 이런 특정한 글쓰기가 지니는 치유능력에 대해 강력한 경험적 증거를 제시했으나, 그 이유를 설명하고자 모색하는 과정에서 철학적 난관에 봉착하고 만다. 첫 번째와 두 번째 이유—감정 배출 그리고 금제 이후의 감정 배출—는 "한번 펑펑 울거나" 문을 발로 차고 달을 보고 울부짖는 것으로도 해소될 수 있다. 세 번째 이유인 '인지적 프로세싱'은 감정은 차치하고 트라우마와 서사 연구에서 가설을 도출한다. 끔찍한 사건—운동감각적 충격으로 재경험하는 사건. 간혹 시각적 이미지를 떠올리거나 트라우마를 환기하는 사물에 극도로 예민한 반응을 보일 때도 있다—에 대해 말하는 것(이 경우에는 글쓰기)의 유익성은 이미 입증된 바 있다. 적어도 이 가설은 언어의 역할을 다루고 있다. 네 번째 이유는 포비아 연구에서 도출된 것으로 보인다. 공포감을 주는 대상에 반복적으로 노출되다 보면 (대개의 경우는) 이를테면 엘리베이터 같은 것이 무서운 밀폐공간이 아니라는 사실을 이해하게 된다.

이 논문은 '정신성은 어떻게 구성되는가'라는 질문에 아무

도움도 되지 않는다. 이 '기제'들 넷 다—과연 '기제'라고 부를 수 있을지 모르겠지만—글쓰기의 이로운 특질과 별 관련이 없어 보이는 것이 문제가 아니라, 이들의 사유에 어쩐지 김빠지고 피상적인 구석이 있기 때문이다. 논의와 연관된 행위로서 글쓰기의 명확한 특질들은 아예 거론조차 되지 않는다.

글쓰기의 역사는 아마 오천오백 년이 넘지 않을 테고, 나는 이 사실이 여전히 경이롭게 느껴진다. 그렇지만 문맹이 아닌 사람이라면 누구나 책에 적힌 작은 문자들을 통해 내적 · 외적 현실을 표현할 수 있고, 동일한 표식을 의미의 상징으로 공유하는 다른 사람들이 그걸 읽고 이해할 수 있다는 사실에는 기적 같은 데가 있다. 그것은 확실히 정신성이 연루된 행위인데, 정신성이라는 것은 대체 무엇일까? 그것은 우리가 사회적 · 심리적 · 생물학적 요인으로 간주하는 것들을 포함할 텐데, 그것들은 어떻게 이해되는 걸까? 나는 오래전에 글쓰기를 배웠고, 종이 위로 펜을 움직이거나 노트북으로 타이핑을 하는 행위는 무의식적이고 자동적으로 변해 이제 내 생물학적 뇌와 신체 운동감각 체계의 일부가 되었다. 글을 읽을 줄 아는 사람의 두뇌는 가소성과 발달성 때문에 문맹인 사람의 두뇌와 눈에 띄게 다르다. 읽기와 쓰기는 오랜 세월에 걸쳐 내 정신을 변화시켰다.[11] 그리고 비록 의식적으로 '생각하고' 타이핑을 할 필요는 없지만 글을 쓰려면 '생각'을 해야 한다. 생각은 심리적이고 정신적인 현상이지만 한편으로는 뉴런의 문제이기도 하다. 내 문장의 어휘 · 통어법 · 의미론은 특정한 언어의 문화에 주어진 조건이고 사회적으로 물려받은 유산이지만, 한편으로 두더지와 달리 말하고 쓸 수 있는 내 능력은 타고난 언어능력에 진화론적 · 유전학적 함의가 있음을 시사한다. 누가 봐도 명백한 사실이지만 내가 이런 모호성을 강조하는 이유는 이런 범주들이 얼마나 순식간에 엉망진창으로 무너질 수 있는지 보여주기 위해서이다. 이것이 바로 발터가 4E를 통해 풀어보려 한 문제다. 정신은 체현되고, 확장되고, 각인되고, 실행된다.

내 강의를 들은 한 수강생은—P부인이라고 부르기로 하자—공기가 없는 방 안의 차가운 석판에 누워 있는 시신들에 대한 글을 썼다. 그 짧고 쓰라린 글이 진행되면 산 자와 죽은 자를 구분할 수 없게 된다. 그녀는 "우리는 모두 죽었다"라는 문장으로 끝을 맺었다. 확실히 P부인은 글을 쓰면서 어떤 어두운 감정을 털어냈지만, 그건 카타르시스일 수도 있고 한동안 그것을 금제로 묶어두었기 때문일 수도 있다. P부인은 '일관된 서사'를 창조했다기보다 납골당의 망자에 대한 음침한 묘사를 했을 뿐이지만 '인지적 프로세스'를 활용해야 했다. 부인이 그 글을 큰 소리로 낭독했을 때, 강의실 안에 기분 좋은 사람은 아무도 없었다. 그렇지만 그녀는 자기 글에 대한 토론에 열심히 참여했고 강의가 끝나고 나갈 때는 처음 강의실에 들어왔을 때보다 훨씬 덜 우울해 보였다. 부인의 기분이 홀가분해진 건 글쓰기 때문일까, 토론 때문일까, 아니면 집단의 일원이 됨으로써 소외감을 한층 덜었기 때문일까? 이 세 가지 모두 분명 그녀 내면의 변화에 일익을 담당했을 것이다. 논문에 인용된 수많은 연구에서 표현적 글쓰기를 행한 사람들은 심리학자들로부터 '피드백'을 받지 못했고, 따라서 워크숍으로서 내 강의는 다르게 기능했다. P부인은 기분의 변화에 따른 두뇌의 변화를 경험했다. 사람의 두뇌는 특별히 아무 일도 하지 않는 휴식기에조차 활동을 멈추는 일이 없으므로, 부인의 뇌 속 변화를 모니터하는 것도 가능하리라. 만약 부인의 뇌 속 신경화학물질의 구성이 변화했다면, 그것이 우리에게 무엇을 말해줄 수 있을까?

우울증은 뇌의 '화학적 불균형'에 기인하며 SSRI(세로토닌 흡수 억제제)가 그 불균형을 바로잡을 수 있다는 널리 퍼진 대중적 견해를 생각해보자. 칠팔 년 전 어느 정신과 의사와 나눈 대화가 기억난다. 그는 세로토닌에 대한 과학적 증거가 전혀 없다는 내 말에 대해, 놀랍게도 자기 환자들에게는 실제로 효과가 있었다고 장담했다. 하지만 세로토닌 수준이 낮다고 해서 우울증이 발병한다는 증거는 그때도 없었고 지금도 없다.[12] '화학적 불균형'이라는 것은 실제로 무엇을 의미하는가? SSRI는 중요한 문화적 신화가 되었고, 이 약을 통해 새로 행복한 삶을 살게 된 사람들의 사연이 엄청난 대중적 인기를 끌었고, 여러 이미지를 활용한 광고가 방영되면서 인기가 급부상했다. 그중 대표적인 것이 귀여운 만화 캐릭터의 슬픈 얼굴이 행복한 표정으로 바뀌는 이미지이다. 프로작을 소개한 초기 팸플릿은 "프로작은 인위적으로 여러분의 기분을 바꾸지 않으며 중독성이 없습니다. 우울증을 초래하는 불균형을 바로잡음으로써 훨씬 더 여러분답게 느끼도록 도와줄 뿐입니다"[13]라고 주장했다. 이 문장은 수사학적 경이이다. 여기서 '인위적'이라는 말은 무슨 뜻인가? 사람의 기분 변화가 '인위적'이 될 수 있단 말인가? 만약 내가 강장제를 먹고 활기찬 느낌이 든다면 그때 내 기분은 인위적인가, 자연적인가? 내가 정말로 활기찬 것이 아니란 말인가? 약물이 내 몸안에 있을 때 그 변화는 인위적인가, 자연적인가, 아니면 둘 다인가? 중독은 더 어려운 수수께끼가 된다. 항우울제에 중독된 느낌이 없을 수도 있지만, 갑자기 약을 끊으면 후유증이 생기고 가끔은 심각한 후유증이 나타나기도 한다. '훨씬 더 여러분답게' 느낀다는 것은 백 페이지 이하로 논하기 어려울 정도로 난해한 철학적 질문이다. 운동 또한 우울증을 경감해준다는 사실이 입증되었다. 사람이 끊기 힘든 활동은 모두 중독이라는 현재의 견해를 도입한다면, 운동 역시 일부 사람들에게는 중독일 수 있다. 그렇다면 표현적 글쓰기가 기분을 좋게 해주고 면역기능을 강화한다는 연구 결과가 나왔으니, 그것을 우울증 치료에 활용할 수 있는지 질문을 던져볼 수 있지 않을까?

일부 연구자들에 따르면, SSRI의 놀라운 효과는 플라시보 효과에 기인할 가능성이 높다고 한다.[14] 내가 아는 우울증과 뇌를 연구하는 과학자들 중 상당수가 화학적 불균형이라는 관념이 대중적 상상력뿐 아니라 전문직으로서의 정신의학마저도 공고하게 사로잡고 있다는 사실에 분노하고 있다. 뇌와 우울증에 대한 연구는 필수적이다. 암묵적으로 그렇지 않다는 의견을 피력하는 것이 아니다. SSRI에는 알려지지 않은, 그리고 아직 연구되지 않은 효과가 있고, 정말로 도움이 되는지도 모른다. 그 약으로 인생이 바뀌었다고 주장하는 사람들도 수없이 많다. 여기서 내 논점은 성급한 단순화는 도움이 되지 않을 뿐 아니라 현실을 완전히 왜곡할 수 있다는 것이다. 다른 곳에서도 언급한 적이 있지만 플라시보 효과는 매우 강력할 수 있고, 이에 대한 연구도 진행되고 있다. 플라시보 효과에서 언어는 어떤 역할을 하는가? 글쓰기가 플라시보 효과를 유발할 수 있을까? 그렇다면 나는 글쓰기가 상관적이라는 점에서 언어와 연결된다는 점을 들고 싶다. 다른 사람을 향한다는 점에서 소통을 위한 수단이라는 말이다. 일부 사례에서 타자는 자신의 자아일 수도 있지만 언제나 타자로서의 자아이다.

나는 오래전부터 언어는 본질적으로 대화적이라는 M. M. 바흐친의 이론에 마음이 끌렸다. "모든 말은 '대답'을 지향하며, 기대하는 답으로서의 말이 끼치는 심오한 영향을 벗어날 수 없다.(강조는 원문)"[15] 바흐친은 활용에 따라 계속 변화하며 의미의 결론이 열려 있다는 점에서 말이 본질적으로 사회적이라는 사실을 강조했다. 한 사람의 입에서 나오는 말은 다른 사람의 입에서 나오는 동일한 말과 같지 않다. 의사가 진단을 말할 때, 그 배후에는 한 세계를 구성하는 권위와 기득권을 지닌 언어 사용이 자리하고 있다. 환자가 똑같은 단어를 말해도 그 의미가 변화한다. 언어에는 속속들이 권력관계가 배어들어 있다.

말의 본성이 타자와 공유할 수 있는 것이긴 하지만, 말은 또한 우리의 사적이고 정신적인 지형에 등장하고 그 의미는 개인적으로 암호화된다. P부인의 이야기에서 석판은 죽음으로 점철된 에드거 앨런 포의 음침한 서사들과 1950년대와 1960년대에 걸쳐 대량으로 제작된 싸구려 공포영화들을 연상시키지만, 어쩌면 그녀에게는 다른 것들을 연상시킬 수도 있다. 사적 연상들은 의식적이지만 무의식적인 것들도 있다. 석판을 선택했다는 것은 강력한 정서적 의미를 전달한다. 그 의미는 심리생물학적 개인사의 일부이기도 하지만, 더 광의의 문화에서 나온 단어와 이미지 들에서 떼어 생각할 수 없다. 이 모든 것이 그녀의 인격과 질병을 형성하는 데 일익을 담당했던 것이다.

병원에서 진행한 내 강의는 반응과 대화의 모험이었다고 묘사해도 좋을 것 같다. 수강생들의 역할은 텍스트에 반응하는 것이었다. 짧은 시가 많았지만 항상 좋은 시였다. 나는 에밀리 디킨슨 · 존 키츠 · 윌리엄 셰익스피어 · 아르튀르 랭보 · 마리나 츠베타에바 · 파울 첼란 같은 시인들의 작품을 활용했다. 학생들은 마음이 내키면 어떤 반응을 해도 되었다. 규칙은 없었다. 시의 어떤 부분이 이야기를 연상시킨다면, 진실이건 허구건 짧은 이야기를 쓸 수도 있었다. 직접 시를 써서 반응하고 싶다면 그럴 수도 있었다. 제시된 시에 나오는 한 단어, 예를 들어 '파랑'이나 '고통'이나 '하늘' 같은 말이 어떤 사람이나 장소를 떠올리게 하면 그것에 대한 글을 써도 좋았다. 반응은 무조건 환영이었다. 한 시간 강의 중 처음 이십 분은 글쓰기에 할애하고, 수강생들이 한 명씩 자기 작품을 낭독하면 나머지 사람들은 논평을 하곤 했다.

또 다른 수강생을 J씨라고 부르기로 하겠다. J씨는 양극성 장애 진단을 받았다. 솔직히 나는 J씨를 정말 좋아했다. 그는 내 강의에 네 번 출석했는데, 열의 넘치고 수업 태도도 좋았다. 그는 키츠의 시에 대한 반응으로 똑같은 각운과 보격을 써서 아름다운 창작시를 썼다. 그런 걸작 소품을 불과 이십 분 만에 써낸 것이다. 복사본을 하나 부탁했다면 좋았을 것이다. 하지만 자신이 쓴 작품을 나에게 주고 갈지 말지는 각자의 자유의

사에 맡겼는데, J씨는 가지고 갔다. 엄청난 재능의 소유자였다는 말로는 표현이 모자란다. 물론 J씨는 훌륭한 교육을 받았고 재능도 있었지만, 그의 광기 역시 창작 능력에 한 역할을 담당했다고 생각된다.

수강생 중에는 신과 결혼했다는 망상에 시달리는 조현병 환자 Q부인도 있었다. 기독교에서 '신랑'인 예수님의 '신부'로서 교회의 역사는 유구하다. 수많은 기독교 신비주의에서 예수님과의 결혼은 말 그대로 대단히 에로틱한 성격을 띠었으며, 역사적 맥락이 달랐다면 Q부인의 망상 역시 전혀 다른 의미를 가졌을지도 모른다. 그렇다고 해서, 예컨대 시에나의 성녀 카타리나 같은 14세기 성자들과 Q부인 사이에 강력한 유사성이 없다는 말은 아니다. 다만 우리가 그 유사성을 파헤칠 수 없을 뿐이다. 도파민이 정신증[48]의 요인이라는 설이 있다. 특히 망상과 환각에 깊이 관여한다고 한다. 그러나 신과 행복한 결혼생활을 한다는 Q부인의 환상이 문제를 일으키는 도파민 수준과 기막히게 일치한다는 사실이 명백하더라도, 그 망상과 환각이 순전히 도파민 때문에 일어난 거라고 보고 거기서 논의를 끝낼 수 있을까? 망상과 환각의 내용은 개인적인 동시에 문

48) psychosis, 자아와 리비도의 심한 퇴행으로 인해 심각한 성격 분열을 가져오는 정신분열의 한 형태.

화적인 것이며, 그 내용은 질환의 전개에 영향을 미칠 수 있다. 도파민을 망상과 연결시키는 3인칭 시점과 신과의 결혼이라는 Q부인의 1인칭 시점을 정확히 어떻게 연결지을 수 있을까?

그 강의에는 영어가 제2외국어라서 말을 더듬는 수강생도 많이 있었다. 그럴 때는 나나 다른 수강생들이 이해하지 못하더라도 그들의 모국어로 글을 쓰게 했다. 그것이 정신병원의 광기로 보일지 모르지만, 내 생각은 다르다. 나는 그 수강생들에게 우리 나머지 사람들은 그들 모국어의 음악을 듣고 싶고, 낯선 말과 리듬이 우리에게 명시적으로 지시된 것은 아니라도 중요한 의미를 전달해줄 거라고 했다. 여기서 전제는 의미가 의미론뿐 아니라 소리와 멜로디를 통해서도 전달된다는 가정이다. 나중에는 글을 쓴 수강생에게 할 수 있는 대로 번역을 해달라고 부탁했고, 그렇게 하면 의미는 어김없이 전달되었다.

논란의 여지는 있지만 내 강의는 '표현적 글쓰기' 수업이었다. 수강생들에게 작가가 되거나 심지어 더 나은 작가가 되는 법을 가르치려 하지 않았다. 나는 문법적 오류를 수정하거나 산문을 매끈하게 다듬거나 강력한 동사와 문장의 리듬에 관련된 조언을 하지 않았다. 글 한 편 한 편을 세심하게 읽고, 내가 이해하는 한 형식과 내용과 의미에 대해 논평을 해주었을 뿐이다. 절대 거짓말을 하지 않았고, 언제나 흥미로운 의문점을 찾아 작가에게 물어보았다. 그들의 반응은 종종 개인적이었고,

종종 슬펐으며, 종종 깨달음을 주었다. 자기 삶에 대한 이야기를 들려주는 환자들도 있었지만, 서사를 조직할 수 있고 훌륭한 단어 샐러드를 써내는 환자들도 있었다. 단어 샐러드는《캠벨 정신의학 사전Campbell's Psychiatric Dictionary》이 "청자에게, 또한 대체로 그 글을 쓰는 환자에게도 무의미한 구절들이 혼합된 것이 특징인 말이다…."[16]라고 정의한 글이다. 내 강의에서는 단어 샐러드를 의미 있는 예술로 취급했다.

정신의학자 에밀 크레펠린[49)]은 현재 조현병으로 불리는 조발성 치매에 대해 1896년에 간행한 교재에서 "당신은 아픕니까?"라는 질문에 대한 환자의 반응이 장황하게 길어진 사례를 제시했다. 여기서는 첫 두 문장만 인용하겠다. "두개골이 박살나자마자 보게 되고 꽃은 여전히 힘들게 갖고 있어요, 그래야 끝없이 스며나오지 않을 테니까요. 난 일종의 은 총알을 갖고 있는데, 그게 내 다리를 붙잡았어요, 그래서 원하는 곳으로 뛰어들 수 없어서 별들처럼 아름답게 끝이 나죠."[17] 문장은 놀라운 반전으로 이어지지만 실제로 의미를 창출하고, 나는 이것을 감정적-시적인 동시에 운동감각적이라고 부르고 싶다. 박살난 두개골과 박살난 화병에 대한 첫 문장은 붕괴되어 서로

---

49) Emil Kraepelin(1856~1926), 독일의 정신의학자. 근대 정신의학의 아버지라 불린다. 개별 정신질환들을 계통적으로 분류하여 현재 사용되는 정신의학 진단과 개념의 기초를 확립했다.

어우러지는 것으로 보인다. 꽃이 든 화병에서 물이 새어나오지만, 또한 생각은 화자의 은유적으로 깨어진 두개골에서 힘겹게 꽃을 피울 수밖에 없다. '박살나다'라는 단어는 폭력적이며 다음 문장에서 이루어지는 언어적 비약은 훨씬 더 극적이지만, 은 총알, 남자의 다리, 그리고 '뛰어들' 수 없다는 사실은 어떤 부상의 형태가 아름다운 별들에서 해결책을 찾아낸다는 사실을 암시한다. 시를 다른 말로 옮겨 적는 행위가 불가능하듯, 시의 본질을 훼손하지 않고 고정된 의미를 부여하는 것 또한 불가능하기에, 단어 샐러드에 대안적이고 합리적인 의미를 번안해 부여하는 행위 역시 불가능하다. 단어 샐러드는 문장의 이성적 움직임을 해체하고 의미론을 비틀기 때문이다. 그럼에도 불구하고 감정적 의미가 "줄줄 흘러나와" 환자의 의미를 환기하는 동사를 빌리고, 그 동사들은 행위에 대한 일종의 상상 혹은 시뮬레이션으로 느껴진다.

크레펠린의 환자는 글을 쓰는 게 아니라 말하고 있었다. 병원에서 일한 수년 동안 나는 앞에서 언급한 교재와 유사한 글을 엄청나게 많이 읽었다. 저자에게 질문을 해야 풀 수 있는 신비한 암호 같은 글들이었다. 순전한 관심을 넘어 적나라한 매혹에서 유발된 내 의문점들은 철저한 집중을 요했고, 그런 흥미와 집중은 강의실에서 치유 효과에 필수적이었다. 그것이 플라시보 효과이건 전이이건 마르틴 부버가 '사이'라고 부른 영역에서 일어나는 대화적 치유이건 상관없었다. 사람들이 하는 말은 기록하지 않으면 단어들이 공중으로 휘발되어버린다. 불과 몇 분만 지나면 복원이 어려워진다. 그 사람이 한 말의 핵심은 기억할지 몰라도, 정확한 워딩은 이미 사라져버리고 없다. 반면 글은 고정된다. 단어들은 종이에 적히면 작가의 몸에서 분리되어 '대상화'된다. 글을 쓴 사람의 손에서 나온 것이지만 그 사람의 몸을 떠나 타인과 공유할 수 있는 다른 영역으로 가버리고, 반복적으로 검토할 수 있는 정적인 텍스트가 된다.

한번은 강의에서 수강생들에게 로버트 헤릭(1591~1674)의 시 〈연도連禱〉를 제시한 적이 있다. 그 시의 마지막 행은 전체 12연에 걸쳐 계속 반복된다. 시는 다음과 같이 시작한다.

> 내 고통의 시간에
> 유혹이 나를 짓누르고
> 내가 죄를 고백할 때
> 자비로운 성령이여, 위로를 주소서!

이 구절에 대한 반응으로 한 수강생이 이렇게 썼다.

> 내 침대에서 맞는

내 마지막 순간이었다.
아무런 질병도
어떤 의혹도 없었다.

헤릭의 마지막 연은 다음과 같다.

심판의 계시가 현현해
봉인된 것이 열릴 때
내 청원이 응답 받을 때
자비로운 성령이여, 위로를 주소서!

내 수강생의 반응은 다음과 같았다.

어떤 심판도
계시도 없었다,
애초에 청원이 없었으니.
나는 자비로운 성령이 아니라
오로지 어둠을 찾아 위로를 구했다.

우울증 환자는 헤릭이 임종을 맞아 쓴 시에 반응해 자살 욕구를 전하는 운문을, 누가 봐도 분명한 절망의 화답시를 썼다.

내가 헤릭의 시를 활용함으로써 환자의 우울한 감정을 더욱 공고하게 만든 걸까? 어째서 나는 페인 휘트니 클리닉에서 내 전임자로 일했던 자원봉사 글쓰기 강사가 그랬던 것처럼 '행복한' 시를 선택하지 않았는가? 내 전임자는 "나는 희망을 주려고 노력해요"라고 말했다. 그 말은 성인 환자들로 가득한 강의실에서 나를 향해 큰 소리로 울려 퍼졌다. 마치 그 환자들이 그 자리에 없는 것처럼 말이다. 그녀는 어린아이들을 상대하는 초등학교 교사처럼 큰 소리로 말했다. 그 여자가 나에게 병원에서 강의하는 법의 입문 역할을 해주었다. 나는 내 독자적인 강의를 시작하기 전에 그녀의 강의실에 앉아 강의를 들었다.

그녀가 선택한 희망찬 시는 사카린 범벅의 카드에서 읽을 법한 유의 글이었다. 강의가 끝나고 환자 한 명이 그녀를 스쳐 지나가면서 큰 소리로 말했다. "그 시 진짜 거지 같습니다." 확실히 그랬다. 정신질환은 고통을 유발하지만, 반드시 어리석음이나 둔감함을 초래하지는 않는다.(정신병동에 문학이나 정신의학에 대해 아무것도 모르는 무지한 사람들을 들이기보다는 차라리 글쓰기 강의를 아예 하지 않는 것이 낫지 않을까 생각한다.) 둔감하기는커녕 내 강의에 참석한 환자들, 특히 정신증 환자들은 냄새만큼이나 강력하게 강의실에 떠도는 '감정들'에 초능력에 가까운 예민한 감각을 갖고 있었다. "나는 희망을 주려고 노력해요"라는 말에 내포된 '나'와 '그들' 사이의 뚜렷한 경계 설정이 풍기는 냄새가 저 하늘 끝까지 풍겼다. 소위 희망의 매개랍시고 주어진 그 멍청한 시가 그랬듯이 말이다. 최소한 모든 감정은, 그것이 광기든 절망이든, 품격 있는 대접을 받을 자격이 있다. 내 강의가 적어도 부분적으로 성공을 거둔 것은 학생들이 우울, 좌절, 증오, 편집증과 블랙유머를 자유롭게 표현할 수 있다고 느꼈기 때문이다.

나는 헤릭의 시에 대한 그 수강생의 반응을 칭찬했다. 그녀의 시를 '연도'에 대한 연도라고 불렀다. 특히 헤릭 시의 단순함을 모방하면서 빌려온 단어들의 아름다움, 즉 '청원appeal' '자비로운sweet' '나me'의 긴 e음에 주목한 마지막 행과 마지막 행에 표현한 가혹한 위트 "오로지 어둠을 찾아 위로를 구했다"가 마음에 든다고 했다. 글쓰기도 나의 논평도 그녀를 우울증에서 구해줄 수는 없었지만, 그녀의 기분만은 눈에 띄게 홀가분해졌다. 발을 질질 끌며 마지못해 강의실에 들어온 뚱하고 풀죽은 젊은 아가씨는 나중에는 거의 재잘거리다시피 하며 말을 쏟아냈다. 우리는 그녀 시의 의미와 초월적 성령에 등을 돌린 행위에 대해 이야기를 나누었다. 의사들에 대해 농담을 하고, 헤릭 역시 의사들에 대해 냉소주의를 견지했던 것에 주목했다. 토론은 활기찼다. 부정적인 생각을 의사들에게 숨기고, 약이 불쾌한 기분 또는 부종을 유발하거나 정신을 멍하게 만들면 숨기거나 화장실에 버리고, 자신이 쓴 글을 내가 의사들에게 보여줄까봐 걱정하는 환자들이 많았다고 해도 놀랄 사람은 없을 것이다. 나도 놀랍지 않았다. 내가 '당직자들'을 찾아간 일은 딱 한 번뿐이다. 강의 시간에 한 남자가 퇴원하자마자 가족을 다 죽이고 자기도 죽겠다며 큰 소리로 화를 내고 소리를 질렀을 때였다.

글쓰기는 내면에서 외면으로의 전이가 인식되는 것이고, 그 움직임은 그 자체로 올바른 방향으로 한 걸음 나아가는 행위이다. 눈에 보이는 대화의 공간으로 이동하는 통과의례라는 말이다. 또한 글쓰기는 언제나 누군가를 위한 행위이다. 글쓰기는 나와 당신의 담론이라는 축에서 발생한다. 심지어 일기와 일지도 타자를 위한 글이다. 그 타자가 나의 다른 자아일 수도 있다. 그 다른 자아가 수년 후에 그 말들로 돌아와 지금의 자신이 되기 전의 모습을 되짚어보려고 할 수도 있다. 글로 쓰인 언어는 몸으로서의 작가가 아니라 독자를 위한 단어들이 된 작가라는 사이 공간에 존재하므로—예를 들어 그 독자는 편지가 대상으로 지목한 실제 인물일 수도 있고 저 바깥 어딘가에 존재하는 가상의 인물일 수도 있다—글쓰기는 우리를 우리 몸에서 이탈하게 하고, 그렇게 건너뛰어 종이 위에 적혀 대상화되면 반성적 자의식이 촉발되어 자아를 타자로 검토하게 된다. 따라서 말하기 치료보다 글쓰기가 강의에서 함께 집중하는 장으로서 그 '텍스트적 대상', 그 '친숙한 이방인'을 더 잘 활용한다.

나아가 글을 씀으로써 내가 무슨 생각을 하는지 발견하는 것도 사실이다. 글을 쓰는 행위는 생각을 말로 옮기는 것이 아니라 발견하는 과정이다. 메를로 퐁티는 《지각의 현상학》에서 언어를 논하며 다음과 같이 썼다. 언어란 "의미의 세계에서 주체가 어떤 입장을 취하는 것이다."[18] 이 의미의 자리는 언제나 타자를 내포한다. 그러나 망상이나 광기에 사로잡혔다는 자각이 있거나, 강박적 빨래 같은 강박에 짓눌려 있거나, 우울증이 너무 심해 펜을 드는 일조차 불가능에 가깝게 느끼는 사람들에게 글쓰기는 부가적인 가치를 가질 수 있다. 글쓰기는 한 장소에서 다른 장소로 움직이는 행위이고, 여행의 한 형태이며, 여행을 마친 뒤 결과로 생산된 텍스트는 내면이 아닌 외면에서 자신의 주체성을 바라보는 관점을 정리하는 데 도움이 될 수 있다. 단어들이 친숙한 이방인이 된 것이다. 종이 위에 외면화된 이런 자아는 가끔 생명선이 될 수도 있다. 삶의 지속을 가능하게 해주는 좀 더 정돈된 거울상이 될 수도 있다. 린다 하트는 급성 정신장애로 입원한 해에 쓴 일기의 말미에 "이 일기를 쓰면서 가까스로 제정신의 벼랑 끝에 매달려 있었다. 일기가 없었다면 누구의 손도 닿을 수 없는 광기의 구렁 속으로 발을 헛디뎌 추락했을 것이다"[19]라고 썼다. 한 사람의 발언치고는 대단히 극적이다. 우리는 누군가의 이야기를 아무 증언도 담겨 있지 않은 것으로 치부하지 않도록 조심해야 한다.

나중에 보니 병원에서의 글쓰기 강의에 중요했던 자질들은 계량이 불가능하거나 전혀 실체적이지 않은 것들이었지만, 그래도 다루어보도록 노력할까 한다. 강의 초반부터 내가 실제로 책을 출간한 경험이 있는 '진짜' 작가라는 사실이 대단히 중요하다는 점이 명백하게 드러났다. 나는 자원봉사 부서에서 좋은 의도로 길거리에서 데리고 온 마음 착하고 선의를 품은 '아무나' 부인이 아니었다. 이 사실은 실제로 글쓰기에 대해 할 말이 있는 사람으로서 내 권위를 공고하게 해주었고, 덕분에 강의 전반에 진지한 태도가 생겨났다. 또한 내 강의의 수강생들은 내가 정신과 환자들을 별종으로 취급하지 않는다는 사실을 본능적으로 이해했던 것 같다. 각자에게 이야기가 있었고, 그 이야기는 병증의 일부였다. 히포크라테스가 한 유명한 말처럼, "그 사람에게 무슨 질병이 있는가 하는 것보다 그 질병에 어떤 사람이 있는가를 파악하는 것이 더 중요하다." DSM[50] 그리고 정신질환들을 서로 분리하고자 하는 DSM의 욕구로 대표되는 진단에 대한 열정은 자체 붕괴가 불가피한 질병의 정적 모델을 만들어냈다. 증상학symptomology은 역동적 기운, 즉 서사적 형식을 갖고 있고 다수의 용어로 묘사되는 자

50) 정신질환 진단 및 통계 편람(Diagnostic and Statistical Manual of Mental Disorders)

아나 존재로부터 분리될 수 없는 질병의 활동들에 대한 연구여야만 한다.

자아는 정신성 · 정신 · 의식과 마찬가지로 혼란스럽기 짝이 없는 개념이지만, 간단히 이 말만 하겠다. 소위 '서사적 자아narrative self'라고 불리는 것, 즉 의식적 기억의 조각들이 언어적으로 구축된 조합을 이루고, 그 기억들이 어우러져 이야기를 형성하고 연결되어 한시적으로 일관된 '자아'를 창조해내는데 그 저변에는 자아라는 것이 없다시피 하다는 생각은 내가 생각하는 서사적 자아의 개념과는 전혀 다르다. 내가 제안하는 서사적 자아는 유아기부터 다른 중요한 사람들과 상호작용을 맺으면서 발달한 전前언어적인 운동감각적-감정적-정신생물학적 패턴들과 관련이 있다. 이 암묵적이고 리듬이 넘치는 지하에서 뚜렷한 이야기가 기억 속에 창조되는 것이다. 이 이야기들은 엄밀히 말해 어떤 의미로도 현실적이지 않고 정도는 다양해도 오히려 픽션의 양태를 띤다.[20] 우리가 지속적으로 수정하는 자전적 기억이 프로이트가 말한 '지연된 행위'나 신경생물학적 용어인 '재경화'를 통해 창출된다고 생각하든 아니든, 그것은 별로 중요하지 않다. 언어가 오랜 시간에 걸쳐 의식적 기억에서 담당하는 역할이 무엇인가 하는 점은 이제껏 제대로 연구되지 않았으나 연구되어야만 한다. 복원된 기억은 감정뿐 아니라 다른 사람들이나 자기 자아에게 큰 소리로 다시 이야기할 때 사용하는 말들을 통해 재형성된다.

지금까지 내가 강의에서 활용한 최고의 글은 시각미술가이자 작가인 조 브레이나드가 쓴 글에서 발췌한 것이었다. 나는 조 브레이나드의 책《나는 기억한다》가 적어도 내게는 고전의 반열에 올라 있다고 생각한다. 이 저서는 조르주 페렉의《나는 기억한다》에 영감을 주었고, 기억의 매개로 뛰어난 힘을 발견한 무수한 글쓰기 교사들에게도 큰 도움을 주었다. 내가 학생들에게 준 그 책의 발췌문을 여기에 인용하겠다.

> 나는 학교에 처음 갔던 여러 날들을 기억한다. 그리고 그 공허한 느낌도.
> 나는 세 시에서 세 시 반으로 가던 시계를 기억한다.
> 나는 나쁜 짓을 하면 경찰이 감옥에 처넣을 거라는 생각을 했던 때를 기억한다.
> 나는 레스토랑 식탁 밑에 손을 문지르다 거기에 붙어 있는 수많은 껌을 만졌던 때를 기억한다.
> 나는 인생이 지금과 마찬가지로 그때도 심각했다는 것을 기억한다.
> 나는 불구인 사람들을 보지 않았던 것을 기억한다.[21]

나는 병원 강의를 하는 동안 쓴《덜덜 떠는 여자, 또는 내 신경의 역사》에서 '나는 기억한다'라는 말의 효능을 묘사했다. "내 손이 움직여 글을 쓴다. 무의식적 앎의 절차적 · 신체적 기억, 이것이 모호한 감정이나 과거의 어떤 이미지 또는 의식 표면으로 떠오르는 사건의 감각을 환기한다. 그러면 일화 기억[51]이 생겨나 놀랄 만큼 급작스럽게 표현된다."[22] '나는 기억한다'라고 되풀이해 쓰면 기억의 기제에 연료가 보급되고 불이 붙는다. 기억을 발생시키는 절차들은 숨겨져 있으나, 이런 맥락에서 "누가 글을 쓰고 있는가?"라고 묻는 건 흥미로운 일이다. 논란의 여지는 있지만, '나는 기억한다' 활동은 소위 '자동증'[52]이라 불리던 행위와 공통점이 있다. 자동증은 19세기 후반에서 20세기 초반에 걸쳐 내과 의사와 심리학자 들이 지대한 관심을 가졌던 주제이다. 프랑스의 피에르 자네[53]와 알프레드 비네[54], 미국의 윌리엄 제임스[55], 보리스 시디스[56], 프

---

51) episodic memory, 개인의 경험, 즉 자전적 사건에 대한 기억. 사건이 일어난 시간, 장소, 상황 등의 맥락을 포괄한다.

52) automatism, 자연적으로 생겨나는 정신활동으로, 본인의 의지와 관계없이 이루어져 본인은 의식하지도 기억하지도 못한다. 넓게는 의식이나 의지의 통제를 벗어난 정신기능을 가리킨다.

53) Pierre Janet(1859~1947), 프랑스의 심리학자 · 정신병리학자.

54) Alfred Binet(1857~1911), 프랑스의 심리학자 · 정신의학자. 실험을 통한 심리학 연구에 몰두했으며 T. 시몽과 함께 처음으로 지능검사를 위한 비네-시몽 검사법을 창안했다.

55) William James(1842~1910), 미국의 심리학자 · 철학자. 세계 최초의 심리학 실험실을 창설했으며 현대 심리학의 기본이 될 뿐 아니라 현상학적 심리학에 선구적 역할을 한 저서《심리학 원리Principles of Psychology》를 펴냈다.

레데릭 마이어스[57], 영국의 에드먼드 거니[58]가 이 현상에 대해 실험 연구를 했다. 자동증은 복수의 자아나 잠재의식적 자아의 표시, 의식의 수축을 반영하는 해리 현상 등으로 다양하게 해석되어왔다. 자네의 환자 한 명은 해리성 기억상실증을 겪으며 방황했지만, 최면상태에서 글쓰기를 하는 도중에 기억을 상세하게 회복했다. 신경증 환자의 외계인 손 증후군[59]과의 유사성이 확실히 의미 깊게 다가온다. 내가 《덜덜 떠는 여자, 또는 내 신경의 역사》에서 언급했고 학술지 〈브레인〉에 사례연구로 게재된 열네 살짜리 환자는 모든 기억을 몇 초밖에 유지하지 못했지만, 그럼에도 불구하고 글로 쓸 때는 하루 일과를 온전히 기억해냈다. 아니, 이 표현에는 착오가 있다. 그의 '손'이 기억하고 기록하는 능력을 지닌 것처럼 보였다. 그는 자기가 쓴 글을 읽지도 못했다. 그의 어머니는 읽을 수 있었다.

글쓰기 행위는 모터가 달린 습관이다. 일상적 양태의 자동증과 유사하다. 따라서 이 활동을 할 때 종이에 나타나는 글은

---

56) Boris Sidis(1867~1923), 미국의 우크라이나계 정신의학자 · 내과의사 · 심리학자 · 교육철학자. 뉴욕 주립 정신병원을 설립했다.

57) Frederic William Henry Myers(1843~1901), 시인이자 고전주의자 · 문헌학자. 심령연구회의 창립 회원으로 '텔레파시'라는 용어를 처음 사용한 것으로 유명하다.

58) Edmund Gurney(1847~1888), 영국의 심리학자 · 심령 연구자

59) Alien hand syndrome 또는 Anarchic hand syndrome이라고도 한다. 손이 본인의 의지와 상관없이 비정상적 · 자동적 · 비협력적으로 움직여 의지로 조절이 불가능한 상태를 지칭한다.

의지로 불러온 것이 아닌 것처럼 느껴지기 때문에 놀라울 때가 많다. 오히려 '나는 기억한다'라는 글씨를 따라감으로써 그것이 유발되었다는 느낌을 받는다. 내 강의에 들어왔던 한 남자 수강생은 커다란 양배추가 놓인 싱크대에 앉아 있던 기억을 떠올렸다. 거대한 막사 같은 방에 일렬로 늘어서 있는 싱크대들 중 하나였다. 어머니가 거기서 그를 목욕시키고 있었다. 그는 아마도 그 기억이 중국의 집단농장에서 보냈던 어린 시절에서 나왔을 거라고 설명했다. 그의 부모님은 그가 여섯 살 때 체포되어 수감되었다. 그는 다시는 부모님을 보지 못했다. 글쓰기 활동 중에 기록된 기억이 오랜 세월을 거치며 굳어지고 상당한 편집을 거친 것이든, 아니면 몇 년 동안 잊고 있던 오래전 일에 대한 깜짝 놀랄 만한 깨달음이 불쑥 튀어나와서 그 감각적 디테일이 아직도 생생한 것이든, 종이 위에서 당신을 마주보는 1인칭 대명사가 상징하는 소유권은 아무리 높게 평가해도 지나치지 않다. 이런 형태의 소유권은 언어로 자아를 분리하는 것과 다름없고, 일종의 반성적 자의식으로 해석을 유도한다.

한 수강생은 이렇게 썼다. "나는 기억한다, 내가 어린아이였을 때를."

나는 아무 문제도 없었던 때를, 아니, 어쩌면 문제가 있었을

지도 모르지만 해결하고 넘어갔던 때를 기억한다.

나는 외로움을 즐겼던 것을 기억한다.

나는 괜찮다고 느꼈던 것을 기억한다.

나는 내가 했던 일을 기억하고 그러지 않았다면 좋았을 거라 생각한다.

나는 나의 상실을 기억한다.

기억은 모든 의식적 1인칭 서사의 근거이다. 허구적 서사의 경우도 마찬가지이다. 의식적 기억과 상상력이 유일한 정신적 능력이라고 믿을 만한 이유는 많이 있다. 이 글에서 작가는 짧고 암시적인 문장들로 과거의 자아를 기록하고, 자기 안에 일어난 변화를 기록하고, 과거의 자신이었다고 믿는 사람의 죽음을 슬퍼한다. 문장들은 추상적이다. 무슨 일이 일어났는지, 자신이 어떤 일로 죄책감을 느끼게 되었는지를 은폐하지만 최종적으로는 통절한 효과를 낳는다. '나는 기억한다'를 쓰고 읽으면서 숱한 환자들이 울었다. 나와 다른 학생들은 감정을 주체하지 못하는 사람을 최선을 다해 위로했다. 슬픔을 터놓고 드러내는 것은 괜찮았다. 주기적으로 일어나는 일이었다. 통곡은 내 강의실에서 얼마든지 해도 되는 일로 자리 잡았다.

이번에는 짧은 이야기다. 2006년 겨울 어느 날, 한 청년이 내 강의에 들어왔다. 그는 '나는 기억한다' 활동에 참여해 글을 썼다. 그 글의 일부를 발췌해 소개한다.

나는 111번지와 112번지 건물 사이 놀이터의 고목 한 그루를 기억한다. 층이 네 개 있었다—1층, 2층, 3층 그리고 4층. 우리 아이들은 각자 할당받은 층의 가지에 앉곤 했다. 카일은 4층, 커크는 3층, 번은 2층. 나는 1층이었다. 나는 뚱뚱해서 나무를 잘 타지 못했다. 우리는 거기에 앉아 있었다.
나는 수영장과 어린 아이들 나름의 수영장 위계를 기억한다. 하얀 표식은 수영 초보라는 뜻이고, 빨간색은 고급반, 파란색은 구조대 수준의 수영 실력을 의미했다. 나는 하얀 표식을 받고 자랑스러워 마음이 한껏 부풀었다. 아직도 그걸 어딘가에 간직하고 있다….
나는 빌리를 기억한다. 그애는 아이들을 괴롭혔다. 그애 어머니는 자살했다.
나는 카일과 함께 윌리엄 성을 탐색했던 일을 기억한다. 뉴욕 항이 내려다보이는 유명한 유적이다. 쓰레기와 돌 부스러기들이 온통 널려 있었다. 우리는 누군가 고장 난 변기를 쓴 뒤 후대를 위해 뭔가를 남겨놓았다는 사실을 발견하고 울부짖었다….
나는 다저스에서 T-볼을 했던 일을 기억한다. 팀의 스타는 1루수였다. 잘생기고 운동도 잘하는 그 여섯 살짜리의 이름은 마이크 라바치였다. 이름이 로버트 레드포드라도 어울렸을 것이다. 우리는 그애 없이도 결승전에서 승리를 했다.[23]

나는 그가 어린 시절로 돌아갔다는 점이 정말 좋았고, 강의실에서 공개적으로 그의 작품을 칭찬했다. 나중에 복도에서 그와 이야기를 나누게 된 김에 작가가 될 생각을 해본 적이 없느냐고 물었다. 그는 약간 놀라는 눈치였다. 우리는 책에 대해 몇 마디 잡담을 나누었다. 그렇게 헤어진 뒤 다시는 그를 보지 못했다. 그런데 내가 병원 강의를 그만두고 한참 뒤인 2011년, 나는 소포 하나를 배달받았다. 그 안에는 책 한 권이 들어 있었다. 재리드 딜리언이라는 작가의 《월스트리트의 괴물: 리먼 브라더스에서의 돈과 광기》였다. 나는 책을 펼쳐 작가가 면지에 끼적거린 헌사를 읽었다. "시리에게—내 인생을 구해주고 작가가 될 수 있도록 도와주셔서 감사합니다. 재리드." 재리드 딜리언의 회고록은 월스트리트에서 주식중개인으로서 살았던 삶과 양극성 장애, 정신증 발작, 그후의 입원 과정을 그리고 있었고, '나는 기억한다'라는 제목의 한 장章을 포함하고 있었다. 그는 그 책에 글쓰기 활동 내용을 기록했고, 책을 읽어가던 나는 그의 이름은 잊었지만 즉각적으로 '그를 기억해냈다.' 나는 그가 그 저주받은 회사의 주식중개인이었다는 사실을 전혀 알지 못했다.

그는 자기 책에 그 강의를 이렇게 묘사했다. "정신을 차려보니 나는 존경받는 동료 몇 명과 함께 사각형 테이블에 앉아 있었다. 테이블 반대편에는 복잡한 여인이 앉아 있었다."[24] (나는 나에 대한 이토록 총명한 묘사에 깊은 감사를 금치 못한다.)

그는 이십 분에 걸친 글쓰기와 강의가 끝난 후의 토론에 대해 썼다. 바로 그날 밤, 어렸을 때 품었던 작가의 꿈을 기억해냈다고 한다. 그는 먼저 돈부터 벌고 그다음에 작가가 되기로 마음먹었었다. 하지만 그 글쓰기 강의 덕분에 다른 방향으로 달려가게 되었다. "그날의 글쓰기 활동—살아 있다는 느낌을 그토록 생생하게 받은 것은 몇 년 만에 처음이었다. 더 많이 쓰고 싶었다."

"바로 그날 밤, 나는 입원 후 처음으로 잠을 설쳤다. 시리가 내게 한 말이 자꾸 생각났다. 진짜 작가가 내가 작가가 될 수 있다고 말하고 있었다."

"처음으로 나는 밖으로 나가고 싶어졌다."

그 장 끝에서 그는 아내와 함께 지하철을 타고 집으로 가고 있다. "나에게는 멋지고 창조적인 일들을 할 수 있는 능력이 있었다. 엄청난 민폐가 될 수 있는 능력도 있었다. 그리고 나는 마침내 의미가 통하는 우주에 살고 있었다."

"그것은 나였다."[25]

현재 재리드 딜리언이 잘살고 있다는 말을 기쁘게 덧붙인다. 그는 글을 쓰면서 여전히 의미가 통하는 세계에 살고 있다. 이것은 특별하고 흔치 않은 사례지만, 어쩌면 이것이야말로 글쓰기일지도 모른다. 개인이 상상해온 비전이 꽃을 피우는 것. 다른 곳으로 가고자 하는 비전, 자아를 다른 각도로 보는 비전은 치료의 일부가 될 수 있다. 재리드 딜리언은 재능 있는 작가지만, 그 재능을 질병과 별개로 생각한다면 그건 잘못된 관점이다. 그의 산문은 살랑거리며 지저귀다가 힘차게 밀어붙이며, 독자로 하여금 계속 읽게 만드는 광기의 에너지를 띠고 있다. 누구든 조울증의 끔찍한 고통이나 정신증의 망상이나 잔혹한 목소리들을 겪는 일은 없기를 바란다. 치료제는 환영이지만, 정신질환을 자아와 분리된 어떤 것, 즉 뇌에 강림해 균형을 흩뜨리거나 원치 않는 신경화학물질을 분출시키는 외부의 힘으로 생각할 때 우리는 신중해야 한다. 삶과 신경생물학 사이에 아무 관계도 없다고 생각해서는 안 된다. 나는 재리드가 새로운 길을 찾는 데 일익을 담당하게 될 줄 전혀 몰랐지만 결국 그렇게 되었다. 때맞춰 올바른 말을 해준 것이다. 그런 순간은 심리치료에서 좋은 전이가 일어나는 순간이나 내과 의사가 친절하게 건네준 가짜 약이 내면의 변화를 일으킨 것에 비견할 만하다. 무의식적인 동시에 의식적인 순간이다.

재리드의 사례는 총체적으로 볼 때 몹시 복잡하다는 사실을 인정해야 한다. 의미심장하게도 그가 저서에서 S+12라고 부르는 정신과 의사는 그의 정신증을 가라앉히기 위해 리튬을 처방해주었다. 또한 그는 병원에 입원해 있는 기간 동안 글쓰기가 얼마나 살아 있다는 실감을 주는지를 재발견했다. 약물학과 글쓰기가 모두 치유 요인이 되었다. 둘 다 생리작용의 활성화와 관련이 있고, 두 사례의 치유효과는 온전히 파악되지 않았다. 그러나 글쓰기는 예컨대 리튬과는 달리 자기반성적 의식을 일깨운다. 에른스트 크리스[60]와 에이브러햄 카플란[61]이 "미학적 모호성"에서 주장했듯이, 서로 다른 정신적 수준들이 창의성에 관여하고 '기능적 퇴행'과 엄격한 평가와 '통제' 모두에서 놀라운 일들이 수반된다. "퇴행이 지나치면 상징이 사적으로 변해 반성적 자아마저도 해독할 수 없게 된다. 그리고 통제가 반대쪽 극단으로 가서 압도적 우위를 점하게 되면 그 결과 차갑고 기계적이고 영감도 없는 결과가 나온다."[26] 다시 말해 글로 쓰는 표현의 범위는 어마어마하게 넓다. 추파를 던지거나 아예 해독 불가능해져버리는 암시적이고 감정 충만한 단어 샐러드로부터 수많은 학문적, 과학적, 일

---

60) Ernst Kris(1900~1957), 오스트리아의 정신분석가 · 예술사가. 《예술의 정신분석적 탐구 Psychoanalytic Exploration in Art》에서 창의성과 광기의 관련성을 말하면서 예술가들이 자아통제 하에 퇴행하는 능력을 지니고 있다고 설명했다.

61) Abraham Kaplan(1918~1993), 미국의 철학자.

부 정신분열증적 텍스트의 통제되다 못해 죽어버린 언어까지 아우른다.

과학은 통제에 관한 학문이다. 어휘와 수단의 통제가 필수적이기 때문에 똑같은 결과가 반복적으로 복제된다. 연구자들이 역동적인 과정을 묘사하려고 시도할 때마저 과학적 모델은 경직되고 얼어붙는 경우가 많다. 그러나 절대적 통제는 불가능하다. 언제나 '누출'이 있다. 과학을 수행하는 이야기에서 주관성을 제거할 수는 없으며, 그렇다고 해서 과학적 방법론과 그 여파로 일궈낸 수많은 발견의 가치가 신용을 잃는 것도 아니다. 그러나 데이터와 연구 결과를 기록한 격식을 갖춘 과학 논문과 병행되는 의학적 문건이 있어야 한다. 환자가 하든 의사가 하든—둘 다 하면 더욱 좋겠지만—특정한 사례와 그 변천사를 온전히 기록해야 한다. 체현된 정신의학은 병든 사람이 헤아릴 수 있고 치료할 수 있는 '드러나는' 증상의 집합이 아니라는 사실을 인정해야 한다. 환자는 끊임없이 변화하는 자아의 역사 속에 각인된 증상들을 지닌 사람이다. 외따로 떨어진 자아가 아니라 타자와의 필수적 교류를 통해 능동적으로 창조되는 자아이다. 물론 이러한 정신의학은 반드시 다양한 텍스트들과 fMRI 연구를 포함해야 하지만, 또한 프로이트가 걱정했던 사례 연구의 유동적이고 '문학적인' 자질로, 일기 기록으로, 단어 샐러드로, 기억의 사적인 서사들로 눈을 돌려야 할 것이다, 아니, 그리로 돌아가야 할 것이다. 그것은 '진지한 과학으로서의 인장印章'은 받지 못할지 모르지만, 그럼에도 불구하고 정신병에 대한 통찰의 매개로서, 정신병을 치료하는 길로서 값어치를 헤아릴 수 없을 만큼 중요하기 때문이다.

방 안에서

나는 열여섯 살 때 처음 지그문트 프로이트를 읽었다. 그때 내가 읽고 있는 내용을 이해했을까? 아마 잘 이해하지 못했을 공산이 크지만 나는 엄청난 흥미를 느끼며 빠져들었다. 몇 년 후 《꿈의 해석》을 읽을 무렵에는 정신분석이론에 대한 호기심을 품기 시작했고, 그 호기심을 일평생 간직하게 되었다. 한동안 분석가가 될 생각도 했고, 신경정신분석학이니 뇌-정신의 수수께끼니 하는 것에 몰두했으며, 정신분석가를 주인공으로 등장시킨 소설 《어느 미국인의 슬픔》도 썼다. 하지만 쉰세 살이 되어서야 나와 맞는 정신분석가를 찾아냈다. '덜덜 떠는 증상' 때문에 그 진료실을 찾아가게 된 것이다. 그 증상은 《덜덜 떠는 여자, 또는 내 신경의 역사》라는 책이 되었다. 덜덜 떠는 증상은 우리의 인지 치료 시간에 하나의 테마로 계속 돌아왔지만, 지금 돌아보면 심리치료가 이루어낸 내면의 혁명이라 생각되는 사건에서 핵심적인 것은 아니었다.

나는 육 년에 걸쳐 일주일에 두 번씩 정신분석학에 근거한 심리치료를 받았고, 그로 인해 변화했다. 어떻게 그런 일이 일어났는지는 아직도 수수께끼로 남아 있다. 지금 내가 들려줄 수 있는 이야기가 하나 있기는 하다. 그 이야기는 그 첫날 내가 다다른 이야기와는 다른 이야기가 될 것이다. 그러나 한 이야기가 다른 이야기를 대체한 기제, 반복되고, 빙글빙글 돌고, 추정으로 점철되고, 심지어 무의미한 허튼소리일 때도 많은 말이 어떻게 내 안에서 그런 변화를 이끌어냈는가 하는 것은 도저히 정확하고 상세하게 설명할 수 없다.

이건 안다: 훨씬 더 자유로워진 느낌이라는 것. 내 삶과 예술에서 모두 더 자유로워진 느낌이다. 그리고 이 두 가지는 결국 불가분이다.

여기 논점이 하나 있다. 나는 정신분석학 이론을 숙지하고 있지만, 그 지식이 내 치료에, 그러니까 매듭을 풀고 문을 여는 일에 어떤 의미가 있었는지 궁금하다.

나를 담당하는 정신분석가가 이론을 잘 아는 건 좋은 일이다. 그녀는 분명 이론의 지침을 따라 내 치료를 수행했을 테지만, 그녀만의 특정한 믿음, 이런저런 일들에 대한 정교하고 복잡한 입장들은 내게 완전히 미지수였다.

윌리엄 제임스는 《다양한 종교 체험》의 서문에 이렇게 썼다. "상세하고 방대한 내용을 숙지하는 것이 추상적 공식—아무리 심오한 것이라 해도—을 갖고 있는 것보다 우리를 훨씬 더 현명하게 만들어준다고 믿기에, 나는 강의할 때 방대한 양의 구체적 사례들을 꽉꽉 채워넣었다…." 정신분석과 소설은 상세하고 구체적인 것을 딛고 생겨난 지혜에 기반하고 있다.

모든 철학적 체계, 정신-뇌-자아-신체의 모든 모델, 의식과 무의식의 모든 모델은 미완이다. 언제나 틀에서 빠져나가는 것이 있기 마련이다. 해명 없이 존재하는 사물, 체계 안으로 끌고 들어올 수 없는 괴물.

그러나 한편으로 사상은 느끼고 경험하지 않으면 아무 효용도 없다. 그러지 않으면 디킨스의 표현대로 "메마른 글자들"에 불과하다. 많은 이론들이 바싹 말라 시체처럼 변해버린다. 시몬 드 보부아르의 소설 《초대받은 여자》에서 등장인물 프랑수아즈는 이런 말을 한다. "하지만 나에게 사상은 이론의 문제가 아니라 경험하는 거예요. 이론으로만 남아 있으면 아무 가치가 없어요."

안나 프로이트는 주지화[62]를 방어라고 불렀다.

예술은 이론의 경계 밖으로 떨어지는 것에 호소할 수 있으며, 또한 감정으로 느껴지는 사상을 체현할 수 있다.

정신분석 이론은 방 안에서 살아난다. 그것은 분석자와 환자 사이에서 살아나야 한다.

방 안은 언제나 똑같다. 내가 들어갈 때마다 똑같은 모습이다. 치료를 받으러 와서 방 안이 리모델링되거나 굉장히 많이 바뀌었다는 것을 알게 되면 경계심이 들 것 같다. 그렇지만 아

62) intellectualization, 불안을 통제하고 긴장을 감소시키기 위해 본능적 욕동을 지적 활동에 묶어두는 심리적 작용. 이 기제는 주로 청소년기에 많이 사용된다. 청소년들이 철학적이고 종교적인 주제들에 대한 토론과 사변에 몰두하는 것은 흔히 구체적인 신체감각이나 갈등을 일으키는 생각과 감정을 피하기 위한 시도일 수 있다. 호의적인 환경 속에서 행해지는 건전한 지적 활동은 지식과 지능을 풍부하게 할 수 있지만, 병리적으로 왜곡된 지적 활동은 강박적이거나 편집적인 증상을 야기할 수 있다. 정신분석 치료에서 환자는 종종 정서적 통찰에 저항하기 위한 방어로써 생각과 감정을 분리시키는 주지화를 사용한다.(정신분석용어사전, 2002. 8. 10., 서울대상관계정신분석연구소[한국심리치료연구소])

주 오랫동안 나는 그 방 안에 있는 물건들을 하나도 세심하게 관찰하지 않았다. 삼 년이 지난 후에야 보았다. 왜일까? 그제야 비로소 마음대로 봐도 된다는 느낌이 들었기 때문이다. 변화다. 하지만 중요한 건 언제나 똑같은 방 안의 반복이다. 방이 변하지 않는다는 느낌 말이다. 내 정신분석가도 늘 변함없는 모습이다. 그녀의 목소리도 늘 변함없다. 거기 있겠다고 말한 시간에 언제나 거기 있다. 대기실로 나를 부르기 전까지 일이 초 쯤 기다려야 할 때면, 예전에는 많이는 아니라도 조금은 걱정했었다. 지금은 그것도 끝이 났다. 그녀가 진료실에서 나와 의자에 앉아 있는 나를 부르러 걸어올 때면 나는 그 발소리를 알아듣는다. 그녀의 발걸음은 가벼우며 느리지도 조급하지도 않다. 그러나 대개 그녀는 그 방 안의 일부다. 그녀와 방은 함께 간다. 나는 똑같은 사람이 앉아 있는 똑같은 공간으로 의례적으로 귀환하는 것이다. 그들의 변함없음에 의존할 수 없다면 나는 변화하지 못할 수도 있다. 그 방과 내 분석가가 고정되어 있을 때만 내가 변할 수 있다.

방 안에서의 시간은 방 밖에서의 시간과 다르다. 내 뒤에 있는 숫자판이 달린 커다란 시계가 상담 시간을 알려주지만, 방 안에서는 세상이 느리게 흘러가기 때문에 그 시계의 시간은 딱히 그 시계가 지시하는 시간이 아니다. 가끔 나는 상담이 거의 끝나간다는 걸 몸으로 감지하지만, 간혹 그러지 않을 때도 있다.

이건 지속적 현실이다. 서로에게 말을 하는 방 안의 두 사람. 한 사람이 다른 사람보다 더 많이 말하고, 거기서 이루어지는 대화를 통해 환자의 내면에 움직임이 일어난다. 분석가 역시 움직임을 겪을 수 있고 반드시 움직임을 겪어야 하지만, 중요한 건 환자 안에서 일어나는 변화다. 나와 당신 사이에서 일어나는 변증법적 변화, 스토리텔링, 연상적 비약, 꿈의 묘사, 그리고 그 분석의 공간에서 일어나는 치열한 경청은 프로이트가 남긴 가장 큰 유산이고 가장 위대한 발명이다. 특정한 부류의 대화가 코드화되는 것이다. 베르타 파펜하임[63]의 '대화 치료'는 무수한 형태로 이어지는데, 흥미로운 점은 궁극적이거나 최종적인 테크닉이 없다는 사실이다. 방 안에서 일어나는 일은 이론의 안내를 받지만, 환자와 분석가 사이에 형성되는 세계는 본능적이고 무의식으로 추동되며, 리듬이 있고 감정적이고 모호하기 일쑤인 작업이다.

---

63) Bertha Pappenheim(1859~1936), 오스트리아계 유대인 페미니스트로, 사회복지체제의 기틀을 확립했다. 요제프 브로이어가 제자 지그문트 프로이트와 함께 십 년 동안 치료한 히스테리 환자 '안나 O'로 유명하다.

이런 이유에서 분석 작업은 예술 창작과 비슷한 데가 있다.

아무튼 두 사람 사이에 반복되는 상담 치료는 미지의 사실을 파헤쳐 기지의 조명 속으로 끌고 들어올 수 있다. 그것은 분명 기억하기의 일환이지만, 그중에서도 감정을 담은 기억하기, 혹은 감정에 대한 기억하기이다. 드러나는 기억들은 정확할 필요도 없고, 다큐멘터리적인 의미에서 말 그대로 진실일 필요도 없다. 우리가 가진 자전적 기억들이 얼마나 신빙성 없는지는 이미 잘 알려져 있다. 프로이트는 이런 불안정성을 사후성(事後性, Nachträglichkeit)이라고 불렀다. 기억은 고정된 것이 아니며 변화할 수 있다. 현재가 과거를 바꾼다. 상상과 판타지는 기억에서 중요한 역할을 담당한다. 기억은 수동적이지 않다. 창조적이고 능동적이다. 빌헬름 분트[64]는《심리학 개요Outlines of Psychology》(1897)에서 이렇게 말했다. "현실적으로 상상의 이미지와 기억의 이미지 사이에 선명한 경계선을 그린다는 것은 불가능하다…. 우리의 모든 기억은 '공상과 진실'(Wahrheit und Dichtung)로 만들어져 있다. 기억 이미지들은 우리의 감정과 의지에 영향을 받아 상상의 이미지로 변하고, 우리는 대개 그 이미지들이 실제의 경험과 닮았다는 사실로 스

64) Wilhelm Wundt(1832~1920), 독일의 심리학자 · 철학자. 감각생리학과 영국 연상파聯想派의 심리학을 종합해 실험심리학을 확립했다. 심리학을 직접경험 학문이라 정의하고, 의식의 내관內觀에 따라 분석적으로 포착되는 부분의 기술記述에 전념했다.

스스로를 기만한다."

삶의 기억 중에 감정을 수반하지 않는 것도 있나? 감정은 정확하든 아니든 모든 기억의 기저에 있다. 뭔가를 기억할 때와 상상할 때 두뇌의 똑같은 부위가 작동한다는 신경생물학적 증거가 축적되고 있다. 과거의 자아를 회상할 때뿐 아니라, 미래로 자아를 투사할 때도 마찬가지이다. 그러나 기억은 허구이기 일쑤다. 우리가 없는 기억을 일부러 꾸며내는 것이 아니다. 우리가 거짓말을 하는 것은 아니지만, 그 진실은 다큐멘터리의 진실과는 다르다.

언젠가 동료 작가에게서 이메일을 한 통 받았다. 그녀는 왠지 내게 불만스럽고, 내 반응에 속상해하는 것 같았다. 내가 그녀의 소설에 대해 열렬한 내용을 길게 적어 보낸 기억이 났다. 사실 그 작품이 굉장히 마음에 들었다. 소설이 좋았던 이유도 장황하게 설명했다. 그런데 그 메일을 받지 못한 모양이었다. 내가 그녀에게 보낸 이메일을 찾아 다시 읽어보았다. 내가 쓴 이메일은 다음과 같았다. "아름다운 책이군요. 내면에서 외면으로 물 흐르듯 움직이고, 심리에서 장소로 또 다른 곳으로 이어지네요. 게다가 그 엄밀한 산문이라니… 브라보!" 나는 두 단락을 꽉꽉 채워 써 보냈다고 생각했다. 그런데 사실 머릿속으로 그렇게 생각하고 느끼기만 했을 뿐이다. 내 바람은 현실이 되었지만, 페이지 위에서가 아니라 오로지 내 마음속에서만 그랬을 뿐이다.

내 소설 《남자 없는 여름》에 나오는 등장인물 미아는 "나 자신을 다른 곳에 쓸write 거야"라고 말한다. 이것은 상상의 움직임이다. 나는 여기 머물지 않을 거야. 내 마음속 어딘가 다른 곳으로 멀리 떠나서 다른 사람이 되고, 다른 이야기 속으로 들어갈 거야. 이것은 의식하는 기억의 작용이기도 하다. 나는 과거의 내 자아를 기억하고 그녀를 위한 이야기를 빚어낸다. 나는 미래의 나 자신을 상상하고 그 투사된 자아를 위한 이야기를 준비한다.

나는 소설을 쓸 때면 언제나 의식의 바닥에 깔린 과거의 기억을 파헤쳐 올바른 이야기를 찾아내려 하고 있다는 느낌이 든다. 하지만 어떤 이야기가 올바른지 어떻게 안단 말인가? 어떤 이야기는 옳고 다른 이야기는 틀린지를 어떻게 안단 말인가?

간혹 분석가와 함께 있을 때 나는 기억하려고 애쓴다. 어린 시절을 돌이켜본다. 내 마음을 뒤져 한 조각의 기억, 실마리, 뭔가 도움이 될 만한 것, 명료하게 밝혀주고 설명해주고 보여줄 만한 것, 따뜻하거나 차가운 무엇을 찾아내려 한다. 하지만 아무것도 없다. 막막한 공백뿐이다. 검지도 않고 흰 여백. 어쩌면 페이지의 흰색일지도 모르지만, 그 위에는 아무것도 쓰여 있지 않다.

책에 몰입해 있을 때도 느낌은 비슷하다. 앞으로 무슨 일이 벌어질지 나 자신에게 묻는다. 이건 어째서 틀린 거지? 내가 이 등장인물에 대해 쓰고 있는 글이 어째서 거짓말인 거지? 허구에서 어떻게 거짓말을 할 수가 있지? 그러나 장담하지만 허구에서도 거짓말을 할 수 있다. 진실을 찾게 되면 나는 그것을 알아본다. 그 앎은 무엇일까? 그건 이론적인 것이 아니다. 감정이다.

그 페이지의 문장은 내 안의 어떤 감정에 화답하기 때문에 올바르게 느껴지고, 그 감정은 일종의 기억하기이다.

예술은 언제나 다른 누군가를 위해 창작된다. 그 다른 누군가는 알려진 사람이 아니다. 그 사람에게는 얼굴이 없지만, 그럼에도 불구하고 예술은 절대 소외된 상태에서 창작할 수 없다. 글을 쓸 때 나는 언제나 누군가를 향해 말한다. 그리고 그 책은 나와 그 상상 속 타자 사이에서 창조된다.

예술에서 그 상상 속 타자는 누구일까?

모르겠다. 또 다른 자아?

심리치료에서 분석가는 상상 속 타자인가?

분석가는 절반은 가상이고 절반은 실존하지만, 아마 다른 사람들도 누구나 반은 가상이고 반은 실존 인물일 것이다. 차이가 있다면, 내가 소설을 쓸 때 생각하는 상상 속 타자는 말대꾸를 하지 않는다는 점 정도일까.

전이는 환자와 분석가 사이의 영역에서 일어난다. 전이에 관한 프로이트의 사유는 조금씩 서서히 발전했다. 《히스테리 연구》에서 그는 자신에게 키스하기를 원하는 환자의 욕망을 '잘못된 연결'로 치부했다. 정체성 착오의 사례라는 것이다. 환자는 진심으로 의사에게 키스하기를 원하는 것이 아니라 과거에 사랑하던 대상에게 키스하기를 원하는 것이다. 유명한 도라의 사례에 붙인 추신에서는, 전이가 발전해 좀 더 복잡한 것이 된다. 전이는 옛날에 사랑하던 대상, 예를 들어 어머니나 아버지의 '승화된 버전'과 연관이 있을 테지만, 분석가로부터 어떤 '현실적' 자질을 빌려올 수 있다. 〈기억 · 반복 · 훈습〉에서 독자는 전이가 "인위적 질병을 상징한다"는 말을 듣게 된다. '인위적 질병'이라는 용어는 장 마르탱 샤르코에게서 차용한 것이다. 샤르코는 살페트리에르 병원에서 최면 히스테리 환자를 질병의 "인위적" 상태에 있다고 묘사했다. '인위적'이라는 말에는 암시가 함축되어 있다. 전이는 유도되지 않은 최면의 형태로 보이기 시작한다. 그럼에도 프로이트는 환자와 분석가 사이에 움직이는 강력한 감정은 "실제 경험의 일부"라고 강조한다.

전이는 허구와 현실 양면에 걸쳐 일어난다. 분석가와 사랑에 빠질 때 우리는 부모와의 옛 사랑을 떨쳐내지 못하고 허우적거리는지 모르지만, 우리가 느끼는 숭고한 감정은 거짓이 아니다. 전이되는 사랑을 잘 이해하려면 감정적 현실을 통해야 한다고 생각한다. 우리는 허구적 세계의 사건들에 참여하면서 진짜 감정을 느낄 수 있다.

《창의적 작가와 몽상》에서 프로이트는 유희 · 판타지 · 허구 창작을 연결한다. "창의적 작가는 놀이하는 아이와 같은 일을 한다. 스스로 진지하게 받아들이는 판타지의 세계를 창조하는 것이다. 판타지의 세계와 현실 사이에 날카롭게 선을 긋고 있으면서도 엄청난 감정을 투입한다는 뜻이다."

그러나 과학자들도 놀이를 하고 백일몽에 빠진다. 그리고 자신의 작업에 엄청난 감정을 투입한다.

에른스트 크리스는 에이브러햄 카플란과 협업해서 쓴 논문 〈미학적 모호성〉에 "'사유하는 인간'과 '감정을 느끼는 인간'으로서 과학자와 예술가의 대조는 '이성'과 '감정'이라는 근원적 이원론과 마찬가지로 별 이득이 없다. 추론 과정은 다양한 강도의 감정에 각인되어 있다. 미학적 활동 속에 체현되는 감정은 맹목적인 것이 아니며, 오로지 숙고할 때만 생겨나는 복잡한 패턴을 지닌 구조의 일환으로서 어우러진다"라고 썼다.

감정은 허구적일 수가 없다. 내가 꿈을 꾸거나 책을 읽거나 내 소설 속에서 사람들과 그들의 이야기를 꾸며낼 때 두려움 또는 기쁨을 느낀다면, 비록 그 등장인물들은 현실이 아니더라도 내가 느끼는 사랑과 공포는 현실이다. 바로 이것이 픽션의 진실이다.

간혹 분석가가 뭐라고 대꾸를 해도 내가 그 목소리를 듣지 못할 때가 있다. 그러다 어느 날 분석가가 예전에 자기가 무슨 말을 했는지 말해주면 그때는 그 말이 들린다. 아니, 이것도 딱 맞는 이야기는 아니다. 전에도 그 말을 들었지만 그때는 지금과 같은 의미를 띠지 않았던 것이다. 이제는 그 말들이 소리굽쇠처럼 내 안에서 공명한다. 내가 그 말들을 느낀다. 그 말들은 윙윙거린다. 그 말들은 살아났고 어딘가 달라졌다. 마치 그 말들이 내 신경과 피부와 근육에, 심지어 내 뼈에 딱 달라붙은 느낌이다. 마치 그 말들이 방 안의 공기 중에 부유하고 있다가 닻을 내린 느낌이다.

마르틴 부버는 인간 존재의 토대는 관계적이라고 믿었다. 사람들은 공명하는 의미의 사이-영역들을 만들어낼 수 있다. 부버는 스위스의 정신의학자 루트비히 빈스방거에게 보낸 편지에 이렇게 썼다. "내가 말하는 대화는 필연적 의외성을 내포하며, 그 기본적 요소는 놀라움입니다. 놀라운 상호성이지요." 내가 그 방 안에서 나를 향해 건네진 말들을 죽은 것이 아니라 살아 있는 것으로 들을 때 바로 이런 일이 일어나는 걸까?

이것은 전이와 역전이의 영역이다. 사이는 반드시 느껴져야 한다. 말들은 체현된 놀라움으로 다가온다.

〈에고와 이드〉에 나오는 프로이트가 말한 유명한 구절이 있다. "에고는 무엇보다 먼저 신체 자아body ego이다." 그리고 그 에고에는 의식적인 부분과 무의식적 부분이 있다. 이 신체 자아를 통해 우리는 우리 자신과 타인들을 구분한다. 프랑스의 현상학자 메를로 퐁티도 신체 자아의 존재를 믿었다. 그에게 '나'는 언제나 체현된 자아였다. 우리는 다른 신체 주체와 관계를 맺는 신체 주체이다. 메를로 퐁티는 타자라는 수수께끼가 자아라는 수수께끼 속에 메아리친다고 이해했다. 이 둘은 동일하지 않다. 내가 나를 느끼는 방식으로 너를 느낄 수는 없다. 그러나 우리는 둘 다 '투명하지' 않다. 네 안에, 또 내 안에 낯섦이 존재한다.

나와 너, 그리고 그 사이의 세계는 의식적 기억 이전에 시작된다. 유아는 음악적으로, 몸짓을 통해, 촉각을 통해 어머니와 상호작용을 한다. 아기는 원시 대화proto-conversation를 하며, 아직 반성적 자의식이 없이 타자와 전前반성적, 전前개념적, 체현적 관계를 맺는다. 이런 초기 상호작용은 두뇌 발달에 필수적이다. 생후에 변화하는 신피질에도 중요하지만 이런 상호작용을 통해 사전작업을 하는 정서체계에도 몹시 중요하다. 유아기에 우리는 감정을 경험에, 프로이트의 말을 빌리면 쾌락-고통의 연속에 연결시키기 시작한다. 그리고 감정과 경험의 연결고리들은 반복을 통해 우리가 이해하는 세계의 의미를 만들어낸다. 부모와 자식 사이에 먼저 선율이 만들어지고, 그다음에 각자 박자와 음조를 알아보는 법을 터득하게 된다. 말을 하기 전에 우리는 관계적 음악의 피조물이다.

나는 그것이 어떻게 나를 형성했는지 알지 못하고, 어떻게 그 이야기가 전개되었는지 영원히 말로 표현하지 못할 테지만, 일상의 시간성과 내가 살아가는 일상적 방들로부터 봉인된 분석의 시공간, 바로 지금 이곳에서 내 삶이 매일 반복되는 패턴을 볼 수 있게 된다.

루이스 애런은 내담자에 대한 분석가의 반응에서 "두 사람 사이에 이미 정립된 다양한 조정과 리듬들에 대해 분석가가 환자의 필요와 시각에 맞춰주는 조정 행위가 투영되어야만 한다"고 설명한다.

부버가 말한 놀라운 상호성은 분석가에게는 반가운 일이다. 놀라운 상호성은 음악적 변주로 도래한다. 한밤중에 울리는 사이렌이나 비명소리 같은 충격으로 다가오지 않는다.

글을 쓸 때 나는 언제나 몸으로 문장의 리듬을 느낀다—키보드를 두들기는 내 손가락과 모니터에 찍히는 어휘들 사이의 관계를 느낀다. 리듬이 잘 흘러갈 때도 잘못 흘러갈 때도 그것을 안다. 그것은 어디서 오는 걸까? 그것은 일종의 신체 기억이다. 감정적으로 공명하는 일종의 움직이는 음악kinetic music 이다.

대부분의 글쓰기는 무의식적이다. 문장들이 어디서 오는지 나는 알지 못한다. 글쓰기가 잘될 때는 잘 안 될 때보다 더 모른다. 세계가 알아서 자라나고 해결책이 저절로 나타난다.

수학의 경우, 목적은 다르지만 수단은 다르지 않다. 창의성도 마찬가지이다. 위대한 수학자이자 물리학자인 앙리 푸앵카레[65]는 어떤 발견에 대해 이런 글을 남겼다. "어느 날 밤, 나는 평소 습관과 달리 블랙커피를 마셨고, 잠을 이루지 못했다. 아이디어들이 무리지어 피어올랐다. 그 아이디어들이 서로 충돌하다가 쌍을 이루어, 말하자면, 안정된 조합을 이루는 느낌을 받았다. 다음날 아침이 되었을 때, 나는 이미 푸크스 함수 집합의 존재를 증명한 후였다. 초超기하급수에서 나오는 부류의 집합이었다. 결과를 적기만 하면 되었고, 그 일은 몇 시간밖에 걸리지 않았다."

---

65) Jules Henri Poincaré(1854~1912), 프랑스의 수학자 · 물리학자 · 천문학자 · 과학사상가. 수학에서는 수론 · 함수론 · 미분방정식론에 업적을 남겼으며, 물리학에서는 전자기파론 · 양자론 · 상대성이론에 공헌했고, 그 밖에 과학비평 분야에서도 활약했다.

그 무리와 충돌은 무엇이었을까? 아이디어와 해결책은 상호 작용과 대화를 통해 부상한다. 밖이 안으로 움직여, 안이 밖으로 움직일 수 있게 된다.

D. W. 위니콧은 유아와 어머니 사이의 관계를 탐구했다. 그에 따르면, "내가 볼 때 나는 보이고, 따라서 존재한다. 이제 나는 의식적 · 무의식적으로 볼 수 있는 여유가 생긴다."

내가 의식적으로 너를 볼 때, 나는 무의식에서 나와 비슷한 어떤 것을 본다. 우리가 서로 말을 섞을 때, 너의 얼굴이 내 얼굴의 자리를 차지한다. 나는 나 자신의 얼굴을 볼 수 없다.

프랑스 철학자 엠마뉘엘 레비나스[66]는 우리의 얼굴이 벌거벗었다는 점을 지적한다. 그는 이것을 '점잖은 벌거벗음'이라고 표현한다. 우리가 몸의 다른 부위를 가리듯 우리 얼굴에 옷을 입히지 않는다는 점에서 그의 말은 옳다. 얼굴을 맞대고 있을 때, 우리는 서로에게 노출되어 있다.

---

66) Emmanuel Levinas(1906~1995), 리투아니아 출신의 프랑스 철학자. 후설의 현상학과 유대교의 전통을 바탕으로 서구 철학의 전통적인 존재론을 비판하며 타자他者에 대한 윤리적 책임을 강조하는 윤리설을 발전시켰다.

심리분석을 받을 때, 나는 분석가 안에서 분석가를 통해 나 자신을 발견한다. 끝없는 신경증의 반복, 까마득한 옛날부터 내 안에 도사리고 있었지만 미처 눈치 채지 못했던 경험과 정서의 패턴들을 짚어보면서, 나는 서서히 나 자신에 대한 관점을 수정했다. 어떻게 그런 일이 일어났을까? 그리고 그것은 예술 창작과 어떤 관계가 있을까?

소설 속 등장인물들은 옛 사랑의 대상들의 '승화된 버전'일까? 허구의 창작은 또 다른 형태의 전이일까?

전이가 분석에 국한될 리 없다는 프로이트의 말은 확실히 옳다. 우리는 이 세상에서 살아가며 계속해서 다른 여러 종류의 전이와 역전이에 사로잡힌다. 내가 어떤 사람을 위협적이거나 혐오스럽거나 매력적이라고 느끼는 이유는 내 안에 내 기억에서 도출된 어떤 특질이 있고, 그것이 내가 개인적으로 세계를 해석하는 방식의 일부가 되었기 때문이다.

승화[67]는 모호한 개념이다. 항상 심리적 변동성, 욕망과 그 대상이 연루되기 때문이다. 프로이트는《신新정신분석 개론 강좌New Introductory Lectures of Psychoanalysis》에 대상에 대한 본능이나 충동의 관계가 변화할 수 있다고 썼다. "우리의 사회적 가치평가를 고려해 목적이 일부 수정되고 대상이 변화하면, 우리는 그것을 '승화'라고 묘사한다." 인간은 승화한다. 쥐와 박쥐들은 그러지 않는다. 이런 사유의 요점은 변화이다. 본능적 욕동은 지적이건 예술적이건 온갖 종류의 창조적 작업으로 승화될 수 있다. 그렇지만 예술 창작이 방어인가? 병적인 것인가? 프로이트는 이것에 대해 확실히 말하지 못하고 말을 얼버무린다. 한스 뢰발트[68]는 승화를 다른 방향으로, 즉 상징적 형성 쪽으로 돌렸다. 승화나 내면화는 "더 상위의 조직과 더 풍요로운 정신적 삶으로 인도한다." 내게는 이 말이 좀 더 정확해 보인다. 허구를 창작하는 행위는 깨어 있으면서 꿈을 꾸는 것과 비슷한 데가 있지만, 여기에는 내면화가 또한 외면화이

---

67) sublimation, 정신분석학 용어로, 본능적 욕동 에너지가 자아와 초자아에게 보다 용납될 수 있는 목표를 위해 전환되는 것을 일컫는다. 프로이트는 이것을 두 가지 방식으로 정의했다. 첫 번째로 승화는 본능적 욕동을 최초의 목표나 대상으로부터 보다 사회적 가치를 지닌 것으로 옮겨놓음으로써 억압의 필요성을 제거하는 것으로 간주하는 방식이다(1905). 프로이트는 모든 행동은 리비도 욕동에서 유래하고 그 욕동에 의해 힘을 얻는다고 제안했는데, 이 욕동의 목표는 종종 문화적이고 사회적인 요구들과 갈등을 일으킨다고 보았다. 이 가설은 비성적이고 비갈등적인 활동들, 즉 예술적 창조, 일, 유머 등 사회적 가치를 설명하려는 그의 노력에서 나온 것이다. 승화라는 말은 두 가지 원천에서 유래되었다: (1)순수한 형태의 원물질을 만들기 위해 열을 가해서 고체를 증류시키고, 그것을 다시 식혀서 재응축시키는 화학적 과정; (2)시시하고 천박한 것에 반대되는 장엄한 것에 대한 시적 은유. 따라서 사회적으로 가치 있는 행동이란 최초의 '천박한' 욕동이 보다 '순수하고' '장엄'한 것으로 변한 것을 말한다. 프로이트는 원래 승화를 본능적 욕동의 변천 현상으로 간주했지만, 나중에는 이것을 자아의 기능, 즉 방어의 특별한 형태로 보았다.(출처: 정신분석용어사전)

68) Hans Loewald(1906~1993), 유대계 독일 정신분석학자

기도 하다는 사실이 빠져 있다. 예술작품은 세계 속으로 여행을 떠나도록 만들어진다.

어째서 어떤 사람들은 자기가 창조한 세계 속에서 사는 걸까? 어째서 어떤 사람들은 가상의 존재들을 만들어 책의 페이지 속에서 살게 만들어야겠다는 충동을 느끼는 걸까?

조제프 주베르[69]는 "이 세계로 만족할 수 없는 사람들"이라고 말했다. "철학자들, 시인들, 그리고 책을 읽는 모든 독자들."

창의성은 결코 단순히 인지적 조작이나 정신적 훈련의 문제가 아니다. 자아/정신/신체의 깊은 곳에서 온다. 기억과 잠재의식적 앎과 정서적 현실에 의해 방향이 정해진다. 글쓰기는 힘들지만 나는 글을 쓰고 싶다. 간혹 다른 때보다 더 힘들 때도 있다. 한 줄도 못 쓰는 상태가 아주 오래 지속된 적은 없지만, 진척이 느렸던 적은 있다. 매우 느렸다. 내 경우, 글쓰기가 느려지는 것은 언제나 두려움과 관련이 있었다. 언제나 글로 쓸 소재를 똑바로 대면하지 못하는 무능력의 문제였다.

---

69) Joseph Joubert(1754~1824), 프랑스의 작가이자 비평가.

힐다 둘리틀은 훗날 H. D.라는 이름으로 알려진 미국의 이미지주의 시인이다. 1933년 처음 프로이트와 정신분석을 시작했을 때 그녀는 마흔여섯 살이었고 여러 차례 사별을 겪은 후였다. 아기였던 두 여동생, 어머니, 남동생, 아버지가 세상을 떠났고, 딸을 유산했다. 1차 세계대전의 끔찍한 잔혹상으로 인한 외상후증후군도 앓고 있었다. 그리고 글을 쓸 수 없었다. H. D.는 글 쓰는 능력을 완전히 잃어버렸다.

그들의 첫 만남이 내 흥미를 끈다.

프로이트가 기르는 차우차우[70] 요피가 두 사람과 함께 방 안에 있었다. H. D.가 그 개 쪽으로 다가가자 프로이트는 이렇게 말한다. "만지지 마요. 성깔을 부립니다. 낯선 사람한테는 무척 까다로워요." 그러나 H. D.는 물러서지 않고, 개는 그 시인의 손에 코를 비빈다. 그녀는 이렇게 썼다. "내 본능이, 말로는 그렇지 않지만, 교수에게 도전한다…. 성깔을 부린다, 정말 그런가? 당신은 나를 낯선 사람이라고 부르는가?"

H. D.는 정신분석 초반부터 이미 낯선 사람이 되고 싶지 않

---

70) 중국 원산의 개 품종. 중형견으로 생김새가 사자와 곰을 닮았다.

았던 것이다. 그녀는 그가 자신을 알아주고 인정해주면 좋겠다는 바람을 갖고 있었다. 프로이트 교수에게서 자기 자신을 보기를 원했다. 내가 상상하는 그녀의 생각은 이렇다. "나는 이런 도전을 당신에게 말로 분명히 표현하지 못할지 모르지만, 특별한 재능을 가진 사람이에요. 개와 나는 저변에 숨겨진 소통 능력을 갖고 있는데, 위대한 교수인 당신은 그걸 감지하지 못했죠. 그러니까 내가 당신의 틀린 의견을 고쳐주는 거예요."

H. D.는 프로이트를 사랑했다. 두 사람은 함께 그녀 내면의 변화를 창출했고, 그녀는 분석에서 그 변화를 얻어갔으며, 그래서 그녀가 〈프로이트에게 바치는 찬가〉를 썼고, 프로이트를 만나기 전보다 만난 뒤에 훨씬 더 많은 글을 쓸 수 있었다. 그녀가 쓴 글은 여전히 난해하고, 분석 작업의 여러 반전과 변화는 명백하지 않다. 그 글을 일관된 서사나 테크닉 또는 이론으로 환원할 길도 없다. 그런데 그녀의 텍스트 전체를 관통하는 후렴이 하나 있다. 그 후렴을 보면 나는 미소를 머금게 된다. "교수가 언제나 옳은 건 아니었다."

저항일까? 그렇다, 물론이다.

저항은 내가 알아볼 수 있는 어떤 것이다. 나는 두려울 때 저항한다. 귀머거리에 눈이 멀고, 벙어리가 되고, 텅 빈 흰 페이지 말고는 아무것도 기억하지 못한다.

내 입에서 나오는 모든 말은 건조하다. 메마른 글자들. 지성화—나의 방어.

책이 어딘가 잘못되었을 때도 비슷하다. 앞으로 무슨 일이 벌어질까? 이 사람은 누구인가? 내 마음은 텅 빈다. 정말로 무슨 일이 일어났는지 기억하려고 하지만 그럴 수가 없다. 기억하려고 애쓴다. 새겨진 글씨는 아무것도 없다. 나오는 문장도 형편없다. 죽죽 줄을 그어 지워버리고 다시 시작한다.

항상 옳은 사람은 없다. 분석가는 신이 아니다. 예외적으로 환자가 분석가를 신으로 바꿀 수 있기는 하다. 하지만 그것은 대개 일시적 현상이다. 분석가는 절대로 하늘에서 상담 과정을 내려다보는 객관적인 제3자가 아니다. 정신분석에서 '중립성'이라고 일컫는 개념은 자연과학에서 그대로 수입한 것으로, 방 안의 두 사람 사이에 오가는 교류가 주관성과 암시로 엉망이 되어버릴지도 모른다는 두려움에서 생겨난 것이지만, 마술이 일어나는 지점도 바로 그곳이다.

빈에 왔을 때 H. D.는 사별의 슬픔에 빠져 있었지만, 한편으로는 완강한 자기 확신도 있었다. H. D.는 신비주의자였다. 그녀는 케르키라 섬에서 환각을 체험했다. 벽에 나타나는 글씨를 본 것이다. 심오한 의미를 띤 마법의 상형문자였다. H. D.는 〈찬가〉에서 프로이트가 '증상'이라고 보았던 것을 자신은 '영감'이라고 생각한다는 점을 분명히 밝히고 있다.

Weltanschauung, 즉 공유한 세계관에 대한 합의는 분석의 조건이 아니다.

H. D.는 분석을 하면서도 내내 변함없이 신비주의자였고, 분석이 끝난 후로도 오래도록 신비주의자였다. 하지만 증상과 영감은 상충하는 것인가? 나 역시 이런저런 '증상'들이 거듭 영감이 되었다. 편두통 기운, 청각적 환각, 경련, 그리고 훨씬 더 애매한 통증과 증상들이 여러 권의 책으로 쓰였고, 소설들 속에서 재창조되었고, 이런저런 방식으로 내 등장인물들로 체현되었다. 증상과 영감은 같은 것이고 하나다.

그러나 어떤 증상들은 창의성을 차단한다.

어떤 증상들은 목을 옥죄어온다. 끔찍하게 무섭다. 삶과 일에 장애가 된다.

글이 써지지 않고 막히는 건 증상이다. 어째서 나는 진실을 차단했을까?

H. D.는 글이 써지지 않는 상태를 끔찍이도 싫어했지만 환각은 사랑했다. 내가 일부 증상들—환각과 전조 증상과 간질간질하고 붕 뜨는 느낌들—에 애착을 갖는 것처럼, 그녀 역시 환각에 애착을 가졌다. 이런 증상들은 종국적으로 볼 때 양성의 무해한 증상이다. 자아의 창의적 서사에 병합되기 때문이다.

피터 윌슨은 〈예술적 창의성에서 적응성 과대 성향의 필수적 역할〉이라는 논문을 썼다. 윌슨은 오토 랑크[71]와 하인츠 코헛[72]을 제외한 대다수 정신분석학자들은 과대 성향이 유아적이고 창의성을 방해한다고 주장했지만 자신은 그런 진부한 인식에 반대한다고 썼다. 적응성 과대 성향은 "위대한 예술가가 될 잠재력이 있다는 벅찬 자기 확신, 예술가 스스로 자신의 감

71) Otto Rank(1884~1939), 오스트리아의 정신분석가. 프로이트로부터 정신분석을 배웠다. 출산에 따르는 분리현상을 중시한 출산외상학설을 세우고 스스로의 방법을 의지요법 will therapy이라고 칭했다.

72) Heinz Kohut(1913~1981), 오스트리아계 미국인 정신분석가.

정 · 인식 · 감각 · 기억 · 사유와 경험이 지니는 독창성에 지극히 높은 가치를 두는 것"이다. H. D.에게는 처음부터 이런 성향이 있었다. 그녀는 '과대 성향'의 확신을 끝내 놓지 않았다.

내 딸은 가수이자 음악가이며 작곡가이다. 얼마 전 그애가 전화로 나에게 이런 말을 했다. "엄마, 당연히 나 자신을 믿지 않고서는, 내 작품이 훌륭하고 음악에 뭔가 공헌할 수 있다고 믿지 않고서는 이 일을 할 수 없을 거예요." 내가 말했다. "그런 믿음 없이 살 수 있는 예술가는 이 세상에 없단다."

모든 예술가는 거절 · 비평 · 오해를 비롯해 예술을 창작하는 삶이 가져오는 수많은 형태의 불행에 맞서기 위해 적응성 과대 성향이 필요하다. 그리고 소녀들과 성인 여성들의 경우에도, 끝없는 성차별주의—성차별주의는 보호자연하는 태도, 생색, 두려움과 편견 등 다양한 형태로 찾아온다—에 맞서기 위해 상당한 과대 성향이 필요하다. 그러나 무엇보다도, 이 부풀려진 자아의식이 다급한 마음을 불러일으킨다는 사실이 중요하다. 그 덕분에 열심히 일해야 할 필요성—해야 할 일을 해내야 할 필요성—과 그럴 가치가 있다는 도착적 믿음이 생겨난다는 말이다.

에밀리 디킨슨은 혼자서 시를 썼다. 그 파격적이고 천재적인 시들은 읽을 때마다 내 의식을 쓰라리게 불타오르게 한다. 그녀는 시 몇 편을 당대의 저명한 문학 비평가였던 토머스 웬트워스 히긴슨에게 보냈다. 히긴슨은 그녀의 작품에 전혀 공감을 못한 건 아니었지만 자신이 영어 자체를 재창조한 작가의 작품을 읽고 있다는 사실을 이해하지 못했다. 그녀의 새로운 음악을 알아보지 못했다. 그녀의 작품을 수정하고 주름을 반듯이 펴주고 싶은 충동을 느꼈다. 그래서 그녀에게 아직 시를 출간할 준비가 되지 않은 것 같다고 말했다.

1862년 6월 8일, 그녀는 답장을 보냈다. "선생님은 제 운보韻步가 '발작적'이라고 생각하시죠—제가 위험에 처했네요. 선생님은 제가 '전혀 통제되지 않는다'고 생각하시죠—제게는 재판소가 없답니다."

디킨슨은 시를 바꾸지 않았다. 히긴슨에게 보낸 답장에는 아이러니가 있다. 아이러니는 심판에 대한 모호한 언급을 얇은 베일처럼 두르고 있다. 그녀에게는 심판관도 없고, 그녀의 편을 들어줄 법정도 없으며, 상상 속에서 말고는 아무런 권력도 없다. 그녀는 거의 다 남자들로 채워진 문학적 풍경 속에 사는 외로운 여인이다. 그녀 시대에 재판관은 대부분 남자들로 구성되었다. 그렇지만 "교수가 언제나 옳은 건 아니었다." 적응성 과대 성향이 없었다면 디킨슨은 계속 글을 쓰지 못했을 것이다.

그러나 디킨슨이 자기 자신만을 위해 글을 쓰지는 않았다는 사실은 명백하다. 에밀리 디킨슨이 먼저 히긴슨을 찾았다는 사실이 중요하다. 그녀의 작품은 근본적으로 대화적이다. 그녀는 끝없이 질문을 던지고 그 질문에 답한다. 직접적이 아니라, 비딱하게 답한다. 내면의 대화는 언제나 자아를 둘로 분리하는 것이고, 반성적 자의식의 작업이다. 나는 나 자신을 나 자신에 대한 타자로 생각할 수 있다. 이야기를 해보자, 이렇게. 내 내면의 화자는 끝없이 파트너와 논증을 하고 있다. 보통 그 파트너는 다른 견해를 갖고 있는 지기 싫어하는 타자다. 나는 종종 내 마음속 발화에서 두 사람이다. 상징적 재현이라는 본질상, 언어는 자아를 자아로부터 소격한다. 타자는 언제나 '내' 안에 숨어 있다.

히긴슨은 진짜 타자였지만 실망스러웠다. 위트가 없는 재판관이었다.

나는 H. D.와 에밀리 디킨슨의 이런 이야기들에 마음이 끌린다. 그 이야기들은 나 자신의 동일시, 투사, 이제는 내가 상담에 가서 말할 수 있는 새로운 우화들로 생생하게 살아 움직이기 때문이다. 그 이야기들은 내 '치료'에 도움이 된다.

나는 상자 하나를 열어 날뛰는 괴물들을 날려 보냈다.

그 상자를 열면 일종의 승리감을 느끼게 될 거라는 사실을 내가 미리 알았을 리가 없다.

예술가와 정신분석가에 대한 신화가 하나 있다. 예술가가 광기를 잃으면 예술을 잃을 거라는 생각, 낭만적인 생각이다. 정신질환과 천재성은 쌍을 이룬다. 미친 부분을 잃는다는 것은 창조력을 잃는 것이다. 정신질환 환자들에게 글쓰기를 가르쳤을 때, 나는 정신증 환자들이 정신증이 없는 사람들보다 언어적 재능이 뛰어난 경우가 많다는 사실을 알게 되었다. 그러니 이 신화는 어느 정도 진실을 담보하는 셈이다. 정신증에서는 일상적인 생활을 구성하는 클리셰의 발화가 사라져버린다. 그러나 정신증을 앓는 환자들 중 극소수만 예술가다.

심리치료는 내 창의성을 앗아가지 않았다. 나를 해방시켜 나의 예술을 하게 해주었다.

프로이트는《꿈의 해석》에서 실러를 인용한다. 실러는 분출하는 창조력에 대해 이렇게 쓰고 있다. "이성이… 대문을 감시하는 시선을 늦춘다." 손을 놓아버리는 것이 과연 이성인가? 픽션은 논리로 만들어지지 않지만, 그 나름의 논리, 정서로 추동되는 논리를 따라야만 한다.

긴장 완화는 창의성에 필수적이다. 온몸의 긴장을 풀고 저변에 있는 것에 열린 상태를 유지할 때 최고의 작업을 할 수 있다. 실러는 이 사실을 알고 있었다. 긴장 · 불안 · 두려움은 밤보다는 낮 동안 밝혀지는 필수적 소재—꿈의 작업 혹은 일종의 꿈의 작업—의 분출을 금제한다.

나는 예술이 '사이the Between'의 세계에서 태어난다고 믿는다. 생애 초기의 리듬과 음악과 얽혀 있다고 믿는다. 또한 예술이 내면의 삶에서 나와 페이지 위로, 나에게서 가상의 타자에게로 움직이는 전이의 형태로 태어난다고 믿는다. 나는 말 그대로가 아니라 감정적 진실을 이야기하는 것이다.

나는 느낌으로 진실을 안다.

조르주 페렉은 장 베르트랑 퐁탈리스와 사 년 동안 정신분석을 하고 나서 〈전략의 풍경〉을 썼다. 페렉의 텍스트는 정신 분석에서 일어난 변화들을 명확하게 묘사하지 않는다. 그렇다고 이론적이지도 않다. 지루함 · 반복 · 권태가 있다. 말, 말, 말. 페렉은 말을 한다. 나도 말을 한다. 우리는 한도 끝도 없이 달변이지만, 달변이 결코 변화는 아니다.

그는 이렇게 쓴다. "뭔가가 그냥 열렸고 열리고 있다. 말하기 위한 입, 글을 쓰기 위한 펜. 뭔가가 움직였고, 움직이고 있고, 따라 그려지고 있다. 종이 위 잉크의 구불구불한 선, 풍만하지만 또한 가녀린 뭔가가."

"이 반복적이고 진을 빼는 곡예로부터 내가 떨치고 일어나게 해주고 나 자신의 이야기와 나 자신의 목소리에 닿을 수 있게 해준 실제의 움직임에 대하여, 나는 그저 끝도 없이 느렸다는 이야기만 하려 한다. 그것은 분석 그 자체의 움직임이었지만, 나는 그 사실을 한참 뒤에야 깨달았다."

내 분석은 끝나지 않았지만 나는 그 궤적을 느끼고 있다. 내가 지금 얼마나 멀리까지 움직여왔는지, 얼마나 많은 것을 등지고 떠나왔는지 볼 수 있다. 끝이 보인다.

분석에서 나온 일부 이미지들:

첫 해의 꿈: 나는 들것에 묶여 수술을 받으러 실려가고 있다. 의사는 거기에 없다.

내 부모님은 분석가의 어깨에 앉아 있는 두 명의 릴리풋 난쟁이들이다.

나는 그녀에게 물건들이 놓인 쟁반을 내민다. 그 위에는 더러운 돌멩이, 찰흙 덩어리, 철사와 밧줄 조각들이 놓여 있다. 한때 내 안에 있던 물건들이다. 그 이미지가 안도감을 준다.

그녀는 한 번도 나를 밀어붙이지 않았다. 나는 강요를 싫어한다.

그리고 기다렸다.

나 자신이 묶였다가 풀려나는 느낌을 받았다.

하루는 내가 그녀에게 말했다. "나는 내가 가진 힘을 즐기고 있어요." 나는 내 권위를 가지고 놀고, 그것에 대해 생각하고,

찾아내고, 취하고 있다.

권위는 과대 성향 이상이다. 권위는 세계 안에 있다.

나는 예전 같으면 쓰지 못했을 글을 썼다.

나는 이제 페이지 위에서 춤추고, 신나게 뛰놀고, 울부짖고, 엄살 부리고, 분노하고, 훈계하고, 침을 뱉는다.

이 모든 것은 그 방에 대한 것이고, 그 방에서 나온 것이고, 그 방 안에 있는 것이다. 내가 자유를 찾은, 나와 너 사이의 그 이상한 장소 말이다.

미주

• **여자를 바라보는 남자를 바라보는 한 여자**

1. Introduction, 《Picasso on Art: A Selection of Views》, ed. Dore Ashton (New York: De Capo Press, 1972), 11p에서 인용.
2. "Letter to a Woman Painter," in 《Max Beckmann: Self-Portrait in Words: Collected Writings and Statements, 1903~1950》, ed. Barbara Copeland Buenger, trans. Barbara Copeland Buenger and Reinhold Heller (Chicago: University of Chicago Press, 1997), 314p.
3. "Interview," in Selden Rodman, 《Conversations with Artists》(New York: Capricorn, 1961), 102p.
4. Leon Edel, 《Henry James: A Life》 (New York: Harper & Row. 1985), 250p에서 인용.
5. E. H. Gombrich, 《Aby Warburg: An Intellectual Biography, With a Memoir of the History of the Library by F. Saxl》 (Oxford: Phaidon, 1986), 88f에서 인용.
6. Mariann Weirich and Lisa Feldman Barrett, "Affect as a Source of Visual Attention," in 《The Social Psychology of Visual Perception》, ed. Emily Balcetis and G. Daniel Lassiter (New York: Psychology

Press, 2010), 140p.

7. Maurice Merleau-Ponty, 《Phenomenology of Perception》, trans. Colin Smith (London: Routledge & Kegan Paul, 1962), 350~353p.
8. Arlene S. Walker-Andrews, "Infants' Bimodal Perception of Gender," 〈Ecological Psychology 3〉, no.2 (1991): 55~75p.
9. Mark A. Russel, 《Between Tradition and Modernity: Aby Warburg and the Public Purposes of Art, 1896~1918》 (New York: Berghan Books, 2007), 119p에서 인용.
10. John Richardson, 《A Life of Picasso: The Triumphant Years, 1917~1932》 (New York: Knopf, 2010).
11. Brigitte Léal, "For Charming Dora: Portraits of Dora Maar," in 《Picasso and Portraiture: Representation and Transformation》, ed. William Rubin (New York: The Museum of Modern Art, Abrahms, 1996), 395p에서 인용.
12. Griselda Pollock, 《Vision and Difference: Feminism, Femininity, and the Histories of Art》 (London: Routledge, 1988), 218p에서 인용.
13. Ann Eden Gibson, 《Abstract Expressionism: Other Politics》 (New Haven: Yale University Press, 1997), 135p에서 인용.
14. Max Beckmann, "Thoughts on Timely and Untimely Art," in Buenger, 116p.
15. Ibid. 117p.
16. Alfred H. Barr, 《German Painting and Sculpture, Museum of Modern Art》 (New York: Plandome Press, 1931), 7p.
17. Karen Lang, "Max Beckmann's Inconceivable Modernism," in 《Of 'Truths Impossible to Put Into Words: Max Beckmann Contextualized》, eds. Rose-Carol Washton Long and Maria Makela (Oxford: Peter Lang, 2008), 81p.
18. Max Beckmann, "The Social Stance of the Artist by the Black Tightrope Walker." in Buenger, 282p.
19. Max Beckmann,"Wartime Letters: Roeselare, Wervicq, Brussels", in

Buenger, 160p.
20. Jay A. Clarke. "Space as Metaphor: Beckmann and the Conflicts of Secessionist Style in Berlin," in Washton, Long, and Makela, 79p.
21. Max Beckmann. "Letters to a Woman Painter," in Buenger, 317p.
22. John Elderfield, 《De Kooning: A Retrospective (New York: The Museum of Modern Art, 2011)》, 27p에서 인용.
23. Ibid.
24. Julia Kristeva,"Women, Psychoanalysis, Politics," 《The Kristeva Reader》, ed. Toril Moi, trans. Seán Hand and Leon S. Rudiez (New York: Columbia University Press, 1986), 297~98p.
25. Mark Stevens and Annalyn Swan, 《De Kooning: An American Master》 (New York: Knopf, 2004), 515p.

• 안젤름 키퍼: 진실은 언제나 회색이다

1. Mark Rosenthal, 《Anselm Kiefer》 (Chicago and Philadelphia:Prestal Verlag, 1987), 17p에서 인용.
2. Pauli Pylkkö, 《The Aconceptual Mind: Heideggerian Themes in Holistic Naturalism》(Amsterdam: John Benjamins Publishing Company, 1998), xviii.
3. Michael Auping: "Heaven is an Idea: An Interview with Anselm Kiefer," 《Heaven and Earth》(Fort Worth: Prestal Verlag, 2004), 39p에서 인용.
4. Rosenthal, 26p.
5. Sabine Eckmann, "I like America and America Likes Me: Responses from America to Contemporary German Art in the 1980's," in 《Jasper Johns to Jeff Koons: Four Decades of Art from the Broad Collections》(Los Angeles: Harry N. Abrams, 2002), 175p.
6. Heinrich Heine, 《Almansor: Eine Tragödie》(North Charleston: Create Space Independent Publishing Platform, 2013), 12p.

7. Lisa Saltzman, 《Anselm Kiefer and Art After Auschwitz》(Cambridge: Cambridge University Press, 1999), 17~47p.
8. Robert Storr, "Interview," in 《Gerhard Richter: Forty Years of Painting》(New York: Museum of Modern Art, 2002), 303p에서 인용.
9. Pierre Joris, "Celan/Heidegger: Translation at the Mountain of Death," wings.buffalo.edu/epc/authors/joris/todtnauberg.html.에서 인용.
10. James K. Lyon, 《Paul Celan and Martin Heidegger: An Unresolved Conversation: 1951~1970》(Baltimore: Johns Hopkins University Press, 2006), 97p.
11. John Feldstiner, 《Paul Celan: Poet, Survivor and Jew》(New Haven: Yale University Press, 1995), 56p.
12. Paul Celan, 《Selected Poems and Prose, trans. John Feldstiner》(New York: Norton, 2001), 30p.
13. Ibid., 31p.

• 글 쓰는 자아와 정신과 환자

1. 〈Studies on Hysteria(1893~1895)〉 vol. 1 in 《The Standard Edition of the Complete Works of Sigmund Freud》, ed. James Strachey (London:Hogarth Press and the Institute of Psycho-Analysis, 1966), 160p.
2. Henrik Walter, "The Third Wave of Biological Psychiatry," 〈Frontiers in Psychology 4〉 (2013): 582p.
3. Ibid., 588p.
4. Ibid., 590p.
5. Wilhelm Griesinger, 《Mental Pathology and Therapeutics》, 2d ed., trans. C. Lockhardt Robertson and James Rutherford (London: New Sydenham Society, 1867),
6. Katherine Arens, "Wilhelm Griesinger: Psychiatry Between Philosophy and Praxis," 〈Philosophy, Psychiatry, and Psychology 3〉

(1966): 147~63p 참조.

7. Griesinger, 130p.
8. Walter, 592p.
9. Karen A. Baikie and Kay Wilhelm, "Emotional and Physical Health Benefits of Expressive Writing, 〈Advances in Psychiatric Treatment 11〉 (2005): 338p.
10. Ibid., 342.
11. Stanislas Dehaene et al., "Illiterate to Literate: Behavioral and Cerebral Changes Induced by Reading Acquisition," 〈Nature Reviews Neuroscience 16〉 (2015): 234~44p.
12. Mariana Angoa-Pérez et al., "Mice Genetically Depleted of Brain Serotonin Do Not Display a Depression-Like Behavioral Phenotype," 〈ACS Chemical Neuroscience 5〉, no. 10 (2014): 908~19p; David Healy, "Serotonin and Depression: The Marketing of a Myth," British Medical Journal (2015): 350:h1771 참조.
13. Nathan P. Greenslit and Ted J. Kaptchuk, "Antidepressants and Advertising: Psychoparmaceuticals in Crisis," 〈The Yale Journal of Biology and Medicine 85〉 (2012): 156p에서 인용.
14. Irving Kirsch and Guy Saperstein, "Listening to Prozac but Hearing Placebo: A Meta Analysis of Antidepressant Medication." 〈Prevention and Treatment 1〉 (1998): Article 0002a, http://journals.apa.org/pt/prevention/volume1/pre00100002a.html.
15. M. M. Bakhtin, 《The Dialogic Imagination: Four Essays》, ed. Michael Holquist, trans. Caryl Emerson and Michael Holquist(Austin: University of Texas Press, 1981), 280p.
16. Robert J. Campbell, 《Campbell's Psychiatric Dictionary》, 8th ed.(Oxford:Oxford University Press, 2004), 697p.
17. Kraepelin's patient, Peter McKenna and Tomasina Oh, 《Schizophrenic Speech: Making Sense of Bathroots and Ponds that Fall in Doorways》 (Cambridge: Cambridge University Press, 2005), 2에서 인용.

18. Maurice Merleau-Ponty, 《Phenomenology of Perception》, trans. Colin Smith (London: Routledge & Kegan Paul, 1962), 193p.
19. Linda Hart, 《Phone at Nine Just to Say You're Alive》(London:Pan Books, 1997), 352~53p.
20. Siri Hustvedt, "Three Emotional Stories," in 《Living, Thinking, Looking》(New York: Picador, 2012), 175~195p 참조.
21. Joe Brainard, 《I Remember》, ed. Ron Padgett(New York: Granary Books, 2001).
22. Siri Hustvedt, 《The Shaking Woman or A History of My Nerves》(New York: Henry Holt, 2009), 62p.
23. Jared Dillian, 《Street Freak: Money and Madness at Lehman Brothers》(New York: Simon & Schuster, 2011), 275~276p.
24. Ibid., 274p.
25. Ibid., 279p.
26. Ernst Kris (in collaboration with Abraham Kaplan), "Aesthetic Ambiguity," in 《Psychoanalytic Explorations in Art》(New York: International Universities Press, 1952), 254p 참조.

한 여자의 의식, ‘사이’를 채우는 에로스의 날갯짓

나는 예술, 인문학, 그리고 과학을 사랑한다. 나는 소설가이며 페미니스트이다. 그리고 열정적인 독서가이다. 나의 관점은 날마다 일상적으로 책을 읽는 삶을 통해 여러 분야의 책과 논문을 읽으며 꾸준히 변화하고 수정된다. 진실을 말하자면, 나는 언제나 충만하다 못해 넘쳐흐를 정도로 다른 작가들의 목소리들로 가득차 있지만, 이 목소리들이 언제나 조화를 이루는 건 아니다. 이 책은 이러한 복수적 관점으로부터 어느 정도까지든, 어떻게든 의미를 창출해 보려는 시도이다.

–시리 허스트베트

20세기 이후로 참으로 많은 것들이 ‘끝나고 죽었다.’ 존 바스는 소설의 죽음을 선언했고 후쿠야마는 역사의 종말을 선언했으며 아서 단토는 예술의 종말을 선언했고 프로이트는 인간의 이성에 사망선고를 내렸으며 비트겐슈타인은 언어와 의미를 분리해 로고스의 권위에 사망선고를 내렸다. 20세기말을 거쳐 21세기로 넘어오면서 죽음 이후, 포스트의 시대가 열린다. '탈피'와 '다음'이 슬로건이 되었다. 탈식민주의 · 탈유물론주의 · 탈구조주의 · 포스트휴머니즘 · 포스트모더니즘. 그러더니 이제 한병철이 에로스의 종말마저 선언하면서 '사랑'마저 죽었단다.

언어는 의미와 떨어져 부유하는 기표가 되어 소통의 수단으로 힘을 잃었고 인간은 자신의 의식을 통제할 수 없는 리비도의 덩어리가 되었으며 인간의 의지와 상관없이 자본을 필두로 한 물적 인프라가 의식을 잠식하고 제어해서 세계는 가짜로 뒤범벅되었다는 얘기들도 들려온다. 물론 여기서 죽은 건 소위 '대서사'라는 것들이다. 플라톤의 이원론부터 기인해 '진보'와 '경험'을 토대로 진군해온 헤겔적 의식의 변증법적 역사 같은 것. 경험주의와 주지주의. 역사를 기술하는 기존의 방식, 예술의 진보를 가늠하던 기존의 프레임들. 그 토대와 프레임이 무너지고 해체되었단다. 하지만 어쨌든, 기존의 틀 속에서 더이상 무언가가 향상되거나 좋아질 수 없다면, 옳든 그르든 우리가 알고 믿어왔던 가치판단의 토대가 막다른 골목에 다다랐다고 합의한 다음에는, 그 다음에는 어떻게 될까. 죽음 이후에 오는 '다음'에 우리의 운명은 부조리와 무의미뿐일까? 소설이, 예술이, 역사가, 로고스가, 그리고 온갖 XX주의들이 사망한 이후, 우리에게 음악은, 미술은, 책은, 진실은, 언어는, 앎은, 그리고 사랑은 이제 무엇일까.

포스트모던에 대한 인식은 결국 모든 것이 의미가 없다는 허무주의나 저항이 불가능한 자본의 권력이 만들어내는 가짜 욕망으로 세계가 가득 차리라는 패배주의로 치닫기 십상이다. 하지만 시리 허스트베트는 허무주의나 패배주의의 유혹에 굴복하지 않는다. 어차피 진실에 닿을 수는 없고 소통 같은 건 불가능하고 우리는 모두 고독하다는 속삭임에도 투항하지 않는다. 허스트베트가 모색하는 길은 힘겨운 1인칭의 희망이다. '여자를 바라보는 남자를 바라보는 한 여자'. 한 여자는 바라보고 생각하고 느끼고 글을 쓴다. 그리고 그럼으로써 변화하고 성장한다. 정체하지 않고 앞으로 나아간다. 그 나아간 지점에서 더 깊이, 더 멀리, 바라보고 생각하고 느끼고 글을 쓴다.

시리 허스트베트는 이 시대에 선고된 수많은 죽음과 종말을 부인하지 않는다. 이 빛나는 에세이들은 오히려 타자와 자아, 의식과 대상, 신체와 정신을 이분법적으로 가르던 대서사들의 무덤 위에서 머리를 풀고 희열의 춤을 춘다. 종말 '다음'의 세계에서 이제 의미는 오로지 1인칭의 기술로만 가능하다. 그러나 이 1인칭은 유아독존의 폐쇄된 공간이 아니라 무한히 확장되는 경이로운 엑스팩터다.

이 책에 실린 에세이들에서 허스트베트는 그림을 바라보고, 개인적으로 가장 사랑하는 작가에 대한 찬사를 바치고, 예술 작품의 가치에 대해 논하고, 3D로 재현된 댄스 영화를 체험하고, 손택의 강연을 듣고 포르노그래피를 생각하며, 아이의 머리를 땋아준 삶의 경험과 헤어스타일에 대해 말하고, 문학에서 젠더의 문제를 생각한다. 그런가 하면 정신적 장애자들에게 글쓰기를 가르친 경험을 토로하고, 마지막으로 직접 정신과 심리분석을 받은 경험까지를 기술한다.

이 에세이들은 미술에 대한 것도, 여자에 대한 것도, 심리에 대한 것도 아니다. 이 에세이들은 바로 타자와의 경계가 불확실하고 유동적이며 항상 변화하는 의식을 지니고 있기 때문에 '기술되어야 비로소 존재하는' 현상학적 주체가 어떻게 다른 대상들과 '지속적인 관계를 맺음'으로써 존재의 깊이를 확보하는가에 대한 것이다. 이토록 다양한 주제를 아우르는 공통분모는 자신을 에워싼 세상의 모든 것과 관계를 맺고 그 관계속에서 의식이 파악하고 경험하고 느끼며 '사이를 여행'한 과정을 최대한 상세히, 최대한 심도 깊이, 최대한 폭넓게 기술하려는 허스트베트의 치열한 노력뿐이다.

'사이'의 공간을 여행할 때 주체는 변화한다. 그 변화에 의미가 있다. 허스트베트는 간결하게 말한다. "독자가 책을 다 읽고도 처음 독서를 시작한 지점에 그대로 머물러 있다면, 대체 뭐 하러 책을 읽는단 말인가?" 그리고 "나를 변화시키는 모든 책이 내가 된다."라고. 이 에세이들은, 이 말에서 책을 그림으로, 음악으로, 사람으로 바꾸어도 전혀 다르지 않다고 말한다. 그리고 자신을 변화시켜 안으로 들어오려 하는 이 모든 밖을 '사랑'하고 만끽하며 안과 밖의 '사이'에서 일어나는 연금술 같은 융합작용을 향유한다.

이 마술 같은 공간인 '사이'는 그냥 주어지는 것이 아니다. 먼저 지각되어야 하고 다음에는 기술旣述되어야만 의미를 갖고 존재하게 된다. 시리 허스트베트는 자신이 철저히 현상학적 주체라는 자의식을 지니고 있다. '기술'되지 않는 의식은 존재하지 않는다고 선언한 모리스 메를로 퐁티의 '지각의 현상학'이 없었다면 아마 학제와 장르를 가로지르는 허스트베트 특유의 독특한 작업은 불가능했을 것이다. 메를로 퐁티에 따르면 "현상학적 세계란 순수 존재가 아니라 나의 경험들의 교차, 그리고 나의 경험들과 타자의 경험 사이의 상호 맞물림을 통한 교차에서 비쳐 드러나는 의미이다. 그러므로 그 세계는 나의 지나간 경험들을 나의 현재의 경험 속에서, 타인의 경험을 나의 경험 속에서 되찾음으로써 통일을 이루는 주체성과 상호 주체성으로부터 분리될 수가 없다." 이 말은 세계를 지각하는 '나'에게 기존의 앎과 기억과 기대가 없다면 '지각'이 빈약하고 얄팍해질 수밖에 없다는 말이기도 하다. 상호맞물림을 통한 교차에서 드러나는 의미를 '기술'할 능력이 없다면 또한 세계는 내게 무의미를 선사할 뿐이라는 말이기도 하다. 그리고 이 관계는 진공상태가 아니라 언제나 '맥락' 속에 존재하기 때문에 객관적 세계나 역사나 언어, 기호와 상징의 환경도 포괄하게 된다. 그 '맥락'에 무지하다면 역시 '사이'는 무의미하고 얄팍하게 지각될 수밖에 없다.

그림을 예로 들면, 예술사와 장르에 대한 앎이 깊을수록, 삶의 경험과 기억이 풍요로울수록, 겹 많고 결 고운 관계를 맺을 수 있다. 다음에는 그 관계를 기술할 수 있는 언어가 있어야만 그 '지각'이 비로소 의미를 갖고 세상에 드러난다. 안락한 무지와 둔감에 안주해서는 결코 도달할 수 없는 경지이다. 하지만 깊이 있는 독서와 진정성 있는 소통과 풍요로운 기억으로 무장하고 우리 주위를 둘러싼 기호와 사상과 관념과 현상의 세계를 주목하고 관계를 맺으려 노력하면 그 '사이'에서 뉘앙스와 디테일로만 발현되는 '회색의 진실들'을 발견할 수 있다.

* * *

해체론자들이 근대의 정신적 토대를 샅샅이 해체한 지금 우리의 세계는 기이하게도 모든 물적 토대가 파괴된 양차 대전 이후의 유럽과 많이 닮아 있다. 무의미와 부조리로밖에 설명할 수 없는 세계의 허무주의를 극복하려던 실존주의자들의 세계이다. 허스트베트가 하필이면 프랑스의 실존주의자들 중에서 가장 늦게 발견되고 재평가된 인물인 모리스 메를로 퐁티의 현상학을 실천하려 노력하는 데는 이유가 없지 않다. 사르트르와 보부아르, 로맹 가리와 메를로 퐁티, 누구보다 레지스탕스 운동에 열렬하게 참여했던 이 실존주의자들은 무의미를 극복하기 위해 에로스를 찬양했다. 포스트모던의 허무를 극복하려는 수많은 사상가들이 다시 에로스로 향하는 이유이다. 타자와의 치열한 융합이 사라진 세계, 자아의 욕망이 시뮬라크르로 끝없이 복제되는 동질적 세상은 무의미의 지옥이기 때문이다.

'포스트' 시대의 실존주의라 할 만한 허스트베트의 작업은 주체가 바깥의 세계와 융합을 통해 반복과 동질성에서 벗어나려는 에로틱한 몸부림이다. 그리스어 Eros는 '부재'라는 뜻이다. 사랑은 사랑하는 사람과 대상 사이, 부재의 공간을 채우려는 욕망의 움직임이다. 에로스에게는 날개와 화살이 있다. 표적을 겨냥하고 그 표적을 향해 날아간다. 에로스는 오로지 움직임으로 존재하고, 따라서 사랑하는 사람과 사랑의 대상은 어쩔 수 없이 둘 다 변한다.

시리 허스트베트의 글쓰기는 늘 에로스의 날갯짓이다. 사랑하는 타자를 향해 다가가고 '사이'의 부재를 의미로 채우려는 치열한 지향이다. 그녀의 글 속에서 결국 우리는 문학과 예술과 인문학에 스민 '사람'을 발견한다. 학문을 연구하고 창작을 하고 예술을 감상하고 비평을 하는 모든 행위가 본질적으로 '사람을 만나고 사랑하는 일'과 하나도 다르지 않다는 사실에 안도하고, 불확정성으로 가득한 현대의 세계를 '무의미'의 두려움 없이 즐기는 법을 발견한다.

이 근사한 책은 시리 허스트베트의 의식이 외부의 세계를 끝없이 흡수해 의미와 깊이와 관계를 획득하고 쟁취하는 과정의 기록이다. '예술의 종말' 이후에, 로고스의 타락 이후에, 근대를 장악한 칸트적 이성의 태양이 저문 이후에, 끊임없이 자기 복제하는 시뮬라크르의 욕망 속에서, 우리가 어떻게 의미 있게 타자와 '관계'를 맺으며 사랑하고 자아를 확장해 안락한 무의미와 사투를 벌이고 세계에 의미를 부여하며 끝내 '앞으로 나아갈' 것인가에 대한 지적이고 섹시한 답안이다.

2018년 6월

김선형

여자를 바라보는 남자를 바라보는 한 여자

첫판 1쇄 펴낸날 2018년 6월 20일

지은이 | 시리 허스트베트
옮긴이 | 김선형
펴낸이 | 박남희

종이 | 화인페이퍼
인쇄·제본 | 한영문화사

펴낸곳 | (주)뮤진트리
출판등록 | 2007년 11월 28일 제2015-000059호
주소 | 서울시 마포구 토정로 135 (상수동) M빌딩
전화 | (02)2676-7117 팩스 | (02)2676-5261
전자우편 | geist6@hanmail.net
홈페이지 | www.mujintree.com

ISBN 979-11-6111-019-6 03840

* 책값은 뒤표지에 있습니다.